虎迷藏

The Night Guest

費歐娜・麥克法蘭 Fiona McFarlane・著

許瓊瑩・譯

獻給我的父母

1

露絲在清晨四點鐘醒來，她昏沉的腦袋裡有個聲音說：「老虎」。那一點也不奇怪；她在做夢。但是房子裡有噪音，她醒來時聽到了。噪音從客廳穿過走道傳來。露絲疑心，有某種龐然大物，正摩擦過她的沙發、電視機、和當做翼背椅用的小麥色活動躺椅。緊跟著，還有別的聲音：一頭巨大動物的喘息和呼氣；那呼氣的震顫聲，意味著來者不善；絕對是哺乳類，絕對是貓科，就恍如她的貓變大了，用奇大無比的鼻子在嗅尋食物。但是露絲的貓兒都窩在她床尾的被單上，睡得正沉，這應該是別的東西。

她躺在那兒聆聽。有時，房子裡靜悄悄的，那時候她只會聽見自己血管脈動的愚蠢喧囂。有時，她會聽到一陣遙遠低沉的嗚咽，接著是爆發性的喘息。貓兒們醒過來，伸展肢體，瞪大了眼睛，最後，當客廳裡那個不知道是什麼的，發出尖銳的呼號時，牠們全從床上飛奔而下，驚恐地跑進走道，穿過廚房，逃出半開的後門。這場突發的動作，引致客廳傳來一聲詭異的長嘯，就是這個噪音，加上接著的更吵雜的嗅息聲，讓人確認闖入者是一頭老虎。露絲曾經在德國的動物園看過進食的老虎，那聲音就像這樣；吵雜而又充滿口水，夾著低沉的喉頭呼氣，加上間歇性的提防式低吠，彷彿牠可能隨時會放聲大吼，只是當時正被食物所牽絆。是的，聽起來正像那樣，正像一頭老虎在吃某種大而血腥的東西，然而那噪音又顯得空泛而無肉。一頭老虎！露絲被這可能性振奮起來，忘了害怕，竟必須提醒自己應該要感到恐懼。老虎又嗅聞起來，一陣粗獷的嗅息聲，充滿了口水。牠踏出步伐，彷彿準備要找個地方落腳。

露絲勇敢地伸出一隻手，摸黑尋找床頭桌上的電話。她按下事先設定好會撥給兒子傑佛瑞的按鈕，照理說，傑佛瑞此時應該在他紐西蘭的家裡睡覺。電話響起來；露絲聽到傑佛瑞清喉嚨接聽電話的聲音，她毫無遲疑。

「我聽到吵鬧聲。」她說，她的聲音低微而緊促——她以前極少用這種語氣和他講話。

「什麼？媽？」他驚醒過來。他的妻子也會醒過來；她會憂慮地從床上爬起來，扭開電燈。

「我聽見一隻老虎，沒有大吼，只是喘息噴氣。就好像在吃東西，而且非常專注。」所以她知道了，牠是一頭公老虎，那令人感到安慰；因爲母老虎似乎比較具有威脅性。

此時傑佛瑞的語音警戒起來。「現在幾點鐘？」

「你聽。」露絲說。她把電話舉離自己，伸進夜色中，但是她的手臂覺得不安全，所以又趕快縮回來，「你聽到沒有？」

「沒有。」傑佛瑞說。「會不會是貓？」

「比一般貓大多了。那不是一般家貓的那種貓。」

「你是在跟我說什麼，你的房子裡有一頭老虎嗎？」

露絲沒有回應。她沒有跟他說，她的房子裡有一頭老虎，她是在跟他說，她聽到一頭老虎。這中間的區別似乎很重要，現在她醒了，傑佛瑞醒了，他的妻子也醒了，而大概在這個節骨眼上，小孩子也都醒了。

「噢，媽，沒有老虎啦。那要不是貓，就是你在做夢。」

「我知道。」露絲說。她知道不可能有老虎；但是她不確定那是不是夢。畢竟，她人是醒著的。而且她的背會痛，那從來沒有在夢裡發生過。但是現在她注意到噪音停止了。此時只有外面尋常的海浪聲。

「你要不要出去探查一下？」傑佛瑞問。「我會在電話上等著。」他的口氣裡透露出沉穩的憂心；露絲懷疑他正閉起眼睛對著他太太搖頭表示，一切安好，他媽只是又失神了。當他幾個星期前在復活節來訪時，露絲注意到，他有一種新而帶著警惕的耐心表情，而且當她說了什麼他認爲不尋常的話語時，他會有一種忍不住要撇嘴的樣子。所以從傑佛瑞的怪異面部反應，她知道，她已經到達一個會讓她的兒子們擔憂的階段了。

「不用了，親愛的，沒事啦。」她說。「眞蠢！抱歉。回去睡覺吧。」

「你確定嗎？」傑佛瑞說，但是他的語氣含糊；他已經棄她而去了。

傑佛瑞的打發態度使她勇敢起來。露絲從床上爬起來，沒開燈就穿過房間。她一路看著自己在地板地毯上踩出的白腳印，直到抵達臥房的門口；然後她停下來喊：「哈囉？」沒有回應，但是露絲很確定，長走道裡有一股植蔬的氣味，而且空氣裡有一種不屬於這棟海濱房屋的島嶼風情。這個濕悶的夜晚，對五月而言過於燥熱了。露絲試著再喊一次：「哈囉？」並且在如此做的同時，想像新聞的大標題：「澳洲婦女在自宅中遭老虎吞食」。或者，更有可能的是：「老虎將退休老人擺上菜單」。這使她的心情愉悅起來；而且還有另外一股情緒，一股新的情緒，使她更加聚精會神：一種即將面對重大後果的感覺。露絲覺得，有某個重大事件即將發生在她身上，她不確定是什麼：是老虎呢，還是那個重要的感覺。兩者似乎是有關連的，但是較之當晚眞正發生的事件，畢竟，也只不過是一場惡夢、一通無意義的電話，和一段走到臥房門口的簡短路程而已，那後果未免有失均衡。她感覺有某種東西正在對她迎面襲來——某個巨大，但當然不是具體，的東西，她還沒有失智到那種程度——那只是一種樣貌，或者，總之，是一種溫度。那使她的胸中產生一陣詭異的波濤。房子很安靜。露絲按著自己的胸口；她關上房門，隨著自己的腳步回到床上。她的念頭充塞，移轉，而且又模糊起來。此時老虎一定去睡了，露絲想，所以她也去睡了，而且一覺睡到近午，中間都沒醒來。

當露絲在白天踏進客廳時，一切看來安詳。傢俱都在它們該在的地方，合乎禮數，整整齊齊，幾乎就像等不及要得到她的讚許，就彷彿它們曾經和她發生了某種過節，現在穿起了最好的衣裳，等著要她的諒解。露絲因這股哄騙式的熟悉感而心生壓力。她走過去窗邊，用戲劇化的姿態打開蕾絲窗簾。屋前的花園看起來就和平常一模一樣——銀樺需要修剪——但是露絲看見一輛黃色的計程車停在車道盡頭，半被木麻黃所遮掩。它看起來如此孤單，如此沒有必要的明亮。駕駛一定迷路了，一定需要人指引；那有時會發生在這個顯然空曠的海岸邊上。

露絲再度檢視房間。「哈！」她說，彷彿在挑釁對方來嚇唬她。當沒有得到任何反應時，她似感厭惡的離開客廳。她走進廚房，打開百葉窗，望出去海洋。海洋靜候在花園下方，雖然沒有辦法走下去——沙丘太陡，她的背太不可靠——但她覺得海洋以一種難以言詮的方式，就有如她想像植物可能受莫札特的音樂撫慰般的，撫慰著她。襲上沙灘的浪潮充沛平緩。貓兒們從沙丘的草叢中現身；牠們在門檻停下腳步，多疑的鼻子挨上來嗅嗅屋內的空氣，然後在突發的過度鎮定之下，溜進房子。露絲把貓餅乾倒進牠們的碗裡，看著牠們未稍停息的把餅乾吃個精光。牠們進食的方式頗富聖經的意味，她結論；其中帶有天災時疫的特點。

現在露絲泡起茶來。她在椅子坐下來——一張可以讓她的背舒緩多時的椅子——然後吃南瓜子當做早餐。這張椅子是一件龐然的木製品，是她夫家的傳家之物；看起來像維多利亞時代的教區牧師在撰寫佈道講稿時，可能坐在其上搖頭晃腦的座位。但是它能給露絲的背提供舒適的支撐，所以她把它擺在餐桌旁，貼近可以俯覽花園、沙丘，和沙灘的窗戶。她坐進椅子裡喝茶，並檢視這個夜間所經驗、而此時仍然留在身上的新感受——那種放縱，那種可能的後果。當然，那像一場夢；它具有像夢一般逐漸消弭的特點。她知道等到午飯時間，她可能就會把它全然忘卻。那感覺提醒她某種生命力——不眞正是屬於年輕的生命力，而是屬於年輕的迫切感的那種生命力——那是她所遲遲不肯放棄的。好一段時間以來，她一直希望她的結局能像她的開始一樣的非比尋常。然而如今她也明白，那是多麼的不可能。她是個寡婦，而且一人獨居。

露絲拿來當早飯吃的南瓜子，是櫥櫃裡僅存的少數物品之一。她把它們撒在左手上，用右手將之送進嘴裡，一次兩顆。一顆一定得投進左邊，進到她牙齒的後方；另一顆一定得投進右邊。她每天服藥也是用這種方式；如果她對如何服藥謹愼小心，藥應該會比較有效。透過這樣的均衡對稱——走樓梯時總是左腳先行，最後總是結束在右腳——她就能維持住每日的生活秩序。如果她能在六點鐘新聞之前準備好晚餐，她的兩個兒子聖誕節就會回來。如果那個計程車司機不來按前門的門鈴，她就可以在椅子裡坐上兩個鐘頭。她眺望海洋，數算浪濤的模式；如果在一股大浪之前有少於八股的小浪，她就得去清掃花園步道的沙塵。掃步道的沙塵是一項令人生畏的懲罰，那是一件永無盡頭的工作，所以露絲給自己設下陷阱，好對此事有個了斷。她討厭打掃，討厭類此沒有意義的工作；她討厭整理床鋪，只爲了晚上又要把床鋪弄亂。很久以前，她對她的兒子們強調這些家事的重要性，而且在那樣做的同時，自己也信以爲眞。此時她想，如果接下來十分鐘有一個人走上海灘，晚上我的房子裡就會出現一隻老虎；如果是兩個人，老虎就不會傷害我；如果是三個人，老虎會吃掉我。而這些可能性促生出短暫而無法控制的顫慄，露絲認爲是肇始於腦部，然後從腳底釋放出去。

「就要冬天了，」她大聲說，同時望出去逐漸平緩的海洋；浪潮在退了，「該死的冬天快到了。」

露絲但願自己懂得另一種語言，以便在面對不平衡的挫折時可以用來發洩。她已經忘記她小時候住在斐濟時通曉的印地語。近來，髒話是她的另一種語言——她以一種溫和而小女孩似的方式縱情其中。她算出來有七股小浪，換句話說，她必須去掃步道，所以她說：「狗屎」，但是仍然坐在椅子裡一動不動。她就是有辦法整天坐在那裡看海。今天早上，一艘油輪等在海平面的邊際上，彷彿迷失很久了，然後在海灣稍遠處，靠近鎭上的那邊，露絲可以看見幾名衝浪人。他們乘浪而起，從這裡看去只有澡缸大，像玩具一樣的浪花。這一切看起來都再尋常不過，只除了，有一名身材碩大的女人正在往這邊走來，看起來好像是從大海吹上來的。她氣喘吁吁地從正對著屋子的沙丘走上來，拖著一只行李箱，經過一番掙扎以後，終於把它棄置在草叢當中。行李箱有點往山丘下滑落。女人一旦意志堅決的爬到沙丘頂端，便以穩健的步伐穿過花園。每多走近一步，她就多塡滿一點天空。她皮膚的寬幅和暖度，和顯然燙直過的烏黑頭髮，對露絲而言，看起來就像斐濟人，露絲從椅子裡站起來，到廚房門口迎接她的訪客。當她站起來時，她的背沒有發出怨言；這點，再加上女人的國籍，使她對這場邂逅感到樂觀。露絲踏進花園，嚇了女人一跳，她沒有了行李箱，似乎進退兩難，爬上沙丘使她筋疲力竭，她裹在一件單薄的灰色外套裡，背後是單薄的灰色海洋。或許她遇到船難，或者她遭到放逐。

「菲爾德太太！你在家！」女人喊道，然後她以一股毫無顧忌的精力向露絲衝來，令人打消了船難的印象。

「我在這兒哪。」露絲說。

「令人驚喜呢。」女人說，並且伸出兩手，把雙掌交捧覆蓋，彷彿剛抓住一隻擾人的蒼蠅。露絲應當要伸手回應；她伸了；女人堅定穩當的抓住她伸過來的雙手，然後她們就這樣一起站在花園裡，彷彿這就是她們來這裡的目的。露絲的頭頂還不及她訪客的肩膀高。

「不好意思，」女人說：「我累壞了。我好擔心你！我敲了前門，你沒回應，所以我想我繞到後頭來看看。不知道竟然是這樣的沙丘！呼。」她說，好像在模仿一頭沒有表情的狗。

「我沒聽到你敲門。」

「你沒有嗎？」女人皺起眉頭，低頭看她的手，彷彿那雙手讓她失望了。

「我認識你嗎？」露絲問。她問這問題是頂認真的；她有可能認識她。有可能這個女人是曾經坐在露絲母親膝上的某個小女孩。或者這個女人的母親曾經生了什麼小病來過露絲父親的診所。診所裡不時有小孩子；他們嬉戲玩笑，他們友好隨和，而且都會準時跟著他們的家人離開。也許這個女人來自於往日時光，給她捎來了某種訊息或問候。但是她若是當年那些小孩子當中的一個，大概又過於年輕了——露絲猜她四十出頭歲，顏面光滑，而且很注意外表。她沒有化妝，但是有那種看起來像老是塗了淡棕色眼影的沉重眼皮。

「抱歉，抱歉，」女人放開露絲的手，把一隻臂膀靠著房子，說：「你完全不認識我。」然後她改用一種專業的口吻。「我的名字叫芙烈達．楊，我是來照顧你的。」

「噢，我不曉得！」露絲喊道，就好像她邀請了某人來參加宴會，卻完全忘了有這回事。她從芙烈達．楊憑身的龐大陰影中踏出來。用一種微顫、困惑，幾乎像調情的口氣，說：「我需要人照顧嗎？」「你這裡不需要有個幫手嗎？如果有人來敲我的前門——我的後門——主動提議說要來照顧我，我會感激到吻他們的腳。」

「我不明白。」露絲說。「是我兒子派你來的嗎？」

「是政府派我來的。」芙烈達說，似乎歡欣鼓舞的對她們對談的結果十足有把握：她已經脫掉鞋子——去掉鞋帶的沙地帆布鞋——腳趾頭在沙地的草叢中扭來扭去。「你在我們的候補名單上，現在有名額空出來了。」

「有名額空出來做什麼？」電話開始響起來。「我得付錢嗎？」露絲問，對同時有這麼多事情發生感到心慌起來。

「不用，親愛的！政府付錢。多好啊，嗯？」

「失禮一下。」露絲說著，往廚房走進去。芙烈達尾隨她。

露絲接起電話，舉到耳邊，沒說話。

「媽？」傑佛瑞說。「媽？是你嗎？」

「當然是我。」

「我只是打來探查一下。確定你昨晚沒有被吃掉。」傑佛瑞發出像心中有所隱忍的嗆笑，就好像他父親在感到情深而又覺得挫折時，會做的反應一樣。

「沒有必要，親愛的。我完全沒事。」露絲說。芙烈達開始做出依露絲理解，好像是想要一杯水的動作；她點點頭，表示她很快就會去幫她拿。「聽著，親愛的，我現在這裡剛好有人來。」

芙烈達在廚房裡晃來晃去，打開櫥櫃和冰箱。

「噢！那我就不耽擱你了！」

「不，傑夫[1]，我要告訴你，她是個輔導員還什麼的。」露絲轉向芙烈達。「不好意思，但是你是什麼，正確地說？護士嗎？」

「護士？」傑佛瑞說。

「政府照護員。」芙烈達說。

露絲喜歡這個稱謂。「她是政府照護員，傑夫，她說她是來幫忙我的。」

「你在開我玩笑吧。」傑佛瑞說。「她是怎麼找到你的？她看起來什麼樣子？」

「她人就在這裡。」

「叫她聽電話。」

露絲把電話交給芙烈達，後者和善的接過來，把電話筒擱在肩上。那是一具老式的電話，巨大沉重的半月形，奶油色，貼在牆上，接著一條超長的白色電話線，換句話說，露絲可以拿著它在房子裡到處走。

「傑夫。」芙烈達說，現在露絲只能聽到她兒子隱約的聲音。芙烈達說：「芙烈達．楊。」她說：

---

1 Jeff，傑佛瑞（Jeffrey）的暱稱。

「當然。」然後說：「是一種國家方案。她的名字在檔案上，正好有一個空缺出現。」露絲不喜歡聽到自己被以第三人稱討論。她覺得好像在竊聽人家說話。「剛開始是一天一小時。比較像是個評估階段，只是看看有什麼樣的需要，然後我們會從那裡開始。是，是，那些我都會處理。」最後，「你母親會得到很好的照顧的，傑夫。」然後芙烈達把電話交還給露絲。

「這眞是太棒了，媽。」傑佛瑞說。「正是我們所需要的。眞正把納稅人的錢花得好，花得對。」

「等等。」露絲說。貓兒們好奇地嗅著芙烈達的腳趾頭。

「但是我要看到相關的文件，好嗎？在你簽署任何東西以前。你記得怎麼用爹的傳眞機嗎？」

「等一下。」露絲說，對芙烈達，同時也是對傑佛瑞，然後，她以一種難爲情的緊急動作，就彷彿急著要去小便，趕到客廳，站在窗邊。那輛黃色計程車仍然停在車道的盡頭。

「現在我一個人了。」她說，她的聲音壓低了，她的唇緊貼著電話筒。「聽著，我不確定我需要這種服務。我的情況還不錯啊。」

露絲不喜歡和她的兒子談論這種事情。那使她感到不快，而且也不好意思。她想她應該對他的愛和關懷感到感激才對，但是事情似乎來得太快了；她還不算老——不是太老，才七十五歲而已。她自己的母親一直到過了八十，才眞正開始出現問題。再說，偏偏發生在今天，就在她三更半夜打電話給傑佛瑞講那一大堆關於老虎的有的沒有的時，更讓她覺得很受傷。她納悶他是不是對芙烈達提起了那檔事。

「你確實自己過得很好啊。」傑佛瑞說，露絲對這話眨眨眼，而且她的背脊震顫了一下，所以她伸出左手去扶著窗臺。上回當他來訪，在提起養老院和居家照顧的話題時，他也說了一模一樣的這句話。「芙烈達只是來評估一下你的狀況。她大概只會接手一些家事，讓你可以放鬆，享受一下生活。」

「她是斐濟人。」露絲說，主要只在讓自己安心。

「那豈不正好，是你熟悉的啊。如果你討厭這個服務，如果你不喜歡她，那時我們再來做別的安排。」

「好吧。」露絲說，口氣比她心中所感受到的更為存疑；她因這番話而振作起來，即使她知道傑佛瑞是在可憐她；但是她明白自己獨立的程度，明白自己有把握的極限到哪裡，而且她明白，她既不算無助，也不算特別勇敢；她是介於這兩者之間；但是她還是能夠自理。

「我會讓菲爾[2]知道。我會叫他打電話給你。我們星期天再談。」傑佛瑞說。星期天通常是他們通話的日子，在下午四點鐘的時候：和傑佛瑞講半小時，和他的妻子講十五分鐘，和小孩子每個人講兩分鐘。他們並不是刻意要這樣子安排時間；只是剛好事情就變成這樣。小孩子常會把電話筒拿得太貼近嘴唇；「哈囉，奶奶。」他們的呼吸聲吹進她的耳裡，而且顯然他們已經差不多忘記她了。她在聖誕節和他們見面，他們愛她；一年過去，然後她就變成一位無名氏的聲音，變成信紙上的手寫文字，直到他們又在節日抵達她的家門；打從她丈夫過世那手忙腳亂的第一年以後，這樣的模式已經持續了三、四年。露絲的二兒子，菲利浦，就不一樣了：他會和她在電話上一聊就是兩、三個鐘頭，而且有辦法使她大笑到噴鼻。但是他好幾個禮拜才會打一次電話。他會把他快樂繁忙生活的所有細節保

2 Phil，菲利浦（Phillip）的暱稱。

存起來（他在香港教英文，自己也有兒子，玩風浪板似的離了婚又結婚）一次全部傾瀉在她身上，然後接著又消失一個月。

傑佛瑞結束電話的口氣如此溫馨，使得露絲終於第一次好好地爲自己操心起來。那股柔情令人難以抗拒。露絲有一點點怕她的兩個兒子。她害怕被他們年輕的權威拆穿面具。在體面的家庭裡，每個成員都是不可或缺，迷人，而且富有社交手腕的，當還是個年輕女子時，她已經被這些搞得緊張兮兮了，現在，她又成了這樣的兩名兒子的母親。他們的聲音具有某種分量。

露絲跟隨電話線回到廚房，發現芙烈達坐在餐桌邊，在喝一杯水，同時在讀昨天的報紙。她已經脫掉灰色的外套，把它晾在椅背上，像是某種脫皮而沒有生命的東西。她底下穿著白長褲、白襯衫；並不眞的算護士服，但也相差不遠。原先被外套遮掩起來的皮包，斜背在她身上，而她脫掉的沙地帆布鞋則躺在門邊。芙烈達的兩條腿在桌子底下伸得遠遠的。赤裸的腳趾頭勾在對面那張椅子的矮橫桿上，她的兩隻臂膀壓在報紙上。她讀報的時候，眉宇在寬廣的臉上流轉變換。她的眉毛修得如此之細，理應給她形成一張永遠驚愕的臉孔；然而反之，它們只是完美的誇大了她的每一個表情。而且她的臉上滿是表情：如果靜止不動，大概會消失進它本身光滑的表面吧。

「你聽這個。」她說。「一名加拿大的男子，對吧？坐輪椅。有一晚他們切斷他的電源，是意外啦，他們搞錯房子，到早上，他已經凍僵了。被冷死了。」

「噢，天哪。」露絲說，同時模稜兩可的笑笑。她注意到芙烈達的母音發音帶有土腔，但是t的發音清脆。「好慘。你那水喝起來還好嗎？」

芙烈達訝異的抬起頭來。「這只是水龍頭的水。」她說。「誰會住在一個過夜就會凍死的地方呀？我不在乎熱，但是我怕冷。雖然我想我從來沒有確實的，真正的冷過。你知道，」——她往後面的椅背一靠——「我甚至沒有看過雪。你有嗎？」

「有。兩次，在英國。」露絲說。她的背震顫起來，但即使如此，她還是彎下身去抱貓。她不確定此外還能做什麼。貓避開她，跳到芙烈達的腿上。芙烈達沒有看貓，或說什麼，但是她用右手指關節很內行的輕撫著貓。她手上沒有戴任何戒指。

「他人很好，你兒子。」芙烈達說。「還有別的小孩嗎？」

「只有兩個男孩子。」

「都離巢了。」芙烈達把報紙摺起來，露出凍死的那個加拿大人的模糊臉孔，並且把貓趕下大腿。

「很久以前就離巢了。」露絲說。「他們都有自己的小孩囉。」

「做祖母了！」芙烈達喊道，那熱情是無精打采的。

「所以你瞧，我很習慣自己一個人了。」

芙烈達俯低在桌子上方的頭顱，仰起眼睛來看露絲，因此每一隻褐色的眼睛就宛如被各別的眉毛所包覆住。她身上彷彿產生出一股新的重力；那似乎是從房間裡一些比較重要的物品，例如報紙、桌子，和露絲椅子的橫桿等處，吸收而來的。「不要把我想成你的伴侶，菲爾德太太。」芙烈達說。「我不是客人。我每天早上來一個鐘頭，每天同一個時間，我來做我的差事，然後走人。不會給你任何意外。不是那種白天或晚上突然出現的陌生人。我不是陌生人，也不是朋友——我只是你的幫手。我是你會提供給你自己的那種扶持。這是你，在照顧你，最重要的是你。聽起來有道理嗎？我懂你的話的意思，菲爾德太太，我眞的懂。」

「噢。」露絲說，在那一刻，她相信芙烈達．楊「懂」：她了解——怎麼可能呢？——老虎的來訪、走道裡的氣味，當然還有斐濟，那個奇異又安全的地方，還有愚蠢的夜裡所做的怪夢。

但是芙烈達突然站起來，打破了魔咒。她龐大的身軀轉圜自如；她恰合她的尺寸。此時她的聲調愉悅；失去了原先那種悚然，似有隱藏的資質。「我們今天就這樣吧。」她說。「這樣已經很多了。再說，我的箱子還在外頭呢。」

露絲跟著她走出去花園。「美好的日子。」芙烈達說，雖然這是個平淡蒼白的日子，而且貧乏的海洋平貼著貧乏的沙灘。芙烈達全然沒有留意周圍的風景。她踏下沙丘往行李箱走去，兩隻肘部向內彎，兩隻手往上舉起靠近肩膀，彷彿害怕跌倒。她往下走的姿態比之前優雅多了；她的後背如此強壯，使得露絲的背都痛了起來。找到行李箱以後，芙烈達停下來檢查自己的頭髮，她的頭髮烏黑，在頭顱後方梳成一個有條不紊的包。行李箱很重，她一邊用力拉，一邊閒聊。

「沒有什麼好擔心的，菲爾德太太。」她說。一輪汗珠在她的額頭上閃閃發亮。「明天我們再來談工作的內容。我煮飯，洗衣，確認你有服藥，幫助你做運動。洗澡呢？目前你沒有問題，我猜。不管目前對你有困難的是什麼，我都可以幫忙。你的背部不好，對吧？我注意到你對你的背有多小心。得注意你的背。好啦。」芙烈達把行李箱抬過沙丘邊緣，把它拉過花園，拉進房子，然後把它放在餐廳窗下，露絲那張椅子的旁邊。

「裡面是什麼？」露絲問。

「大概只有三千公斤重。我得給自己買一個那種有輪子的。」芙烈達踢一腳行李箱，在此同時，房子前面傳來車子的喇叭聲，因而顯得好像那喇叭聲是由行李箱按的。「那是我的車。」她說。「我明天早上再回來。九點鐘對你方便嗎？」她抓起外套，四下找她的沙地帆布鞋，直到露絲幫她指出來，鞋子就躺在門邊。車子又按喇叭；貓兒們跳起來，逃到芙烈達腳邊，急躁的繞圈子。芙烈達並沒有彎下身來拍牠們；反而，她環顧廚房和餐廳，彷彿在檢視她所創造的美好事物，然後她信心滿滿的步下走道，來到前門。

「你有一棟好房子。」她說。她打開門，露絲跟在她後面，看見從外面照進來的長方形亮光、在亮光中幽暗不明的芙烈達身影，和計程車的金黃色側面。

「行李箱呢？」露絲問。

「我先把它留在這兒，如果你不介意。」芙烈達說。「那就掰囉！」她邊說邊關上門。等露絲來到客廳的窗邊，已經不見芙烈達和計程車的蹤影。冬日花園裡的草叢高高聳立，海邊一片靜悄悄。

2

露絲的丈夫，哈利，以前習慣每天散步到鄰近的鎮上去買報紙。他是遵從他父親的忠告而養成這項運動習慣的，他父親一直到八十多歲都還健步如飛，而且血壓和比他年輕許多的人一樣好。哈利就是在這樣的散步途中過世的，事發於他退休後第二年。他從他家的前門出發，步下窄巷（露絲和哈利稱這條巷子爲他們的車道），往和海洋相反的方向走。海洋消失了；空氣突然改變，變得比較鬱悶，而且帶著昆蟲——而不是海藻——的氣味；巷子的寬度只容一輛車子通行，所以像哈利這樣一個高大的男人，把手臂伸出去，就可以觸摸到車道兩旁的高草叢和木麻黃。他的後面就是房子、沙丘、寬廣的海灘，和初升的太陽。無論陰晴，時間總是在早晨六點三十分。等抵達距離他自己家所在那個沙丘下方一段距離的海邊馬路時，他步履正健。在這個坡腳下，立著一個寒酸的小巴士站——那裡有一面破舊的告示牌，一張碎裂的長椅凳——哈利在這裡憑靠著上面寫了「停！巴士」的黑黃色站牌，只覺心坎裡一陣詭異的悸動。或者應該說，是露絲如此想像。哈利背對著馬路坐在長板凳上。他穿著一件淺藍色的絨毛背心，後面鼓鼓的，只有一點點啦，就像是刻意要設計來適應稍微駝背的身形似的。從這裡，他可以觀賞海鷗飛翔過隔開馬路和海灘的三角灣。他從小就喜愛這個海灘。

哈利引人注意的身高、只被絨毛背心的鼓脹處稍微扭曲的超挺直姿勢、梳理整齊的白髮、令人驚異的烏黑眉毛、以有點奇異的角度貼在頭部的柔軟性感的耳朵，以及擺在莊重的腿上的那雙手不尋常地顫抖；這一切，引起一名過路駕駛人的注意，她把車在路邊停下。這名駕駛人，一位年輕女子，靠到她車子乘客座那邊，搖下窗戶，大聲地問哈利他人還好嗎。哈利人不好。他的胸口隨著每一次心跳狂暴的撼動，而且當身子由向著海洋轉而向著馬路時，他開始對著多沙的水泥地嘔吐。駕駛人事後回憶，哈利身體往前靠，以避免弄髒自己的衣服，他的左手壓著自己的肋骨，就好像女人在受驚時所做的動作，而且他努力用腳踢沙，要掩蓋自己的嘔吐物，還一邊無助的上下點頭表示沒有關係。

這名駕駛人，她的姓名是艾倫·吉布森，在他們父親死後第二天，對菲利浦和傑佛瑞描述這些事情。他們詢問她，她也很坦率。哈利常愛說這句話：「像狗一樣死在陰溝裡。」他會這樣說他所不欣賞，但卻願意忍受的人（例如說，某些總理）：「我不喜歡他的言論，但是我不會眼睜睜的讓他像狗一樣死在陰溝裡。」這種多愁善感，正是形塑他一般來說相當容忍寬廣的民主胸懷的一部分。傑佛瑞不顧他弟弟的反對，將艾倫告訴他的話轉告露絲，而露絲很高興，這位艾倫沒有讓哈利像狗一樣的死在陰溝裡。當哈利開始從木板凳往地上滑落時，艾倫扶著他；她一次又一次的跟他保證，一切都會沒事的。當救護車抵達時，他已經死了。

在哈利的葬禮上，一群和善的哀悼者對露絲介紹一位身材嬌小，沒有流淚，而且神態猶豫的女子。他們稱她是「年輕的撒馬利亞人[3]。」直到那一刻之前，艾倫·吉布森只是人性和巧合的一個代表；現在，露絲必須承認，她就是見證哈利死亡的人。她看起來就像少女一樣年輕，雖然據了解，她

3 聖經中的行善者。

已經有兩名幼小的兒子。艾倫不讓露絲感謝她；露絲也不容艾倫表示遺憾。葬禮圍繞著這兩個女人進行，她們握手良久，彷彿希望藉此來對彼此傳達一種愛，而那種愛，是如此難得見面的人，理應不可能產生的。

現在，在沒有了哈利五年以後，露絲已經可以接受，可能眞的會有好心的陌生人突然出現，在除了好心之外，可以毫無理由的就來愛她。艾倫就是這樣的明證；爲什麼芙烈達．楊不會也是如此？別的女人可能會說服自己，是哈利——他仍然以某種形式存在於生活當中——送芙烈達來照顧他妻子的；但露絲不會如是想，她對死後固然持有曖昧的樂觀態度，但也從來不會天馬行空的胡思亂想。她對政府也有類似的看法，而且也準備好了可以接受政府在她漫長、合情合理，而又恪守法律的人生之後，提供給她一個像芙烈達這樣的幫手。露絲和哈利從來不吝惜繳稅。開馬路！建圖書館！成立學校！提供政府照護員！當然，不是哈利送芙烈達來的，但是露絲感覺他一定會贊同。她的兩個兒子一定會贊同，他們的妻子一定也會贊同；艾倫．吉布森也會，她時不時還會送個蛋糕或帶本新書過來。而露絲喜歡人家的贊同。那給她的人生提供支持。那使她有幸過得平凡無奇，現在，那使她很想飆髒話；但她還是感到歡喜。

芙烈達和計程車走了以後，這一整天都是露絲自己一個人的。噢，溫柔的，令人不知如何是好的，廣袤的一天，要如何來填補那長長短短的每一小時。她檢視芙烈達的行李箱，那箱子蠻橫的占據了餐廳很大的空間：那是一只老式的奶油色箱子，很像露絲一九五四年第一次坐船到雪梨時所帶的箱子。箱子沉重，又上了鎖。一時之間，露絲擔憂裡面可能藏了炸彈，所以她用一隻腳輕輕的碰一碰，覺得好像聽見瓶裝液體的唰唰聲。這讓她的心裡篤定些。爲了遵守早先從窗戶看見的海浪數目的諾言，她掃了花園步道的沙。她讓背部休息一會兒，並且觀賞海洋。她吃吐司麵包夾沙丁魚。她坐在傑佛瑞上次來訪時買的塑膠凳子上，淋了一個長長的浴。

在做這些活動的期間，她想起了老虎，也想起了在她人生中的其他階段，當她感覺到有像這樣個人後果的壓力迫近的時候。在傳教時期的童年期間，她一再的被告知，她是上帝所挑選的子民，具有尊貴的神職，是屬於上帝的人。此時在她看來，那是一段奇異的緊迫人生，在那當中，她父親必須治癒病患，拯救那些人的靈魂，花朵毫無用處的繁衍盛開，每樣事物都過多過滿：無論是陽光、綠蔭，或愛。她的父母都是出色的歌者，每天晚上，她母親用潮掉的鋼琴彈奏聖詩。露絲常收到住在雪梨的堂表兄弟姊妹來信，她會爲他們感到難過，因爲他們的生活是如此平凡無奇。她的父母受召喚去國服務，她也受召喚與之同行。她的名字乃取自陌生之地的陌生之人[4]。「歡喜的道路是如此艱辛。」她會對自己如此說；她曾經在某處讀到這個句子。在那當下，每時每刻都不容浪費。即使是在她年紀稍長，斐濟強烈潮濕的陽光不再那麼令人目眩神搖，而且聖詩對她似乎也不再那麼振聾發聵，露絲陷入了一個會有個人後果的情境時。她戀愛了——她當然戀愛了——愛上了一個名叫理查·波特的男子。她生澀，拘謹，被愛搞得昏頭轉向；她處理得很糟糕。那也像夢一樣。每晚，她忍受不可能之快感的狂暴夢境。到早上，她收拾自己的殘屍，只吃得下單薄的早點。

然後露絲長大了，離開了斐濟。她前往雪梨，在那兒，她的堂表兄弟姊妹們穿對的衣服，知道

4「露絲」是聖經中的人物，她守寡後沒有回家鄉，反而爲了照顧婆婆，跟隨婆婆移居她完全陌生的地方，成了爲守護他人而犧牲自我的一個代表。

對的歌；他們互開友好的玩笑，關於她詭異又信仰熾烈的童年。所以從那時候起，她有意識的，努力要過一種平凡的生活，就像她周遭所看見的那些人一樣：在他們出生的地方，和在與他們同種的人當中成長，並且在他們全然可以了解的世界當中悲歡離合。在來到雪梨之後，只有一段期間，露絲重新體驗到非比尋常的感覺：那是在菲利浦幼年生病的期間，一場嚴重的肋膜炎。有四個星期的時間，菲利浦胸部緊縛的躺在床上。高燒，疼痛，以及那種像成束的紙莎草在互相摩擦的乾咳。露絲記得她人生這段期間的細節，比其他任何時候都來得清晰；她所感受到的急迫感，使得連最枝微末節的小事都被賦予了重要性。例如說，她仍能記得，菲利浦嬰兒床旁邊的書架上，書本的前後次序。他吃力的呼吸，使她聯想到玩具火車在爬山頭；她在浴室平衡於塑膠椅凳給自己洗澡的時候，想起了這件事。她想到那排童書。她可以在浴室磁磚裡看見書裡那些動物的臉孔，還有那個月亮裡的人。到這時，天已經黑了，她成功地度過了這一天；她倖存下來了。上床以前，露絲關上客廳的門，以預防老虎闖入。

夜裡剛過三點鐘時，她醒來，客廳那邊好像有聲響。貓兒們因為她醒來而跟著騷動。她聆聽了好一會兒，在粗礪的黑暗中不斷眨眼，好使自己清醒，但是只聽見鳥兒和昆蟲不尋常的聒噪，就彷彿外面正值暑夏，也或許有一座叢林。有一兩個可能是老虎發出的嗚咽聲，但那也有可能是貓兒們打呼的聲音；這麼小、而熟睡中的東西，竟然可以發出這麼多噪音。露絲聆聽牠的聲響，她的老虎，她的重大訪客，直到眼睛惺忪的再度閉起。那麼，牠只是在昏睡邊緣出現一次的現象而已，她想，同時感到失望。

第二天早晨，一輛計程車駛上屋前。露絲躡手躡腳走進客廳探查。她很確定那和她昨天看見的是同一輛計程車：一輛黃色的合盾牌，舊車型，和古戰車一樣閃亮，車門上漆著幾個字，「楊氏汽車出租行」和電話號碼。窗玻璃染了哈利會稱之爲非法加暗的遮陽色調。芙烈達從車子的乘客座那邊現身，用力但隨意的把門砰一聲關上，彷佛那扇門就是需要這樣對待才關得起來。她穿著一樣的灰色外套，底下，是白長褲，和一樣的灰白色沙地帆布鞋，捲髮鬆鬆的落在臉龐兩側，使她看起來比較年輕。芙烈達走幾步，來到哈利的車旁，那是一輛銀色的賓士，停泊在房子的側邊。她用腳刺探性的踢了踢後車輪，然後走回計程車；她靠上駕駛打開的窗戶聽對方說話，放聲大笑，然後敲了敲計程車耀眼的車頂。計程車彷佛害怕驚動任何人似的，悄悄退出車道。

露絲走過去打開前門。就在她如此做的時候，門鈴響起來；老式的門鈴，發出兩個單音，露絲總認爲那兩個單音說的正是「叮——咚」兩字。

「我昨天沒看到門鈴。」芙烈達說。她一臉笑容，看起來不像前一天那麼高大，手肘上掛著滿滿一麻繩袋橘子；她彎下身來拉起露絲的雙手，就和第一次見面時一樣的輕微，然後用這樣的姿勢穿過露絲的身邊，進到穿堂。「昨兒個，把我的小心臟都要敲垮了——難怪你都沒聽見我，原來你就是習慣這可愛的門鈴聲。早安！早安！我帶了橘子來。」

她像神父提香爐似的，一路晃著袋子步下走道，進入廚房。

「你不必帶任何東西來。」露絲抗議道。

「我知道，我知道。」芙烈達邊說，邊把橘子倒進她從櫥櫃裡拿下來的一只碗中。「但是這些漂亮東西沒花我半文錢。我哥喬治認識一個傢伙，免費弄到這些橘子。不知道是怎麼弄來的，我沒問。剛剛你看到載我來的，就是我哥。那是他的計程車——他是個人戶，沒靠行。你哪天如果需要計程車，跟我說，我就叫喬治過來。」

橘子堆成一座瑰麗的小山。

「謝謝你，」露絲說：「我有車。」

「呃。」芙烈達說，顯然被這拒絕給嚇了一跳；她兩眼大睜，一副頗不認同的模樣。

「但有時候，你總會需要計程車吧，不是嗎？」露絲說。「老實說，我很討厭開車。」

芙烈達安撫似的拍拍露絲的臂膀。「那麼，咱們來參觀一下房子吧。」

她把灰色外套掛在後門後的鉤子上。她今天穿了一件不一樣的襯衫。屬於更亮眼的白色，和白長褲很搭。她看起來像一名美容師。

芙烈達似乎是參訪團的領隊。她大步走進各個房間、儲物間，和通道，大聲宣布「浴室！」和「床單櫃！」等等，彷彿露絲是一名潛在的買家在物色房子。似乎沒有什麼新的發現，能讓芙烈達感到意外。她在露絲的臥房裡表現中規中矩，但是到了客房就毫不客氣，甚至彎下身去檢查床底下有沒有什麼，還從隱蔽的角落裡扯出一團團貓毛，並且搖著一頭捲髮。露絲報以不好意思的微笑，芙烈達只是發出嘖嘖聲；她用一隻手臂攬住露絲的肩，彷彿在說：「別擔心，從現在開始，一切將會改觀。」

「這幾間是我兒子的房間，」露絲解釋道，「當我們來這裡渡假的時候。這是我們的渡假屋。」

「原來如此。」她用左手食指劃過書架，檢查灰塵。這時她們在菲利浦的房間裡，書架上都是給聰明少年看的書。「你們的另一棟房子怎麼了？」

「我們在雪梨的房子嗎？賣掉了。我們搬來這裡退休。」露絲說。

「我們？」

「我先生和我。哈利。」

芙烈達又捏捏露絲的肩膀。「單獨一個人住在這兒，不會困擾你嗎？」

「一點兒也不會。」露絲說。「爲什麼會呢？」

她的母親曾經警告她：孤單令人厭惡，無聊很沒有吸引力。露絲相信她的臉上明白的顯現出這兩種情緒。她很確定她有那種習慣孤獨的人所具有的，古怪而出人意表的臉部動作；例如說，她看電視時，會反映演員臉上的表情。有時候，她會把它當成一種遊戲。有一次在報紙上讀到相關的文章時，她確曾考慮，她可能有憂鬱症，但是因爲哈利不相信這種東西——「快樂與否，在於抉擇。」他說——所以她從來沒有對她的醫生提起，當然也不會對她的兩個兒子提起。哈利死後沒多久她就知道，她的哀傷不會對她外在的公眾生活造成干擾。反之，她期待要熬過一段漫長而隱私的時節。

「來，來喝杯茶，我們來把事情討論一下。」芙烈達說。

露絲就擔心這個，如果受到壓力，她會談太多有關哈利的事；她渴望這樣的機會，可是事到臨頭又覺得難堪。

但是芙烈達完全只管公事。「有些文件你必須瞧瞧。」她說著，在餐廳裡找著她的行李箱，並且很俐落的大喝一聲扛上桌子。行李箱看起來比露絲記得的還小。只合一只大型公事箱的大小。芙烈達在當中翻翻找找，抽出一只塞滿文件的塑膠夾，一臉厭煩但不得不的表情，遞給露絲，「官方文書」。

但是在露絲有機會接過塑膠夾之前，芙烈達就一箭步轉向窗戶。「你瞧瞧那。」她說。

房子後面的景致常常會引發這樣的反應。沙丘從花園往下延伸到海灘；右邊是寬廣的海水和彎弧的海灣，遠處有一抹小鎭的側影，突出的海岬上還有一座白色的燈塔。以前哈利常會把兩手交握臂後站在花園，心滿意足的說：「從這裡到南美洲之間，毫無阻礙。」自從他死後，露絲總覺得這房子正在參與一場安逸的大陸飄移，正在悠閒地把自己變成一座漂流進大海的島嶼。露絲喜歡島嶼。她一輩子都住在島嶼上，而且它們適合她。

「噁心，只能這樣講。」芙烈達說。

「噢，老天。」露絲說。她向來對這個宏偉的景觀感到難爲情，彷彿擁有如此的美景是在承認自己的虛榮，她納悶芙烈達是不是就是她一直在等待的那種，會爲此前來譴責她的客人。

「你瞧瞧這，能看嗎？」

露絲看了，她看見底下的海灘上有一群人。大概九或十個，全都很暴露，或者說，幾乎是赤身裸體。有些躺在沙灘上，有些在玩水。露絲感覺那群人散發出一股歡欣的童眞；就好像站在山間小路上，瞧見底下宜人的山谷裡有一個小鎭一樣。但是芙烈達顯然被觸怒了，要是換了哈利也會如此，她大剌剌地跨出去花園。露絲緊跟於後。冬天裡，這一帶的海灘無啥動靜——只有孤零零的跑步者，和幾隻狗。有一次，老碼頭碎裂，在一場暴風雨浪潮中潰陷，經過一個冬天的沖刷，流出了大海。衣不蔽體的戲水人當然是件大事，而且露絲喜歡他們。

「以爲這裡沒人嗎，嗄？」芙烈達說。「以爲這裡只有你們，所以可以爲所欲爲嗎？」

她走到花園的一角，那裡有兩個被丟棄的大鋁桶，很久以前是拿來做堆肥用的，在芙烈達的武勇精神之下，它們產生了新生命。她拿起兩個鋁桶的桶蓋，做出預備性的搖撼動作，轉頭對露絲露出狡獪的訕笑表情。露絲被這個表情給嚇到了。這個正在穿過她的土地，手中緊緊抓著堆肥桶桶蓋，往海邊走去的陌生人，是誰啊？她這作戰似的行軍步伐，有何道理呢？這一切是既壯麗，又教人心驚。

芙烈達站在花園邊緣的沙脊上，對著底下的沙灘嘶吼。她揮舞著桶蓋，開始往沙丘下走去，同時發出作戰的呼號；她把桶蓋舉在頭上兩相撞擊。海灘上的人群——此時露絲看出來，他們都很年輕，只是一群青少年——原來都在嬉笑，但是一看見芙烈達，就都從沙灘上站起來，或從海裡爬出來，他們的頭頂因爲浸水而顯得陰暗。從這個距離看去，他們顯得既笨拙又美麗。從拂掠而過的雲縫中灑下來的陽光，照亮了他們的臂膀和背脊。他們對芙烈達發出戲謔的嘲笑，但也因爲她即將迫近，迅速收拾起個人物品，用毛巾將自己包裹起來，笨手笨腳的逃離濕漉的沙地。

芙烈達在漲潮於沙上留下的潮水線處停下腳步。她把一邊桶蓋舉到頭上，像在給眼睛遮蔭好看東西，她成了一位在巡視水平線的船長；對她這種人和這種龐然的體位，英雄式的姿態做來輕而易舉。她慢慢走向海水，直到抵達那些小孩原先聚集的地點。然後她丟下桶蓋，開始踢沙子，沙粒在她周圍瘋狂的飛揚；等她完事，只見該處一片平滑，完全看不出之前曾經有人在那裡待過的痕跡。她撿起桶蓋，走回房子。

露絲看著芙烈達沉靜的臉孔從沙丘浮現上來。難以想像她就是前一天上氣不接下氣爬上同樣這座斜坡的那個女人。彷彿，她只要經歷過一次那樣艱困的上坡，腳步就會變得篤定起來；也或者，垃圾桶的桶蓋扮演了穩定的角色：她確實把它們舉在離身體稍微突出的地方，就像兩片翅膀。

「就這麼著，解決了。」芙烈達說。這時，她站在露絲的身旁，像匹精神抖擻的馬兒從鼻孔噴氣。這個突發事件顯然給她帶來了某種活力。

不知道該講什麼好的露絲，試探地說：「他們不應該在沒有救生員的情況下，跑來這麼遠的地方游泳。」

「他們不會再來了。」

「只是鬧著玩的吧，我想。」

芙烈達把桶蓋放回堆肥桶上。「那他們大可以到別人家的門口去玩。去破壞別人家的景致。」然後她以堅定和護衛的態度撤回屋內。

露絲繼續待在戶外，看著那群泳客循小道爬上巴士站後面的小停車場，有一次暴風雨，那裡倒下一棵諾福克種南洋杉，壓垮了某個衝浪人的卡車。她原先期待那些孩子會移下海灘重起爐灶，但是芙烈達顯然眞的把他們嚇走了。露絲看他們走掉很難過。但是周圍正在吹起陣陣飽滿潮濕的風，這種熟悉的海風遲早也會把他們攆走。沙和鹽到處亂飛，飛進露絲的頭髮和花園。此時海灘這一端空無一人。任何一輛開在通往鎮上道路的車輛上，都可能坐了那些被驅趕的孩子。如果能在下一個十秒看見一輛車，她想，我就叫她走。一輛白色的車從山丘後方奔馳而出；後面緊跟著又有一輛黑色的車。露絲來不及準備一次看見兩輛車。

「喝茶時間囉！」芙烈達喊。

露絲發現她在廚房裡，正在茶袋和馬克杯之間來回忙碌。

「你的茶怎麼個喝法？」芙烈達問。「加牛奶和糖嗎？」

「加很多牛奶，只要一顆糖。」

「又有奶香又有甜味。」芙烈達說。這個組合似乎讓她很高興。她自己的茶則又濃又黑，而且她不坐下來喝。她靠著廚房的流理臺站著。

「所以，告訴我你的事吧。」她說，探頭凝視她冒著蒸氣的茶。

「什麼事？」露絲的舌頭結巴起來；她覺得好像患了上臺怯場症。

「我喜歡在開始之前，對我的客戶有個了解。像丈夫啦、工作啦、家庭啦、童年啦，所有那一類東西。」

「那可是很多東西啊。」

「你可以簡單扼要的講呀。」芙烈達提議。她的態度籠統含糊；她不願意坐下來，露絲猜，是因爲她不想要花整天的時間在這上面。

「好吧。」露絲說。「哈利是律師。他在五年前死於肺栓塞。我跟你提過我的兩個兒子。其他還有什麼？我以前授課教人發聲法（Elocution）。我是在斐濟長大的。」

露絲等著芙烈達對她提及斐濟有所反應，但是她沒有。反而，她瞇起眼睛，彷彿試著要看更遠的地方。「你教什麼？電刑（Electrocution）？」

「發聲法啦！」露絲說，覺得太好玩了。「就是教人家怎麼說話。」

「就像語言治療嗎？」

「不是。」露絲說：「教人家說話的藝術。如何清楚、明晰的說話。發音的方法啦，發聲的技巧啦——」

「你的意思是說，你教人家怎麼把話講得很優雅嗎？」很難說，芙烈達是覺得反感呢，還是覺得可疑，或者兩者兼具。

「我教人家怎麼正確的說話。」露絲說。「兩者是不一樣的。」

「而人家會付你錢？」

「我通常是教年輕人，所以是他們的父母付我錢。」

芙烈達搖搖頭，彷彿聽到一個荒唐，但是有趣的故事。「那就是爲什麼你講話聽起來有些像英國人嗎？」

「我講話聽起來才不像英國人。」露絲抗議，但是以前就有人這樣說過她。曾經，那是一種誇獎。曾經有一位老師：梅森太太。其人典雅，年齡不詳，有個令人好奇而從未現身的丈夫，而且她是英國人；對她的學生而言，每一個從她嘴裡流出來的圓渾母音，都有如甜蜜晶亮的水果，這些學生都是製糖公司主管、工程人員、傳教士，和政府官員的小孩：也就是，大英帝國的小孩。離開家鄉如此遙遠，他們必須接受訓練，學會如何正確的說話。梅森太太教他們韻文、繞口令、機巧的輕歌劇歌詞，並且要求她的學生複誦一週的每一天，一次又一次，在一次深呼吸的間隔中，唸上四、五次，甚或達到七次。她不贊同使用土洋混合英語、俚語，或者印地語；堅決反對她的澳大利亞學生偷懶省略t的發音；她對would of和should of的區別用法十分在意，而且從不忘說明，哪種縮略法是她可以接受的，哪種是她無法接受的。露絲是她的高材生。

「你講話很英國腔。」芙烈達說，同時一手撈起露絲的空馬克杯。「你聽起來和女王有點像。」

露絲對英國女王有無可抗拒的偏愛心理。「這說法太可笑了。」她說：「你聽：『How now brown cow』。這是我的發音方法。女王的發音方法是：『How now brown cow』。聽她的複合元音！完全不一樣！」

「複合元音？」芙烈達在水槽上哼著鼻子說。突然間，那變成一個又好笑又愚蠢的骯髒字眼，露絲大笑起來，她愛死了，雖然那使她的背痛了起來。芙烈達也跟著大笑，笑聲發自她那宏偉的胸膛，她的笑聲似乎是一種難得又可愛的東西；它似乎是會延展的，就像翅膀一樣。她的整張臉都轉變了：她變得溫馨又漂亮，她把水槽裡的馬克杯撞在一起，並且拿起一條擦杯盤的抹布掩著臉，好遮住自己忍俊不住的笑容。露絲在她紡錘形的椅子裡飄然欲仙。她微笑，嘆口氣，並且想，是的，露絲，傻東西，這有可能是好事，這有可能會沒事的。

3

這房子喜歡上芙烈達；它開敞起來。露絲坐在椅子裡，眼見著這一切發生。她看見在芙烈達除塵並且重新整理之後，書架呼吸得比較順暢了；她看見書房裡騰清了多年來哈利所囤積的文書。她從來沒見過像芙烈達用小痲繩袋帶來的那麼完美的橘子。每個平常日的早上，房子、橘子，和露絲，都在等待芙烈達搭乘金黃色計程車到來，而當她離開的時候，他們都落入既鬆了一口氣又甚覺遺憾的沉寂中。露絲發現自己會期盼自己的日子受到打擾；她對自己竟然如此快就順服下來，感到有點噁心。

但是芙烈達真的讓人覺得有趣。其一，她的頭髮總是變化多端：打辮子，捲曲，噴染，變柔滑，不一而足。每個早上，在接近九點的時候，露絲會打開她前一晚小心翼翼關起來的客廳大門，然後走到窗邊去看芙烈達從計程車下來。她的頭髮有可能盤在頭頂，也有可能直直垂在肩膀上。髮色也有可能是新的。有一天，她頂著一頭如此金黃，如此如雲似霧，又如此脆弱的髮型抵達，她的頭和底下那個幹練的身軀似乎很不搭調。那天早上，她有點視茫茫；第一件事，她先泡一杯茶，然後坐在屋後的階梯上喝，身上帶著種漂白過的華麗氛圍；貓兒們刻意避開她身上所散發的化學味。亮眼的金髮只持續了幾天，就變得銅黃，而後是正黃；然後接踵而來的，是一種比較柔軟的白色，比較精緻奧妙，同時也比較小孩子氣。在這個金黃時期之後，緊接著是紅色，酒紅色，亮麗的烏黑，再回復到褐色，然後就準備好要再重新開始一個大循環了。芙烈達以尊嚴的笑容接受對她頭髮的讚美，並且小心翼翼的舉起一隻手在頭髮附近比劃一下。

「這是我的嗜好。」她說。露絲以前從來沒遇過任何人是拿自己的頭當嗜好的。

芙烈達的華麗頭髮從來不會妨礙她的職責。開始的幾週，她以開朗的態度工作，但是絕對稱不上歡喜。她有一種堅持效率的精神，但同時又有一種鬱悶的氣質，而對於表露自己則是既緩慢又審慎。結果，她的箱子裡裝的竟是好幾大瓶帶桉樹氣味的消毒水；她每天早上用這些滑溜的藥水清潔地板；整潔的腳丫以優雅的動作帶動拖把。起初，房子聞起來香甜有如森林，到後來，味道變得如此刺鼻，貓兒們開始尋找較高的地方睡覺，以避開擦拭過的木板和磁磚。當露絲提醒她這點時，芙烈達只是站在清潔溜溜的地板上，鼻子發出迴響的做出一個深呼吸，以展現對自己清潔方法的擁抱。

「你聞！」她喊道，同時要露絲也深呼吸，直到她的喉嚨都灼熱起來。「這不是很棒嗎？這不是比海藻和蒼蠅的味道好嗎？」

芙烈達從一開始就表明，她不喜歡海洋的氣味。

一邊打掃，她一邊就開始評估露絲「處境」的該注意事項。她注意到浴室裡缺乏扶手，花園裡沒有圍牆。她詢問露絲的醫藥狀況、活動能力、掉髮情形、睡覺模式、飲食習慣（「你愈來愈瘦了。」她指責道，彷彿她對露絲長久以來的體型瞭若指掌），還有與人社交的頻率。她要露絲塡好幾份問卷——「你多常洗澡？(a)每天洗；(b)每二至三天一次；(c)偶而；(d)有特別場合才洗」，還有「圈出以下符合你去年財政狀況的選項」等等。

等到評估結束，芙烈達宣布的第一件事，就是露絲不符合申請公共住宅的條件。「像你這樣的人，通常不符。」她說，顯然對此感到很高興。當露絲抗議，說她對公共住宅沒有興趣時，芙烈達一副經驗老到的吸一口氣說：「乞丐不能挑三揀四。」

「乞丐不該挑三揀四。」露絲說。

「『乞丐不能』才是正確的句子。」芙烈達直截了當的提出指正。

「是的，我知道。」露絲兀自笑起來。「我說的是原始說法，出現在十六世紀，也就是我們這句話的原生句法。想想看——這句老生常談，早在四百年前就有了。」

芙烈達揚起眉毛，她的髮際線也隨之提高。「你就是在教你的學生這種事嗎？」

「是的，的確如此。」露絲說。她爲自己的記性感到驕傲。她感覺自己可以舉起雙臂，一口氣複誦一週的每一日九或十次；也或許，她只要一再複誦她不符合申請公共住宅的資格就得了。

然而，芙烈達一點也不覺得她有什麼了不起，那態度表現在她微微揚起的下巴上。

她輕哼一聲。露絲覺得那種反應幾乎情同姊妹。

「欸，菲爾德太太。」芙烈達說。

露絲隨即挑明，而且這已經不是她第一次這樣說了，「噢，拜託，叫我露絲就好。」

「就各方面考慮，一天一小時可能不夠用了。我要推薦你把時間增加爲三小時。也就是從九點到十二點，而且如果你喜歡，我可以多待半小時幫你做午飯。也就是說，如果你願意忍受我的老生常談的話。」

此時露絲感到懊悔。她喜愛芙烈達的老生常談；她喜愛芙烈達相信那些老生常談的樣子；她喜愛那些老生常談如此的令人相信。我太愛現了，她想，但是那一時振奮的感覺，仍然存在她的胸口。

「好吧。」她說，露絲同意把時間增加爲三小時，並且多額外的半小時來幫她準備午飯。

「那就好。」芙烈達說。她似乎被什麼弄得不好意思起來。然後她說：「我喜歡這個名字，露絲。」

經過午餐的時間，芙烈達的態度放鬆下來。她幫露絲做一個火腿三明治，並且，在露絲的堅持之下，幫自己煮一顆蛋，用菲利浦和傑佛瑞以前常爲之爭吵的米老鼠蛋杯來吃。一邊吃，她一邊解釋爲什麼她必須恪守嚴格的飲食規範，因爲她之前的體重比現在重很多。

「我家所有人都是大塊頭。」她說。「骨架大。」她吸吮用來舀蛋的湯匙。「媽和爹都過世了，還有我姊雪莉也不在了——然而，他們都是大塊頭，雪莉過世的時候，我對自己說：『該是改變的時候了。』那時我在伯斯。我就是在那裡受訓的，在伯斯。而且我說：『芙烈達，現在不做，就永遠不會做了。』」

這些午餐時間的自我披露幾近於自誇：芙烈達就像個福音傳教士，站在她重生的肉身講壇上描述自己的改信歷程。「我寫一封信給食物，告訴它，它對我所做的所有錯事。」她說。「然後我要求離婚。我做了一張證書——我的一位朋友，一個和我同事的女孩，用電腦把證書製作出來。然後我在上面簽名，就這樣。」

「我的天。」露絲說。

「看看現在的我！」芙烈達說著，用兩隻手掌比劃比劃自己大尺寸的身軀。

「可是你還吃不吃東西呢？」

「當然吃。你不會兩手空空離開一樁婚姻吧，對不對？我帶了一些東西離開——健康的東西。其他的呢，我離定了，所以就只好把那些給拋在腦後囉。那就像你和某人分手，你恨他入骨，但是有時候你還是會想摸摸他的肩膀，你知道的？或者握一下他的手。」

露絲試著想像芙烈達握著某人的手；她好不容易才讓影像成形。

「但是即使你想要，你還是不能那樣做。那就是離婚。」芙烈達說。死亡也是如此，露絲想。「然後你會忘記。有些東西，我甚至已經沒有辦法告訴你它們的味道了。問我某個東西的味道如何吧。」

「我不知道耶。萵苣。」露絲說。

「我可以吃萵苣。我有吃萵苣。問我別的。問我冰淇淋好了。」

「好吧。冰淇淋的味道如何？」

「我不記得了！」芙烈達說。「那就是離婚。」

露絲覺得芙烈達的離婚太有意思了；她想要打電話給所有認識的人，告訴他們這件事。但是有誰可以打呢？菲利浦從來不在家，或者是她一直沒有把時差算得很準；她可以告訴傑佛瑞，但是他向來不怎麼認同他所謂的，她的「邪惡的幽默感」，他這句話的意思，很清楚的就是指她「性格中帶有殘酷的特質」；他討厭聽到有人被取笑。所以如果她去對他說：「這個女人，芙烈達，和食物離婚。」他大概會叫露絲把整個來龍去脈解釋一番，然後說：「那對她很好啊。」無論如何，他已經傾向於和芙烈達站在同一邊了。露絲已經依照承諾把相關文書寄給他；他也，據芙烈達說，經常寫信給她，交代應該如何照顧他的母親，她所受的訓練就是這一方面，其實無庸他人置喙，但是，就如你很快會發現的，這種工作最難處理的部分，通常就是家人。噢，那些家人。

芙烈達吃下最後一口蛋。「你天生就瘦吧，是不是？」她說，口氣裡帶著點憐憫。

「我最近有點肚子了。」露絲說，但是芙烈達沒在聽。她敲敲她的空蛋殼頂部，直到蛋殼往內凹陷下去。

「可是做這行，大個子女生也有好處。我注意到這點。雖然我曾經遇過一些護士，個頭嬌小的女孩，卻擁有十個男人的力氣。千萬別低估護士的能耐。」

「我對護士這行還略知一二。」露絲說，芙烈達看著她的樣子似乎頗驚訝。「我母親就是一名護士。」

「她帶你一起去上班喔，是嗎？」芙烈達問，言語有點帶刺，彷彿她有一群稚嫩的幼兒，但受指示必須把孩子留在家裡。

露絲笑起來。「事實上，她不得不。我的父母是傳教士。母親是護士，父親是醫生。他們一起開辦一家診所，附屬於一家醫院。在斐濟。」

這是自芙烈達來此之後，好幾個星期以來，露絲第一次提起斐濟。芙烈達沒有反應。她似乎被吞沒在一股無來由的不快情緒當中。

「我親眼見到我母親如何辛苦工作，以及總是如何筋疲力竭。」露絲用明朗而聊天般的口氣說，此時她緊張起來。「而且我猜想，她從來沒有眞正，就如你所說的，得到他人的感激，雖然她非常受人愛戴。我父親的工作很得人感激，而我母親的工作，則是一種犧牲。那就是人們如何處置這種事情的態度。」

「什麼人們？」芙烈達說，彷彿她問的是某個特定人群的存在。

「噢，你知道。」露絲說，隨意揮了揮手。「教會的人、醫院的人、家人。我一直都認爲，護理是一項非常被人看輕的專業。」

芙烈達嗤之以鼻。「我不會把這個稱爲護理。」她說。然後她站起來；似乎想藉身高給自己帶來安全感。她像舉聖餐杯似的，把蛋杯從桌子上舉起來，穿過廚房，用一邊屁股推開紗門，手裡仍然高高的舉著蛋杯。

「給蝸牛。」她說，並且把敲碎的蛋殼撒進花園裡。

之後沒過多久，計程車就鳴喇叭來接她了，她興高采烈地離開了房子。

4

露絲常常醒來時感覺，夜裡曾經發生了重要的事。她可能又夢見老虎了。她可能，就和以前一樣，又夢見理查．波特在她的床上——雖然，當然了，像那樣的夢，出現的人應該是哈利才對。現在房子裡有了芙烈達，她比以前更常想到理查，就好像每天有人陪伴，會提醒她其他人的存在一樣。在理查、芙烈達，和這種奇異的重要感之間，每週都擠得滿滿的；日子也總是，露絲注意到，充滿了一股奇怪的溫室熱度。她減少床上的毯子，並且改穿涼快的衣服——夏天的洋裝，或棉布短褲配她的兒子們小時候穿的柔軟小T恤。貓兒以春季脫毛的速度大團大團的失去冬天的毛髮，而且露絲持續在夜裡聽見鳥叫和蟲鳴。但是沒有什麼大事發生：芙烈達在浴室裡裝了欄杆，並且教露絲如何讓背部最不吃力地躺下和坐起來；她拖地打掃；她介紹露絲吃喬治的理療家朋友推薦的藥丸，說是有助於記憶和腦部功能，而且因爲是用一種常見的橘色廚房用香料做的，露絲的尿液變成鮮黃色；傑佛瑞和菲利浦不時來電話；這些事情塡滿了時間，但是都沒有什麼特別之處。

倒是，有一件關於車子的事。露絲不喜歡開車，而且她害怕哈利的車；她透過廚房的窗戶偷瞄車子；她晚上會擔心那輛車。她開始靠芙烈達贈送的水果和罐頭食物過活，它們全都是某些令人費解的所謂喬治的朋友給的，所以她不再需要開車，或甚至搭公車進城。她的體重愈來愈輕。她吃掉最後一把南瓜子，它們直直穿進她的身體。在傑佛瑞的指令之下，每星期一次，她出去坐在車子裡發動引擎；經由如此做，她經驗到一種繁忙、踏實的重生之感，緊接著，則是一種即將載自己去參加自己葬禮的不安。

有一天，當露絲坐在駕駛座上時，芙烈達的頭像神出鬼沒的警察一樣，倏忽出現在車窗上。露絲的心臟差點跳出來，但是她保持兩手穩穩地握住駕駛盤；她爲此感到驕傲，彷彿那表示，有違於她自己所相信，她其實是一個好駕駛。

「你從來不開車。」芙烈達說。「你應該把它賣了。」

露絲害怕這輛車，但是她不要把它賣了。那似乎是一種無法挽回的舉動。「我不能。」她說。

一個星期以後，芙烈達又提起這件事。「我可以想到三或四個人，明天就可以來把你的車子買走。」她說。

「開車代表獨立。」露絲引述哈利的話說，以前哈利會要她每星期至少開一次車。他稱這個爲「保持熟手」。

芙烈達搖搖頭。「如果你不眞的開，這樣是沒有用的。」她保證她哥哥的計程車會隨時待命，而且免費服務。「畢竟，你現在是自家人了。」她說，口氣超常的愉快。

她也主動表示要代露絲購物，幫她買郵票寄信，付帳單，如果必要，還可以安排醫生家訪。

「你不能每天晚上都吃罐頭沙丁魚。」芙烈達說。「如果政府付我錢幫你購物，你還是讓我來幫你做吧。那就是我來這裡的目的啊。」

假設經常使用，即代表了喜好的話，那麼芙烈達顯然很喜歡這個句子。那似乎充分總結了她令人感傷的志願服務的重要性。即令如此，露絲還是抗拒賣車的主意。如果晚上自己一個人，聽見有人闖入而需要逃出去時怎麼辦？或者有某種醫療緊急狀況，而電話不通呢？

「你在緊急狀況的時候還會開車嗎？」芙烈達問。

「有可能只是耳膜穿孔啊。或者也許是貓咪有問題，我必須載牠們去看病。你不能幫貓叫救護車呀，能嗎？能嗎？」

眞正令她擔憂的，她訝異的意識到，其實是那頭老虎。當然，這很可笑。可是，如果哪天晚上她忘了關客廳的大門，讓牠跑回來了呢？她會聽見牠步下走道，進入她的臥房，敏捷的虎掌來意不善，到時她唯一的逃生管道只剩下窗戶了。露絲想像自己爬進花園，匍匐在草叢裡等待老虎高超的鼻子嗅出她來。想得好像，以她的背部，她還有可能去爬窗戶和蹲伏似的！或者，有可能是在月黑風高的海灘上，老虎燠熱的鼻息緊追著她的腳跟，同時，那輛車卻安歇在某個幸運陌生人家的舒坦車道上。

「我不會賣車的。」她說，同時轉動鑰匙關熄引擎，如果她的用意是要證明自己的決心，這樣的舉動其實是錯的。車子在一陣戰慄和喘息之後，才落入沉默，老車通常都如此。

「隨便你。」芙烈達說，聳了聳圓滑的肩膀。「我只是想幫忙而已。」

經過這次討論之後，芙烈達的髮型進入一段脆弱的法式麵包捲頭靜止階段。她花更多時間在地板和桉樹清潔液拖把上，而且一邊做事，一邊發出各種噪音：嘆息啦，輕聲咕噥啦，還有呻吟；不管做什麼，都要花上一些力氣、一些抱怨，或者，相反的，某種具侵略性的高昂精力。她會在經過身邊時，喃喃叨唸高齡駕駛人和註冊過期未檢的問題；她不只一次牢騷雖想助人，而那些人卻不想自助的困境。芙烈達用這些讓你感受得到的拚搏和贖罪式苦行，擾動一屋子的安寧，露絲發現，最簡易的辦法就是離她遠點。她退縮到自己的椅子裡。她數算海上的船隻，或假裝在看報紙。傑佛瑞打電話來，說何不邀請一位雪梨的朋友來渡週末；他建議找一位露絲認識、又沒有結婚的女性朋友，是位行事謹慎，懂得感恩的客人，而且是她一些高齡朋友的憂心子女的勤快眼線。露絲對著電話點頭微笑。芙烈達拖著地，計程車在外面等著。

接下來那個星期，露絲坐上面對海洋的駕駛座，海水平穩青綠，只除了晨光照射到的那段空間；在那裡，水面銀波粼粼。轉動引擎鑰匙時，她感受到一股熟悉的憂懼，但是今天還多了一股惶恐：車子似乎在壓迫她，彷彿車子在裝著她的情況下，正在不斷的緊縮；車子感覺起來好小好重，好像隨時都會陷入沙丘，把她埋進沙坑裡。

「你討厭這輛車。」露絲大聲說，並且把手舉起來，放在駕駛盤上哈利經常碰觸，因而變得光滑的所在。他相信應該買可以持久耐用的昂貴歐洲車；這輛車證明他所言不虛。這輛車堅不可摧。

「你討厭這輛車。」露絲又說一次，因爲她確實討厭它，而且，不只害怕開它，還害怕它內在昂貴的歐洲機械。一如往常，芙烈達是對的。她對所有事情的看法大概都是對的。

但是芙烈達是對的這點，令露絲反感，所以她打後退檔，把車子倒出長長的車道，那種篤定，僅是出於外強中乾的虛張聲勢。芙烈達來到客廳的窗戶邊；露絲可以看見掀動窗簾的雙手。但是，太遲了——露絲正在往車道開下去。出到馬路後，她往右轉，駛離鎮的方向。在她的左邊是山丘，在她的右邊是海洋。就在她開車的時候，一片低低的雲層席捲而過。此時正値七月——正當暖冬的中間。道路明亮而色灰，車子在她炙熱的雙手下快速飛馳；她想到的字眼是「水銀瀉地」，那是一個重要的詞，一個適用於海盜或雄貓的詞；她自己的貓有愚蠢的運動家名字，那種她不喜歡，也反對使用的人類名字；她的心神是如此集中啊，她想，即使有像是海盜和雄貓這麼多念頭在裡面；她正在往一個確切的點駛去，而且會很樂於發現那裡有什麼。她會找到它，然後再回家。但是她的返家必須是很完美的：既是代表投降，同時也是一種莊嚴的舉動。那必須能夠指出，露絲雖然願意賣掉車子，但是那並不完全是受制於芙烈達的意志。

露絲一路開上山邊那條寬廣而往左旋轉的路，直到自己都有點暈眩起來了，等到道路變爲挺直以後，路邊出現一個水果攤，旁邊還有足供幾輛車子停車的空位。她常常好奇誰會在像這樣的水果攤旁邊停下來。哈利總是拒絕。現在她轉出馬路，顛顛簸簸的駛上草地邊緣，然後坐在靜止的車子裡一會兒。當她踏出車子時，只覺空氣清新明亮。既振奮，又刺人。

一名因爲曬太多太陽而皮膚黝黑且髮色輕淺的少年在顧攤子。他閃亮的臉孔因無聊而漠無表情，架在身旁的衝浪板說明了他內心的嚮往。他攤子上的貨物幾乎都是酪梨，但是有一顆漂亮的鳳梨，吸引了露絲的目光。那不應該在那裡：一顆鳳梨，在這麼南邊的地方，況且在七月！她走過去，把一隻手放在那凹凹凸凸的外皮上。

「今天忙嗎？」露絲問。她已經把車內菸灰缸中的錢幣全部清空，此時那些銅板沉甸甸的壓在她的口袋裡。

「不忙。」男孩說，他聳聳肩，嘆口氣，並且望向湧升的海洋。

「我可以出去那裡玩好幾個鐘頭。」

「我本來可以出去那裡玩好幾個鐘頭。」露絲更正他說的話。她把銅板拿出來。「我不知道這裡一共有多少，但是我要把它全部花掉。」

他算錢的速度很快。「十九元又四角五分。」他說。哈利如果知道了，一定會對她沒早點把銅板清乾淨發出嘖嘖的責難。

「這樣可以買什麼？」

男孩看看海洋，又看看露絲。「所有的東西。」

花了十分鐘時間，才把所有東西都搬上車。隨著移上車的每一個箱子，男孩的胸膛似乎愈加寬敞起來；他開始閒聊天氣，和海灣裡變幻不定的沙洲，最後，還終於放懷抓了抓他幾乎還沒有長什麼毛的下巴。後座塞滿了酪梨，但是鳳梨獨個兒坐在前座上；露絲還很想幫它綁上安全帶哩。她駛離的時候，無貨一身輕的男孩對她揮手。鳳梨隨著彎曲的海岸道路微微滾動，那顆水果有些東西——鼓浪般的動作，厚重金黃的香味，和尖刺狀的詭異綠色髮型——使露絲覺得像在渡假。這使她很想一直開下去，永遠不要回來。但是，她納悶，你怎麼從一個假期中出來渡假？而等到想到這個問題的時候，她已經到家了。

露絲希望芙烈達正等在房子的前面，或者至少在前門的後方徘徊。她沒有，所以露絲把車子停在平常停的地方。那擠壓的感覺已經消失了；車子和地上都令人覺得很牢靠。她想到她年輕時、兒子們也還小的時候，有一段時間，她開起車來表情總是十分嚴肅：嘴唇抿得緊緊的，手肘和駕駛盤形成僵硬的跳芭蕾舞角度，而且臉上的神情常常會嚇壞小孩。把那一切都拋諸腦後，應該不算是錯事。

露絲從花園和穿堂一路的呼喚芙烈達；她走回去，打開車子的後門，看著那些酪梨箱子，考慮是不是要自己來抬。就在這時候，芙烈達從房子裡出來，在白色襯衫的下襬抹乾手。

「酪梨？在冬天？」

「一個禮物。」露絲說。

「還得我自己扛，就不算什麼禮物。」芙烈達說，但是露絲看得出來，她很高興。會讓她銘感於心的，是那個數量；芙烈達天生是大數量的朋友。她一路搬一路喘，直到水果全部進到了屋子裡，然後露絲出去鎖車子。鳳梨還在前座上。她特別小心地抱起鳳梨：一方面是爲了她的背，一方面也是爲了鳳梨。

等露絲進到屋子裡，芙烈達正站在餐廳中。她站在窗邊，喉頭發出奇怪的聲音：一種低沉的咕咕喉音，類似鳥鳴。露絲張望外面，花園裡有鵲鳥。芙烈達看著鳥兒，發著溫柔的顫音；當露絲說：「我決定要把車子賣了」時，她停下來。

然後芙烈達轉過身來，露出笑容。「好。」她說。她那圓胖漂亮的臉孔，笑起來很可愛。她伸出手臂來接鳳梨，就好像原來就一直在期待它的降臨；就好像她原來就訂購了這顆水果。露絲把車鑰匙放在桌子上。此時空空如也的手上，聞起來有銅板味。

「事實上，這是求我自己的心安。」她說。

「喬治會幫你賣個好價錢的。」芙烈達說，然後第二天，她介紹一個名叫鮑勃的人來，鮑勃把車子觀察一番——他堅持稱呼車子爲「運載工具」——隨即提出要以一萬三千元的價格買下。從車子的束縛中解脫，令露絲十分高興；沒和兒子商量就把車子賣了，也讓她很快意。當鮑勃把支票交給她時，那滿足感更升高了。露絲不經意地發現，除了種種的不幸之外——芙烈達提起，他的妻子不忠，他還有腎結石的問題——鮑勃還有一個不尋常的姓，傅芮特維得[5]。他在那天下午又和一名瘦巴巴的

---

5 Fretweed，英文的字義是「腐蝕雜草」。

助手回來，那個助手小心翼翼地把車子開下車道。這提醒露絲熟悉的車子所發出的特定聲響，似乎，對她來說，幾乎比任何其他聲響——甚至包括哈利的聲音——還要深植在她的記憶裡。但是車子正在消逝，它的聲音也在隨之消逝；哈利也是，也在最後一次走出那條車道。在一屋子的沉寂當中，芙烈達似乎特別敏感起來。在她們的小小爭執結束之後，緊跟著的是鬆了一口氣和筋疲力竭的感覺，而那種感覺在微小柔情的事物中展露無遺：泡茶，保持安靜，而且不再競相爭取貓兒們的感情。車子底下的草地已經枯黃成早餐麥片的顏色。芙烈達用磁鐵片把支票嵌在冰箱上面，並且告訴露絲，星期一一早，她就會把它拿去存入銀行。

5

芙烈達接管露絲的銀行事務。她向露絲展示銀行的對帳單和信件，露絲則像帝王般，手臂在上面揮一揮就打發了事。芙烈達將露絲的銀行存摺當作聖物一樣看待，使用前總會先取得許可，使用後總是大張旗鼓的明示她已經放回哈利檔案櫃後方的原來位置。傑佛瑞跟露絲解說過金融卡的功能，但是露絲喜歡存摺經濟實用的舒適感；她喜歡那種觸感，她喜歡那是用手寫的。

芙烈達對金融卡沒有好感。「錢不是塑膠。」她說，雖然，事實上，錢就是。

露絲想在夜間獨處時，再來檢查這所有的文書細節。她記得她母親管理屬下的心得：絕不要讓他們有任何理由相信你不信任他們。但是夜裡的房子不是進行這些白天計畫的好所在；夜裡的房子鼓舞的是另一種不同的決心。天黑以後，燠熱變得濃烈起來，所以每一種噪音聽起來似乎都很熱帶：棕櫚搖撼著樹葉，昆蟲在滴露的樹叢裡摩娑著翅膀；整座房子拖枯拉朽，嗡嗡作響。熱氣使露絲的頭皮發癢。她聆聽是否有老虎的動靜，但是一切似乎都是屬於安全的草食類。有一晚，她因爲聽到狗兒號叫而醒來，那使她對野狗好奇起來——她想她記得《森林王子》書中有一隻鬣狗。在她很小的時候，母親曾經唸《森林王子》給她聽，就在那個因爲她做惡夢而把她的床搬離窗戶的年紀；從她枕邊可以看見一座漆成綠色的衣櫃，有一盞玻璃夜燈，在「雪梨海港」的裝框圖畫上（顯然，她是出生於一個叫做雪梨的地方）投下粉紅色的陰影。所以，那時候她一定有六或七歲了吧。

此時，她醒著躺在那裡聆聽鬣狗的聲音，那無疑是在海灘上的某隻狗。貓兒們在她身邊躁動不安，但隨之又睡著。她心中的非凡感受格外強烈。她有可能是七歲，正在等著聽到她父親從診所的夜班回來。她也有可能是十九歲，正在等著聽到理查的聲音出現在走廊；他甚至比她父親還要晚歸，而且在經過她震動的房門邊時，總是如此小心翼翼，使她很容易就會錯過。從她所聽見和僅僅記得的聲音當中，後果逐漸浮現；它在兩者之間的某處與她相逢，並在該處找到空間茁長。露絲躺著聆聽，然後她厭倦了等待。要當那個等待重要聲響的女孩，她想，我未免太老了。何不走出去與它正面相遇，何不先準備就緒？她從床上起來給浴缸放水，趁綠水注滿嘈雜的浴缸的空檔，她到哈利的書房裡找她的舊地址簿。如果我能在浴缸的水滿出來之前找到，她想，理查的地址就會在簿子裡。她在浴缸半滿之前就找到地址簿；她打開簿子，在P字首簿頁的波特姓氏底下，記載著理查的地址。光是讀著地址，就讓人感覺到一股召喚的力量。

露絲藉著芙烈達的欄杆的扶助，將身體浸入水中。水放大了她雙腿的蒼白感，但同時也使她皮膚的皺褶顯得光滑又耀眼，因此，她有一半的身體顯得又老又真實，另一半則顯得又水嫩又年輕。

洗浴後，露絲心情快活而手腳笨拙。她穿上一件新睡袍。那件睡袍無袖，顏色清淺，雖然短，但令人感覺像個新娘子。那是芙烈達選購的，原先露絲對那種老阿嬤的花色頗為反感；現在，在夜色中，看起來卻頗亮眼。房子裡的熱氣，令人感覺好像有一層布篷覆蓋著走道，月光透過前門的扇形玻璃灑落其上。月光落在木質地板上，像一疊紙牌，露絲放眼望去，走道又直又長，既無老虎、鳥兒，也無棕櫚樹。她在穿過走道時，把兩隻臂膀伸出去，因為她害怕跌倒（哈利的母親一輩子身體硬朗，上了年紀卻在一次跌倒之後，健康再也無法復元），當她一打開客廳的門，從窗戶投射進來的光線，似乎在剎那間全部投注到她身上。這間房間感覺相對的涼爽安靜，但是一樣充塞著炎熱噪音的迴響。她在尋找的，正是這股噪音。

除了靜止的傢俱，露絲在客廳裡什麼也沒找到，那些傢俱要不是藏身陰影裡，就是投映出落在它們和月亮之間的蕾絲窗簾的光影。無論露絲何時望去，月亮似乎都是又大又圓，而且今晚月亮特別顯著，彷彿它刻意把自己脹得圓鼓鼓的，好跟她保證，客廳裡沒有什麼不尋常的事物。月亮在房子前面的空間裡圓滿無缺，但是出了那個空間，就被滿是雜草的車道給吃掉。任何東西都有可能潛伏在那條車道中：一頭老虎，或一輛計程車。露絲走過餐廳，張望花園。所有在屋子靠海側的東西都被月光照得慘白。這一切空泛有一種挖空感，使露絲很想開口咒罵。她喜愛咒罵的熱鬧喧囂，和引人注目的感覺；如此的充滿人性。她站在半開的後門邊說：「幹」，然後希望因她起床而受到干擾的舒暖的蟲鳴叢林會隨之出現。那裡不眞的聽起來像斐濟——在斐濟的夜晚，她聽到的是路上的車輛、她父母走動的聲音、電話在走廊上響起、她父親出門去看病人、紫薇摩娑著她的窗戶，還有當她母親放洗澡水時，水管中熱水的噪音——但是此時的聲音聽起來也夠不相同了，足以使她聯想起斐濟，足以使她聯想起有夜燈和雪梨海港圖畫的房間。叢林的聲音是滿的，這裡的一切卻是空的。

露絲回到客廳，又繼續聆聽了一會兒。她聽到的每一種噪音都很平凡，涼爽的房間裡感覺既凝滯又缺乏空氣。她在沙發躺下來，背對著蕾絲窗戶，並靜心等待。重要的是，似乎有什麼東西會來點觸她，更關鍵的是，無論那個東西是什麼，她都不該張開眼睛來尋索。如果是老虎，那就很完美，但那是什麼都沒有關係；一隻鳥吧，也許，但是也不必要是一隻鳥。只是一隻蒼蠅吧。或只是某種植物的葉片，在黃色的風中搖曳。閉著眼睛躺在沙發上，露絲可能覺得她的叢林回來了；那裡可能有黃色的光線，那裡可能有老虎用寬闊的鼻頭廝磨著她的背部。至少，可能有熱水在水管裡砰砰作響。第二天早上，芙烈達翻動在沙發上的她，把她吵醒，她探頭張望她的臉，說：「嚇得我差點尿褲子，你這白癡。我以爲你死了。」

6

那天早上，芙烈達徹底拖了一回地板，她遊走於淤積的污泥之間，無論讓地板空在那兒乾多久，赤裸的雙足還是會留下灰色的印記，這使她累到心情都陰鬱了起來。但是她仍舊堅持到底，最後，地板光滑了，而且閃著柔和的光澤。然後她的態度才轉爲寬宏又熱情。她坐在餐桌，望出去恢弘的海洋，同時吃著杏果乾。她的頭髮盤成複雜的三條辮式，地板也暫時完美。

露絲坐到她身旁的桌邊說：「傑佛瑞認爲我應該邀請友人來訪。」

芙烈達嚼著她的杏果乾。

「他想要找的是，」露絲說：「海倫．西蒙茲，那是個他認識很久的聰明女人，她會打電話給他，跟他報告一切。」

芙烈達用舌尖輕快的彈了彈上顎。

「所以，我想，我寧可邀請一位男性友人。」

芙烈達發出戲謔式的呼呼聲。她的整張臉因爲意有所指的愉悅心境而亮了起來。「呦，呦，」她說：「我才以爲自己已經把你摸清楚了呢。」

露絲對這話所影射的意思感到相當快意，雖然如此，她還是把手舉在半空中揮了揮，表示沒什麼。

「那麼，他是誰呀？」芙烈達說。「你的男朋友嗎？」

「我已經有五十年沒見過他了。」

「以前的男朋友？」

「不。算是吧。」

「哈！」芙烈達得意的喝道。「惦惦吃三碗公嗄。」

「噢，芙烈達，那是在五○年代呀！沒有人敢做壞事。我認識的人當中，沒有一個敢。那是在五○年代，而且在斐濟，那簡直就像一九一二年。」

芙烈達不屑的哼一聲，彷彿一九一二年從來沒有存在過。

「我的意思只是，五○年代的斐濟，沒有別的意思。」露絲糾正自己。「我沒有意思要說斐濟是個**落後**國家。」

「我才不在乎斐濟是不是一個**落後**國家。」芙烈達說。每一顆杏果乾都消失進芙烈達來者不拒的嘴巴裡。露絲開始為芙烈達的消化系統感到擔憂，但是又暗勸自己不要，芙烈達是那種她母親會讚許的，稱之為有像牛一樣體質的人。小時候，露絲很怕牛，牛會翻白眼，會吃甘蔗頂，而且會在太陽底下把赤裸裸的協腹曬得亮閃閃，但是現在她知道，當她母親讚美某個人的體質時，她其實並沒有一隻眞的牛的形象存在於心目中。

「他的名字是理查．波特。」露絲說。

「噢，是喔。」芙烈達說著，揚起一邊修剪整齊的眉毛，彷彿她一直就在等著聽到理查的名字。

但是芙烈達就是這副模樣：要使她驚奇是不可能的。她寧可挨餓，也不要面臨措手不及；她已經不只一次如此表示過。問芙烈達要不要聽理查的事，也是沒有必要的，因爲她只會聳聳肩，或嘆口氣，或頂多說一句：「隨你便。」不如就直接開始說了還比較省事。

「他是個醫生，來我父親的診所幫忙。」露絲說。「我當時十九歲。他年紀比較大。」

芙烈達似乎在對此竊笑，彷彿她聽到了一個猥褻的故事。但是要知道她在想什麼則很困難。她坐在那兒，幾近於靜止不動，雙腳離開地板，遙望著海灣，那裡的一陣強風吹散了霧靄，使衝浪俱樂部上方的旗子都昂然飄揚。

露絲解釋，理查，是以一位醫學的人道主義者，而不是傳教士的身分，來到斐濟，雖然他同意表明他的信仰，以便填補診所的空缺——戰後要找受過訓練的人員極爲困難，因此露絲的父親願意接受這樣的妥協。在他抵達以前，露絲的父母提到他都是說「那個有天賦但是誤入歧途的年輕人」，並且爲了把房子準備好而忙得不可開交，因爲在找到自己的膳宿處所之前，他會跟他們住在一起。他也是澳洲人；露絲的父母爲了這點祈禱感謝上帝，露絲也與他們一同禱告。她最有興趣知道的，是他會有多英俊。他在暴風雨中抵達；露絲站在房子側邊的遊廊，看著他下了計程車穿過傾盆大雨跑來。她有一股強烈的命運感，因爲她正值十九年華，因爲他似乎是如此的蒙神恩寵：年輕，澳洲籍，是一名醫生，而且現在正在從雨中奔入她家。所以她繞過角落，對自己所可能造成的效果謹愼留神——因爲十九歲的她出落得十分漂亮，一個可愛的白膚金髮女郎——而且已經準備好，如此自覺地準備好，要給自己的人生營造出某種有意義的開始。但是他全身濕淋淋，而且記掛著司機正在幫他冒雨提行李。理查似乎想幫忙，但是受迫於露絲父親的限制而無法出手，她父親準備了一段歡迎辭，而且在致辭的時候，像個慈父般地擁抱著理查。露絲在一片混亂中遭人遺忘，後來又只是匆匆地介紹；她回到自己的臥房，只能鬱鬱地回想那暗色髮絲和清瘦骨架的印象。

那夜稍晚，擦乾後，理查的頭髮原來是淺色的，而且體型似乎也不那麼清瘦。**英俊**並不是形容他的正確字眼，他長得好看，但是是屬於一種整齊、光潔、狹隘的好看法，他的頭髮梳得服貼，鼻樑長得挺直，而且嘴巴周圍刮得乾乾淨淨。就彷彿，他的美已經被有禮的，下定決心的收走了，以便能夠繼續他人生的其餘使命，即便如此，你還是看得出他既有的美貌，潛藏於他頭髮的光澤，和他顏面的細緻線條之中。額頭的纖細皺紋，指出此人的嚴肅態度。這一切，露絲都喜歡；她全都讚許。有時候，她也會把頭髮束得很緊，因爲整個放下來，看起來就像一條長長的淺金色線條，會引人分心，而且和上帝的工作完全無關。

他們全部坐上晚餐的餐桌——露絲、她的父母，和理查——他一定也看到了露絲所看到的餐廳：又長，又窄，而且如此貧乏的白，破舊的餐具櫥裡擺著家庭銀器（一只有蓋的大盤，一只胡椒罐，一只配有六個玻璃杯的水果酒缸，每一個，都是以愛心從雪梨的昔日生活中帶出來的，而且極少使用；多有意思啊，露絲想，有些東西就是注定會從某些事件中，例如越洋航行和戰爭，倖存下來）。一座風扇在頂上旋轉。露絲的母親不信任電燈，她只信任白亮的酒精燈，所以餐桌的擺設就像經緯度房間裡的赤道，彷彿隨時都可以在上面進行緊急手術。那裡完全沒有陰影，一切就像在正午的太陽底下，白花花的閃亮。在國王的照片兩旁掛著水彩風景畫。當理查在她父親禱告時低下頭，露絲看見他在頭髮分際溝渠處露出來的白色頭皮。他的耳朵頂端紅通通的，前額則是褐色的，而且汗濕。他睜著眼睛，細緻的長臉一動不動，但是嘴形顯示說了阿門。或許他是可以被說服轉爲虔信的。她凝視他太久，他看見她在看他。

他們進食時都過於專注，那是出自於社交性的緊張和刻意表現的好心情。或者應該說，露絲、她母親，和理查是如此；但是她父親則顯得放鬆又快樂，他顯然因爲有了男性的，和醫學上的同伴而感到欣慰，就好像他好幾個月來都是漂流在無人對話的汪洋裡。露絲想，他大概眞的是如此吧。她父親一人獨占了理查，而她則幾乎沒有隻字片語。反而，她希望能用聚精會神的內燃力量，祕密的與他進行溝通。理查回答她父親問題的有禮態度，表示他把眞正的感覺深藏於心。露絲看得出來，也贊同那樣的拘謹立場。她結論，他是一個有道德的人，但是心思縝密。他很善良。或許——後來她對自己承認——他有可能是一個完全沒有原則或者敏感度的人，而她還是會找出一些理由來仰慕他。她就是那樣地下定決心要愛他。

晚餐後，他們都坐在遊廊（露絲私底下都稱這個地方爲露臺）喝茶。茶水老是不夠熱。感覺像在喝空氣，而空氣則緊緊的纏繞著他們，彷彿之前的雨最後拒絕再下，決定就這樣繼續懸宕在那裡。蝙蝠在頭上翻飛。理查點起一根香菸，露絲想像煙霧穿進和穿出他的肺。一切都如煙似霧——茶、潮濕的空氣、香菸——但是理查清晰顯目地坐在這一切當中。她極少看他或者開口說話，但是在搧自己的頭趕蚊子時，她特別努力要顯得優雅；蚊子極少叮她，但是總在她的臉部縈繞。最後，她母親累了，說：「我相信年輕人有很多話要聊」，露絲看見她父親一臉驚愕，彷彿理查和露絲可能有什麼共通之處——或甚至他們的年齡相近——這種想法，從來不曾出現在他的腦海。然後兩人告退：她母親寬容放縱，她父親驚惶失措。他被聽到在喃喃自語。他們的退場表現得極度尷尬，露絲無地自容，幾乎想要逃走。

理查坐在那裡抽菸。他的四周有一種氛圍：疲憊，鬆了一口氣，和被迫要守禮。這一切，都在他的坐姿和抽菸的方式裡。露絲喜歡他剛硬的握著手腕的樣子。依她的看法，有些男人抽菸的樣子像女人；她喜歡他不是像那樣子。他戴著一只婚戒，但不是戴在正確的手指上，很久以後她得知，那只戒指是他過世的父親的。害怕會有任何一刻沉默的露絲提出問題。他說，他來斐濟，是希望能開設一間診療所，給印度婦女提供醫療。

「給什麼——提供醫療？」露絲問，十分驚訝，因爲她以爲他的意思是指罹患某種特定疾病的印度婦女，而該狀況是澳洲人、斐濟人，和英國人所不清楚的，而且，雖然懷疑可能會是令人難爲情的疾病，但是她想知道是什麼。

「給印度婦女的診療所。」他重複道。他以爲她不知道這裡有印度女人嗎？這是個壞的開始。

「噢，」露絲說：「我以爲你是來這裡幫助我們的。在我們的診所。」

「你們的診所？」他問。

露絲認爲他這樣很沒禮貌，因此對自己的義憤感到快意。但她同時也感到丟臉：眼前的一切似乎都如此的襤褸，又如此的明顯；你可以聽到幫傭小弟在廚房裡洗碗盤的聲音，看到繁亂的花園裡沒有一點秩序，他們在享有太多特權（他們不是染有神祕病痛的印度婦女）的同時，又沒有足夠的權勢（當你在露臺招待一位年輕人時，當然不應該聽到廚房裡洗碗盤的聲音）。所以她糾正自己，說：「教會的診所。」

就在這時，他對她微笑，她感覺到自己也報以微笑，她情不自禁。「我眞正想做的，」他說，她把身子探向他香菸的煙霧飄來的方向；她幾乎要把頭鑽進去，「是經營一間我自己的診所，一開始一個月看一次，如果能引起興趣，而且有資源，就可以做得更頻繁。有一個姓卡森的人——你認識他嗎？」

「認識。」露絲說，但立刻後悔了。安德魯·卡森是一位幫南太平洋委員會工作的年輕人。有些人有點懷疑他可能是共產黨員，主要是因爲他不上教堂。他很欣賞露絲的父親，因爲身爲一名醫生，他大可以留在雪梨賺錢——他稱之爲「賺大錢」，彷彿還有別種不一樣的錢——卻跑來這裡，幫斐濟人看病。露絲的父親不喜歡這種世俗的讚許。想到理查和安德魯·卡森可能成爲朋友——或同盟——使露絲感到悶悶不樂。

「他想他可以幫我找到一些資金。我想去外面的村莊。我要買一輛卡車。」

「一輛卡車。」露絲說，很嚴肅地傾聽理查的計畫。

「同時呢，是的，我是來這裡幫忙你們診所的。」

「我很高興，」她說：「對兩件事都是——你既是來這裡幫助我父親的，也是來幫助印度婦女的。」這是她對一位沒有親屬關係的男子所說過，最有深意的話了，她覺得自己的耳朵好像都灼熱起來了。理查又賞賜給她一抹微笑。煙霧停駐在他身旁，似乎不往上飄，也不往下落。「你父親似乎很喜歡說話，可不是？」

露絲對別人對她父親的批評很敏感，那是一種無來由的，很個人的反應，就好像小孩子很在意自己父母的尊嚴一樣。她非常擔憂他在外面的情況。

「通常不會。」她說。「他很高興有你可以說話。」

「我非常喜歡他。」理查說。「我拜讀了他所寫的有關百日咳的所有文獻。」她等著他說：「但是我相信你對這一切沒有興趣。」他沒有。香菸一直燒到手指頭了，他才把它捻熄甩掉。「我老是抽到最尾巴。壞習慣。當兵的時候養成的。」

「你在哪裡當兵？」

「主要在新幾內亞，然後在東京待了一段時間。」顯然他在考慮還要再抽一根；她看出來他決定不要。「你正在放假嗎？你還要回雪梨上學嗎？」

露絲站起來。「你一定累壞了。」

「你知道麼，我真的很累了。」他說著，也站起來。「你讓我覺得賓至如歸。謝謝你。」

他沒有伸出手來。他站著，手裡握著香菸盒，他的茶才喝一半；他不知道好茶在蘇瓦有多昂貴。廚房方形窗戶的燈火很不幸地在此時整個熄滅。

「我希望你在這裡很愉快。」露絲說。她一邊在往屋裡走，走得太快了。「我學校已經唸完了。我十九歲了。晚安。」

她跑上樓，心裡想著，白癡，白癡，白癡。

此時她對芙烈達說：「我在第一天晚上就愛上他了。好呆喔。我甚至不認識他。」

「通常不要這樣比較好。」芙烈達說。

「就有些案例吧，也許。但是理查是一個相當特別的人。」

「而你沒有嫁給他。」

「沒有。」露絲說。

「傻瓜。」

「不是我能做得了主的。」

「我是說他。」芙烈達說。

「噢，他還好啦。他在我之前結婚。我們在一九五四年一起搭船回雪梨，當時我希望事情能發生。我的意思是，有個明確的表示。但是，結果，他一直就已經與人訂婚了。但是從來沒有提起過，甚至對我父親都沒說。我去參加了他的婚禮，然後從此就再也沒有見面。」

「眞的？再也沒有了嗎？」

「再也沒有了。」露絲喜歡再也沒有的戲劇化結局，但還是不得不承認有聖誕卡的往來。

「你要是問我的意見，」芙烈達說，她極少等人請求才表示意見，「幸好你嫁的不是他。哪種渾蛋不告訴人家他已經訂婚了啊？」

「他娶的那個女孩子是日本人。他在日本遇見她。」露絲辯解地說，她看出來芙烈達不認爲這可以當做保密的理由。「那時離戰後還沒多久。這種話題很敏感。」

芙烈達看也沒看地伸出一隻手去拿杏果乾。她在深思；她了解什麼是敏感話題。她嚼了好一陣子杏果乾才問：「最後發生了什麼事？」

彷彿人生就是一段發生了一串事件的時間一樣。我猜就是吧，露絲想，而且確實就是這樣，然後，到了我的這個年紀、到了理查的這個年紀，事件已經停止發生了，所以你可以問發生了什麼事。

「他的妻子在哈利過世之前一、兩年就死了。她年紀比他大——比理查大。」

這時芙烈達把一隻手按在她的黑髮上，發出一聲如此悲苦，如此疲憊，同時又如此甜美的嘆息，使露絲眞想伸出手去安慰她。芙烈達從桌邊站起來。

「你眞的想再見他嗎？」她的心情在轉變；她已經露出一個預見答案的皺眉表情。

「我想我要。是的。」露絲說。「我想要再見他。」

「那工程可浩大囉。」芙烈達說，同時又嘆氣，又伸懶腰，彷佛工作已經落在她的肩膀上了。「我討厭這麼說，露絲，但是我沒把握你是不是有辦法承受。而且，這個理查現在幾歲了？八十？九十？」她說「八十？九十？」的樣子，好像這兩組歲數沒有什麼値得留意的區別。

「他一定有過八十了吧。」露絲說。理查，超過八十歲！好像很不可能。

「你可以稱這爲不負責任吧，叫一個那麼老的男人出遠門。期待他要能照顧自己，在這把年紀。」芙烈達意有所指地看著露絲，補上一句：「在你這把年紀。」然後把桌子上那包杏果乾一把抓起來。

「在去年的聖誕卡上，他說他的健康狀況良好。」

「對八十歲老頭子而言的健康狀況良好。」芙烈達哼著鼻子不屑的說。

露絲看得出來，芙烈達相信她有一個祕密，這個祕密就是：露絲和理查是純潔的，而他們兩個都老了，比老了還要老，雖然他們仍然可能享受甜蜜有趣的羅曼史，但是任何肉體上的親密，對他們兩人都是不可能的了。嗯，大概吧。露絲暗忖。她准許自己懷抱希望，但同時也不預設自己希望的內容。

「傑佛瑞會同意你的看法。」露絲說，很小心的擺出一個無辜的表情，她看見芙烈達考慮了一下這項令人不快的可能性，然後才走進廚房。露絲靜靜地坐在那裡思考邀請理查來訪的念頭。她對自己竟然這麼想見他，以及對這麼想見他所帶來的快感，都感到驚訝。他的來訪將是一件盛事——那將是她所要求的，也是由她所計畫的。

「你知道嗎？」芙烈達在廚房裡喊。她常愛拉高嗓門從另一間房間傳遞好消息——出於她本身的雅量——省得還要面對對方表達感謝的麻煩。「我可以幫忙。你知道，週末過來這裡。不是免費的喔，注意了，」這時，她短暫的出現在兩間房間之間的拱道，「但會是一個合理的價格啦，你知道，我可以做菜，在旁邊幫忙看著。」

「你可以嗎，眞的？」

芙烈達在廚房裡弄出鏗鏗鏘鏘的吵鬧聲，意思就是「是的，但是你不要煩人開始來感謝我。」

芙烈達似乎認爲事情就此決定了：露絲會邀請理查來訪，而且芙烈達會在一旁幫忙打點。她準備了一頓很不合乎個性的豐盛餐點：一道咖哩菜餚，裡面有鳳梨片和某種不知道是什麼的肉。嚐起來像某樣斐濟菜的遠房表親。

「你叫這什麼？」就在芙烈達扣上灰色外套的釦子往前門走去時，露絲問。

「晚餐。」芙烈達說。

後來，躺在床上，肚子裡裝著某種可疑肉品的露絲，心裡紛亂的想著理查。她只想要想他有多好，每個女孩子有多愛他，而他卻最喜歡她；當她和朋友散步的時候，他那輛充當機動診療所的舊卡車剛好經過，灰塵飛揚，接縫處喀嗒喀嗒作響，他會鳴喇叭，或停下來聊幾句，有時候還會載她回家，或用卡車載所有人去海灘，當他們游泳時，他總是待在她的附近，曬太陽的時候躺在她的身邊，閒話安德魯．卡森，堆沙在她的腳上，問她：他對衛理公會牧師太太失言該如何處理，告訴她，她使他想起餅乾錫罐上的酪農少女等等，後來，當女王訪問斐濟，有一場爲歡迎女王而在太平洋大旅館舉行的舞會時，他邀請露絲與他同行——雖然他不贊成皇族——只因爲他知道她想去。每個人都等著看露絲和理查——他們的名字經常被相提並論——修成正果；即使理查開始因爲過於關心印度婦女的健康、和不適當的斐濟人結交（露絲的父親稱他們爲「搗亂者」）、住在露絲的父母家太久（「爲診療所省錢。」他說；「爲我留下來吧。」露絲祈禱），以及甚至根本不是共產黨人卻拒絕上教堂，而玷污了自己的名聲時，蘇瓦的女人們仍然都希望看見露絲與這個「有天賦但誤入歧途」的年輕男子有個快樂的結局。她已經放棄了感化他的希望。連她自己都不再那麼虔信上帝了。他晚上很晚才回家，她會傾聽他輕巧的足音經過她門前，而他從來沒有停下來過。不對：他停下來過一次。她的房門打開來。他進來道歉；他在前一晚女王的舞會上吻了她，以後絕不會再發生這樣的事情。大家開始懷疑他是否正常。他們懷疑印度婦女，和安德魯·卡森；他們從來沒有懷疑他有一個日本未婚妻。

而且露絲多麼努力幫他對每個人辯解啊！因爲她是他最喜愛的人，是他的餅乾錫罐酪農少女。但是連這樣也是很累人的。例如，他會未經她要求就拿一些很難的書借她看，而且要知道她的讀後感；當載有管絃樂團或劇團的輪船在蘇瓦靠岸時，他會帶她去看他們表演。如果不喜歡他所看到、讀到，或聽到的，他就會說那是「爛劇本」、或「爛書」。「爛」是他嘴裡最強烈的形容詞。他總是對戲劇或交響樂有很絕對的看法，而且會對之提出慷慨激昂的預告，彷彿是要在進一步批評之前，先輔助性的總結出他的意見。「那很爛。」他會說，或者如果他認爲已經無可救藥了時，「前後一致的爛」。或者，如果贊同，那些事物便若不是「重要」、或「出色」，就是「非常好」。大多數他帶她去參加的活動，她都覺得很枯燥，即使在她覺得有分享到快樂時也是如此，而且她感覺理查注意到這點，這個屬於他的、把她整個排除在外的世界，對他而言，似乎是出於她自己的抉擇。她看見，當活動結束，她過度熱心的鼓掌時，他就會注視著她，一臉悲憫。

他很有禮貌；總是要等到被問，才會表示意見。他會等到她說：「你認爲如何？」然後才說：「非常糟糕」或「很出色」，接著就會有幾分鐘討論爲什麼，在那段期間，露絲會好奇，他怎麼想得出這一大堆話好說。她很驚奇，他竟會有如此多沒完沒了的意見，而且有辦法表達得如此頭頭是道。他比我聰明，她結論，而且比我關懷世界。但是一部分的她也狐疑，爲什麼他能夠毫不費工夫就把感覺轉化爲語言。她聽完一首音樂以後，心裡會留下某種形狀，看完一齣戲以後，會有心絃被拉動的感覺；她不知道要如何形容那些形狀或心絃。理查會談論他的看法，然後會說：「你認爲呢？」她可能回答：「我同意」或「我喜歡」。如果他所說的那些算是意見的話，那麼她是沒有意見的；她有的只是好惡而已，而且那些好惡也經常是曖昧不明的。她知道她有自己的意見——她對喜歡的事物確實有很愉快的反應——但是她從來不覺得有必要去加以深究。每當她被迫要表露自己對書，或藝術，或音樂的品味時，她總覺得自己聽起來就像在討論喜歡什麼顏色一樣。但是和哈利分享自己的喜好就很容易了，哈利對事物的好惡和她一樣的含糊：例如說，他們兩人都喜歡韓德爾的《彌賽亞》，但是都不覺得有必要去探討那首樂曲在他們內心所引起的特殊感受。書本更不一樣了；書本的世界是私人的。沒有人能夠和她一起讀一本書，提出反應，並且尋求她的反應。理查曾經試圖挖掘她的看法，但是她害怕他發現她一無可取而感到失望。相較之下，哈利的隨和則讓人輕鬆許多。

露絲期待她的個性會隨著年齡變得更加鮮明，直到有一天，她發現那對她根本也無所謂了；她從此不再煩惱這件事，就好像某種幸好被放棄的嗜好一樣。但是現在理查可能帶著他的壞書和出色交響樂來訪，那會使她再度充滿懷疑。她躺在床上，兩手壓著塞滿了肉的肚子，不停的擔憂，直到據守床上的貓兒開始蠢蠢欲動，舉眼瞪視。牠們在聆聽什麼，她也是，但是沒有聽到什麼不尋常的聲音。她的心臟緊繃而強壯。不要現在，她心裡想，她說話的對象是老虎。不要在理查要來的時候——這意思也就是說，她確實希望他來。其中一隻貓發出低沉古怪的吼聲，或者至少，是像吼聲一樣的噪音。露絲過去安撫牠時，牠咬了露絲的手指一口，這種反應總是令她覺得傷心又害臊。她移進床鋪裡，心中感到不快，那些貓兒則跳下床跑了。

「算了！」她在牠們背後喊。她決定寫信給理查。她還是有未來的。她從床上抬起背部，走過去梳妝臺，找到紙和筆。

「我親愛的，」她寫道：「這就像青天霹靂，但是如果你能抽空走一趟，這個老女人想要再見你一面。我住在海邊，我家的景觀極佳（看得見鯨魚呢），而且我還認識一位叫做芙烈達的好心女子，她哥哥喬治有一輛計程車可以到車站去接你過來這裡。我們可以聊聊斐濟和昔日美好的回憶，或只是在太陽底下打瞌睡。你喜歡多快來就多快來。鯨魚群在遷徙了。盡快來吧。」

露絲寫好信，沒有重讀一次就把它封進信封，隔天一早就交給芙烈達寄出了。裡面可能有拼字錯誤，而且她事後憂心自己在最後簽了「寄上我所有的愛」，但最重要的是，信確實寫了，而且也寄了。五天以後，理查回信了。他的筆跡像寒冬枯枝般削瘦。他很高興得到她的訊息。你相信麼，他最近一直在想她呢；而且如果說她老了，那他豈不是更老？他下個月很忙，但是會在四個星期以後的星期五來訪。

7

理查抵達前沒幾天，露絲打電話給傑佛瑞。

「出了什麼事嗎？」當她表明自己是誰時，他問。他的非週末聲調一副像要馬上跳起來的樣子。

「沒事。」她說。「我這個週末會很忙，如此而已，所以我想現在先打個電話給你。」

「忙什麼？」

「我邀了一個朋友來過夜。」露絲說。

「那好哇，媽！我認識的人嗎？海倫．西蒙茲嗎？葛兒？還是芭芭菈？」

「都不是。」

「那是誰？」

「一個老朋友。」

「如果你故意搞神祕，那我就不再問下去了。」傑佛瑞說。所以，就和哈利一樣，反應荒謬，但她猜想，這種事在寡母和兒子之間經常發生，要提嘛，又會引起不快。她一直努力保持信念，相信自己和父母的處事態度極爲不同。

「我沒有要搞神祕。」露絲抗議。「這是在斐濟時的一個老朋友，一位名叫理查．波特的男士。」

那種她當時告訴學校朋友的同樣感覺又回來了。「我要和理查．波特搭同一艘船去雪梨。」當時，一九五四年，那些女孩子點點頭，並且相視而笑。露絲在那溫和的暗示之下如花盛開。她的心中充滿喜悅。此時傑佛瑞說：「那好啊。」

「你記得嗎——我們以前常接到他寄來的聖誕卡？還有他太太。」

「不太記得了。」

「他在我還是個女孩的時候就認識我了。他和你外祖父母非常熟。他相當傑出。我想算是個行動主義分子吧，就你們現在的說法。」

「問他，他有沒有什麼老照片。」傑佛瑞說。

「我相信他一定有。我記得女王到訪的時候他有一臺照相機。」

露絲知道傑佛瑞誤把她所說的女孩想成小孩子；在他想像中，理查是一個年老很多的人，屬於她的叔伯輩，而且也用那種口氣來談他。他說他很高興她有人陪伴，雖然她實在應該哪天找海倫．西蒙茲來；他也擔心訪客（不是海倫．西蒙茲的訪客）會造成額外的工作負擔。露絲解釋芙烈達會幫忙，只要多付一點費用——他問多少，然後對答案表示讚許——而且她預期他們不會做什麼事，除了賞鯨和喝茶，那會造成的「額外工作負擔」極爲有限，對此她幾乎要無地自容。露絲在講電話的時候，芙烈達正在洗餐廳的窗戶；談到她的費用時，芙烈達發出一個表示噁心的微小噪音。

總是對他人的交通安排感興趣，也花很多時間規劃自己交通的傑佛瑞問：「這位理查要怎麼去你那裡？」

露絲的答案沒有必要的詳細。對話就這樣持續不停，露絲想，我有說什麼讓他不能掛斷的嗎？但是我什麼時候可以掛斷呢？她一直在聆聽傑佛瑞可能準備好要掛斷電話的暗示，而當她聽出來時，她先幫他說了，突如其來的，就好像迫不及待一樣。他似乎一點也沒把她母親計畫招待一名男性客人的事想歪了，這讓人鬆了一口氣，同時，露絲想，也有些沒面子。這倒不是說，她有意要給她的兒子們製造醜聞。她從來就不喜歡那種明目張膽的女人。

「希望你有一段愉快的時光！」傑佛瑞說。

露絲對著電話做了個鬼臉。一段愉快的時光！我把你懷在肚子裡九個月，她想。我用我的身體餵養你。我是上帝。她想要回敬的句子是**狗娘養的**。但是這麼一來，她豈不成了狗娘？

露絲掛斷電話時，電話發出一個小小的敲擊聲，彷彿把傑佛瑞從它的咽喉裡輕輕地咳出去。她考慮按預設好可以撥給菲利浦的那個電話按鈕。

「香港現在幾點鐘啊？」

芙烈達皺起眉頭，看著手錶，開始用手指頭數算起來。「現在打太早了。」她嘆口氣，彷彿對計算的結果雖然感到遺憾，但還是會勇敢承受。要打去香港，老是不是太晚就是太早；露絲開始懷疑那個遙遠的地方到底有沒有白天。過去這四星期，等待著理查來訪，她開始懷疑除了這裡，到底還有沒有其他地方存在；似乎很難想像，此時此刻，理查正生活在某個地方，而且正等著要來看她。

又回去洗窗戶的芙烈達說：「傑夫對我的薪資很滿意，可不是。」那不是一個問句。她擦著窗玻璃，手臂的肌肉跟著晃動；窗玻璃也跟著晃動。她已經變得和房子如此契合，這個相互影響的晃動好似某種對話。露絲覺得這有一種撫慰的作用。

現在她已經告訴傑佛瑞了，理查是絕對會來了。露絲檢視自己的心：既雀躍，又龜縮。各種難題自動呈現眼前。這棟房子好悶熱，晚上可能出現鳥隻，而且幾乎可以確定會有不合季節的昆蟲。貓兒在地板上和床鋪上嘔吐，而且牠們的絨毛不時會從各個角落蹦出來。好幾個月以來第一次，露絲注意到花園的現況：花園似乎從房子的周圍日漸縮小。哈利過去花很多時間照顧這座花園以抵抗沙和鹽的侵蝕，他在梯子爬上爬下，穿柔軟綠色的護膝跪在草地上，使他看起來像個上了年紀的溜冰手。現在如果看到這景況，他一定會嚇壞。他的灌木叢和樹籬成片的枯萎；它們提醒露絲被拋棄的著色畫冊。繡球花看起來像被巨型毛毛蟲啃成破布的模樣；雞蛋花的斷枝散落在草地上；破敗的草皮給人一種像褪色絨布的印象。脆弱草皮底下的土壤早已失去作用——根本被吹走了。現在只有沙；沙比草還多；少數還挺立的樹木與海爭戰，而唯一旺盛的植物，則是高大的本地生草種，它們環繞著房子的三面生長。

「他只好將就囉。」芙烈達看見露絲透過餐廳沾了肥皂水的窗戶檢視花園的沮喪表情時，說。

「是啊。」露絲說。

「一片狂野。你自己說你比較喜歡這個樣子。」

「是啊。」露絲說。

「而裡面會整潔如新。」

芙烈達似乎對房子所呈現的榮耀非常在乎；畢竟，它反映了她自己的榮譽，所以，她忙著清理每一個角落，以準備迎接理查的降臨。露絲以前從未在她身上看見如此程度的熱心。芙烈達不肯接受任何幫忙，但是限制露絲待在餐廳裡，這樣她「比較不會造成麻煩」。

就在芙烈達打掃的時候，露絲告訴她更多有關理查的事；談他，使她比較不那麼緊張。每個故事，她有可能說了不只一次。他在她生日的時候送她綠色的印度沙麗服，而在她穿上時，他又是如何的難爲情。他第一次吃金桔時，如何在房子裡追著她跑，要她也試吃一顆。聖誕節時，他用茶葉箱幫她做一個布偶戲臺，因爲她在女子小學擔任教師助理。還有關於皇家舞會。

「我有一件用淡藍色中國絲做的洋裝。」她得意地說，彷彿她有訂做絲洋裝的習慣。露絲沒有提起理查在舞會中吻了她，而且從那時起，露絲就對女王抱持著不可動搖的感激之情，而女王暗深髮色的皇家頭顱，時不時就浮現在舞會的人群當中。當時女王才加冕不久，年紀不比露絲大多少。女王！還有理查！全在同一個晚上。藍色的絲衣裳點亮了露絲的金髮。理查和她跳舞，問她：她是否累了，然後沒有告訴她爲什麼，就用手攬著她的腰背，引領她穿過人群；他把她帶到走廊，在棕櫚樹盆栽之間吻她，直到安德魯．卡森現身，逼得他們不得不出來。安德魯．卡森，可能的共產黨分子，親吻的殺手！而且，那不是一個純眞無邪的吻。露絲把那件洋裝留下來，打算送給她有朝一日可能擁有的女兒，而今卻不知道洋裝哪裡去了。

芙烈達藉由不抗阻，間接鼓勵了她的懷舊憶往；此外，並沒有任何徵象顯示，她對這些事情有興趣。那個星期四她待到很晚，又打掃又烹飪的，那是第一次，她們兩個人一起吃晚餐。芙烈達做了一個清淡的熱炒，把露絲的盤子盛滿飯，卻有一搭沒一搭的戳著自己的蔬菜。

「還在減肥嗎？」露絲問。

芙烈達點點頭，神情嚴肅。「也許你沒有注意到，」她說：「但是我的腰圍已經減了一吋。」

有芙烈達同坐在餐桌，把玩著她的食物，感覺很奇怪。她吃一小口，再一小口，然後就站起來清桌子。

「不急。」她說，同時收拾著盤子，所以露絲把她的飯推開。

「反正我太緊張了，吃不下。」

「你到底在緊張什麼？」芙烈達問，她已經在水槽裡用水浸濕盤子。水在鍋子、盤子，和芙烈達的雙手之間波湧。

「有件事，我很擔心。」露絲說。

「什麼事？」

「要不是有客人要來，我不會這麼擔心。」

「我們是有一個客人要來啊。」

「我的頭這麼癢是正常的嗎？」露絲把手舉到頭髮上，但是她不會在芙烈達的面前搔頭髮。「癢到快瘋了。」

芙烈達甩掉手指上的肥皀沫，說：「你上次洗頭是多久以前？」

露絲哭了起來。這種事以前從來沒有發生過；太糟糕了。雖然露絲知道這很糟糕，她還是任由自己哭，部分理由，是因爲她對自己忘記洗頭，任由頭髮繼續癢下去而不記得，感到十分害怕。她曾經在晚上擔心自己有頭蝨或某種寄生蟲，或以爲頭髮癢是出於想像，懷疑自己可能快要心智失常了。她會一頭油膩的從睡夢中醒來，懷抱著這些恐懼，並且爲了努力不去抓癢而拉扯自己的頭髮，而現在芙烈達則提醒她，這只是因爲頭髮太久沒洗的正常感覺。芙烈達注視著露絲的淚水，臉上明顯露出不贊同的表情。但是當芙烈達露出這種模式的表情時，通常就是要採取某種犧牲自我的援助行動的前奏，露絲想到這點，心中便安慰起來。

「你要我幫你洗頭嗎？」芙烈達問，露絲哽咽地說：「我每天晚上洗頭。」

「我知道你每天晚上洗頭。」

「我對洗頭有很龜毛的要求。」

「如果你沒洗我會知道的，親愛的，你就會有味道。」芙烈達說，她如此的善意，露絲不好意思地用一隻手掩著自己的臉。她的頭皮癢不可遏。距離她上一次洗頭，可能有好幾個星期了。芙烈達拉掉水槽塞。她用抹布擦擦手，捲起襯衫袖子，並且把自己的頭髮往後抹平。

「別擔心。」芙烈達說。「我們會把頭髮洗乾淨。會很好的。就像去美容院一樣。」

「噢，天哪。」露絲說，感覺此時自己有點裝模作樣，正在準備接受一種愉悅的無助狀態。她期待將自己完全交給慈愛的雙手照顧。「太麻煩你了，不會嗎？」

「那就是我來這裡的目的啊。」

起初芙烈達打算在浴缸裡幫露絲洗頭。露絲喜歡這個主意。她解釋，那就是她小時候人家幫她洗頭的方法。她形容在斐濟家中浴室的樣子，有一座窄淺的浴缸（她父親只能蹲在裡面，用小水桶往背後潑水）。她母親在窗戶上掛綠色的羅紗布，一方面是爲了隱私，另方面也是因爲，就和她所認識的其他女人一樣，她認爲綠色是清涼的顏色。

「藍色才是最清涼的顏色。」芙烈達說。而當芙烈達這樣說時，藍色就是最清涼的顏色了；毋庸辯駁。

但是當露絲試著從椅子站起來走去浴室時，她的背部抗議了。芙烈達——充滿懷疑，沒耐性的芙烈達，因爲本身有個可靠的脊背，通常對露絲的腰椎狀況缺乏同情——決定用浴缸太辛苦了。反之，她指示露絲去坐在客廳的翼背式活動躺椅上：「不可思議的躺椅」，露絲曾經這樣稱呼那張躺椅，因爲她不是很贊成坐躺椅，她猜想這是一種非常新教徒的對座椅的思考方式。芙烈達把一個大盆子裝滿水，在椅子上、地板上，和露絲身上都鋪了浴巾。她把活動躺椅放到低得不能再低的極限，如此一來，露絲可以透過她的小腹上方看見自己的腳趾頂部。

芙烈達很擅長洗頭髮，露絲假定，那是她在自己健康的頭髮上有過充分練習的結果。她對每一個步驟都不遺餘力：打濕、上洗髮精、上潤絲精、清洗，甚至和受過訓練的美髮師一樣，用能幹但漫不經心的方式給你頭部按摩。她的技術並未出乎露絲意料；讓露絲感到驚訝的是，洗頭髮的芙烈達，開始打開話匣子。她開始抱怨晚上失眠、緊張頭痛，和便祕的困擾。

「如果你摸我的頸子和肩膀就知道。」芙烈達說。「硬得像水泥一樣。」

問題，似乎，是出在她的哥哥身上。更確切的說，是出在他和芙烈達共同擁有的那棟房子上。房子以前是屬於芙烈達的母親的，她四年前過世，把財產留給三個小孩：喬治、芙烈達，和他們的姊妹，雪莉。雪莉在不久以後也過世，留下喬治和芙烈達共同擁有那棟房子。

「一塊爛爛的小地方，老實說。」芙烈達說：「以前是國民住宅。但畢竟是個家，而且景觀很好。這年頭，那塊土地還值不少錢哩。」

房子就在附近的鎭上。原來，芙烈達的母親和哈利是在同一年買房子的。當時，當地是一個功能性的安靜小鎭，有一股無助的撤鎭氛圍：原先因之造鎭的罐頭工廠已經在十年前關閉了。在那個比較安靜的年代，來渡假的哈利和露絲，帶著兩個男孩開車進來買雜貨，只因爲在水岸上吃有點太油膩的冰淇淋，而在附近多逗留了一些時候。露絲記得街上到處林立簡潔的石棉水泥造住宅。它們很可能是公辦的國民住宅：畢竟，罐頭工廠工人需要有地方住啊。

芙烈達的母親和哈利，分別在這個卑微的鎮上和附近買了房子，不出幾年，咖啡店和精品屋開始在環保雜貨市場與主流新聞經銷商之間，以及罐頭工廠的舊建築裡相繼開張；一家小旅館先建起來，然後是一家比較大的；活動住宅公園的面積縮小到原來的三分之一，以順應小遊艇船塢的興建。芙烈達的母親和哈利在無意中做了一筆極佳的投資。他們兩人，依芙烈達的說法，各「坐在一座金礦上」。露絲想像兩個人互相恭喜。在這個形象當中，芙烈達的母親，一位紅潤矮壯的斐濟女人，擁抱著高大、貴族般的哈利；沒有比發現自己竟如此機靈更開心的哈利，在她的頭上搖晃著一瓶香檳酒。

但是，現在芙烈達母親的這棟房子引來了麻煩。似乎，喬治是個賭徒。

「不是大咖的。」芙烈達說。「他去俱樂部的時候，只玩撲克和基諾。可是我告訴你啊，那就很夠了。」

露絲喜歡撲克賭牌機；她享受那些小小的燈光和小小的音樂，以及複雜的按鈕和好運的可能。她並不常碰見這些機器，但是無論何時，只要碰到，她總是堅持要玩幾把，而且稱這種偏好爲「一個小衝動」，她總是用裝模作樣的老倫敦腔說這句話。她從來沒料到，一個人有可能因爲愛玩撲克賭牌機而負債，但是喬治就是如此。她憐憫他，而且知道哈利一定不會這樣，因爲哈利很明白事理，有時甚至還有點勢利。露絲懷疑自己可能也很勢利，只是她自己不自知而已，但是她覺得，她充滿同情和容易感傷的心彌補了這點。

露絲爲喬治感到難過，但讓她最難過的，還是芙烈達。喬治已經用房子辦了兩次抵押貸款，第一次是投資一項進口與包裝汽車電話零件的生意，第二次是在第一次投資失敗以後，用來成立自己的計程車公司。到這時，他已經搬進那棟房子住了，之後不久，芙烈達也搬進去和他一起住。

「爲了保護我繼承的財產，」她說：「否則會被他丟進茅坑糟蹋了。」

露絲沒有評論芙烈達突然出口的髒話。她喜歡她的語言。她喜歡芙烈達把手掠過和穿過她的頭髮，以避免水流到她臉上的迅速動作。離上一次任何人碰觸她，已經是很久以前的事了。

一開始，喬治的計程車事業很成功。他從朋友的朋友那裡買了兩張執照，而且這時候，小鎮興旺起來了，他正好坐等連鎖經營的好機會。有一段時間，幾乎鎮上的每一輛計程車都掛楊家出租行的車牌。但是，據芙烈達說，拙劣的生意頭腦、缺乏組織的能力、粗暴的態度，和不可靠的名聲——「不管對什麼人都傲慢的傢伙，無論是顧客、員工、司機，都一樣，更別提他自己的妹妹了」——毀了歹運的喬治。隨著司機走人、車輛損壞、保險費拖欠未繳，他的賭博習性愈形嚴重。現在，他又回到只有一輛計程車，而且由他自己來開的處境。上個週末，和他一名前電話接線生的長期戀情，才因爲和她丈夫打架而告終，結果喬治還爲此在醫院住了一晚。

簡言之，喬治是一團糟。芙烈達什麼都試了，但是他不要人家幫忙。露絲同情那些「不要人家幫忙」的人；雖然目前順服的接受援手，但她覺得就一般而言，她自己就是屬於這種人之一。芙烈達現在關心的，是她母親的房子，也就是她所稱的「她在其中過世的房子」。露絲發出表示支持的哼哈聲。露絲從來沒去過她自己母親在其中過世的房子，那是在維多利亞省鄉下的一間教區長住宅。她母親當時去探訪朋友，在夜裡死於中風。露絲的父親死在醫院裡。還有就是哈利，他根本就不是死在什麼房子裡面。

芙烈達把盆子搬去浴室，以便將髒水換成乾淨的水。露絲認爲芙烈達的動作比平常快了些，但大概比平常沒效率。因為肥皂水潑在她漂亮的地板上。

「我不知道為什麼把這一切告訴你。」換水回來以後，她一本正經地說，但是在用潤絲精梳理露絲的頭髮時，她的態度又放鬆下來。她一手抓著髮根的部分，這樣才不會拉扯頭皮，就像露絲的母親在綠色光線的浴室幫露絲洗頭時一樣。她面臨的麻煩在這裡：兩筆房子的抵押貸款，以及拖欠未繳的種種費用。她不是那麼在乎失去房子，只是，那是「母親在其中過世的房子」。這年頭，擔任政府照護員的薪水又少得可憐。

「這點我不需要告訴你，你也知道。」芙烈達說。「你知道我們有多麼不受重視。」

而且喬治自尊心太強，不願意求人幫忙。事實上，他們兩人都自尊心太強。某些親戚可能會看在他們母親和芙烈達的面上，伸出援手，但是自尊使她開不了口。

「你一旦離開家族，就是離開了。」芙烈達說。「你要不就衣錦榮歸，要不就不要回去。」

這話對露絲而言，即表示芙烈達已經切斷她和斐濟的臍帶；她的離開是充滿戲劇性的，而且她期待自己的餘生要過得符合那樣的基準。所以露絲點點頭，表示她了解，芙烈達則用強壯的手指把她的頭定住。

「我考慮要再找第二份工作。」芙烈達說。她暫停一下，她們兩人都思考著找第二份工作的高貴情操。「然後我想：『不好意思耶？我連做這個工作的時間都快不夠用了。』但是我賺的又不是百萬薪資。你知道這個週末來這兒煮飯，這個從你這裡得到的額外工作機會，對我有多大的幫助嗎？可以幫忙我付電費哪。喬治老愛把每盞燈都開著。要不是因為我，他會把一整間屋子的燈火都開得像聖誕樹，整晚、每晚。還有，他花在淋浴的時間啊！」

「眞浪費。」露絲說。

「欸，誰不喜歡洗個又舒服又長的澡呢？」好擺架子的芙烈達說。現在她用一條浴巾在擦乾露絲的頭髮。「覺得怎麼樣？」

「好太多了。」露絲試驗性的按按自己的頭皮，結果頭皮好像又要癢起來。

「還需要做什麼呢？我們要幫你把客人來訪前該準備的事都準備起來，可不是。」露絲仔細聆聽這句話有沒有什麼弦外之音，但是沒聽出什麼來。「我們來瞧瞧你的腳吧。」

露絲有好一陣子沒想到她的腳了。她有一點訝異的發現，它們都還好好的連在她兩腿的末端；她翹起腳趾，把兩隻腳舉到半空中，而芙烈達則像個白馬王子，幫她把拖鞋脫下來。她的小腳長滿斑斑點點，她脆弱的指甲依偎在她的長腳趾上。芙烈達對她的腳跟如此乾燥，甚表震驚。

「不能這樣。」芙烈達說著，趕忙跑到浴室。她帶了另一盆熱水，和一小塊灰色的浮石回來。「你知道麼？」她說。「我曾經聽說，腳底乾裂最好的療方——你聽了不會相信——是尿布疹藥膏！」芙烈達嘻嘻笑著，把露絲的兩腳放進熱氣騰騰的盆子裡。她用浮石磨腳，水立刻變成米白色，這些似乎並沒有引起她的反感。

露絲試著動一動其中一隻腳。在熱水中，只覺得腳又重又好像沒骨頭。「你對我太好了。」她說。

芙烈達沒講話。髒水從盆子裡潑出來。

「家父以前會這樣做。」露絲說。「他以前一年會舉行一次洗腳儀式。他會幫所有的病人洗腳，然後幫診所的員工、家裡的員工，還有我，然後最後是幫我的母親洗。」

「做什麼啊？」

「好提醒我們和他自己，他是去那裡服侍我們，而不是要讓我們服侍他。」

芙烈達暫停磨腳，表示猶疑的閉起一隻眼睛。

「而且因為那樣做很好。」露絲說。「那是一件好事。」

露絲記得舉行那些儀式的日子，是閃著金色光輝的日子，比平常還要燦爛，但是其中夾雜著某種不舒服的感覺，就好像有什麼潛藏的災難會發生。她母親把每個人都準備好：把病人的腳露出來，把他們的指甲剪好，清乾淨，並且叫員工排好隊。那些斐濟護士邊脫掉露絲的父親要她們穿的白色軟鞋，邊吃吃笑。醫院的管理員，一名細瘦而笑口常開的男子，在戶外的水龍頭底下拚命清洗自己的腳，直到被護士們吆喝回去。

「如果被他看見怎麼辦！如果被他看見怎麼辦！」她們罵他。

診所是為蘇瓦地區的窮人開的。他們因為病痛、受傷、難以呼吸、血便、手腳無力、懷孕、偏頭痛，和發燒等等，自動前來求診，露絲的父親或治療他們，或引介他們去別處，或送他們回家。他們不應該在診所過夜，但是當醫院的斐濟病房客滿時，他們卻常常那樣做。所以在洗腳日的早晨，都會有留在那裡過夜的病人和他們來訪的家人，此外還會有那天早上抵達的新病人，而在看任何病人之前，露絲的父親都會先幫他們洗腳。

洗腳儀式是在耶穌受難日舉行：那是個莊嚴肅穆的日子，和一年的其他日子嚴格區分（雖然病人還是需要照顧，地還是要掃，而且露絲的母親還是必須在家僮的幫忙之下安排午餐）。首先要上教堂，在每年的那個時候，就在復活節之前，教堂總是充滿緊張的期待情緒。選用的聖詩洋溢感恩，引用的聖經章節謙和低調；整個禮拜過程顯現的是一種溫馴的哀悼形式。之後露絲一家人從教堂走路到診所。露絲的父親走在前面，上教堂的西裝下胸背挺拔。他是個勤奮不懈，隨和風趣的人，他的後背寬闊，有如砌磚工或運動家；但是他的頭很小，他的喉結十分顯著，而且頭髮老是像青少年般在後腦勺糾結成一團。他的頭髮很細，眼睫毛很長。軀幹雖然厚實強壯，卻和四肢形成強烈的對比：他有著優美的踝節，長長的袋鼠腳，外科醫生般的雙手，伶俐的頭顱，和細絲般的頭髮。這給人有點輕浮的印象。新手媽媽會對抱著她們包成包袱般嬰兒的那雙細瘦手掌直眨眼。在復活節洗腳日那天，那雙沾著肥皂沫的瘦骨嶙峋的手，從他的員工腳下，移到病人和他的家人的腳下，感覺像木工的某種精準工具。露絲記得他的指關節壓在自己腳背上的感覺，以及兩隻長長的手抱住她的腳，彷彿在祈禱。

他在員工和病人面前的地板上匍匐前進，四肢鬆垮而身軀笨重，像一頭象寶寶走在磁磚地上，一路拉著水桶前行。窗外圍觀者的手掌將陽光分割成條狀，照在一雙雙褐色的腳上。每洗完四雙腳，他就站起來從小水桶裡取新的水。他們全都靜默地注視著他。護士事前擔心他幫她們洗腳時，她們會笑出來；結果她們都沒有。她們害臊的排成一排。當他迫近時，她們或許會遮掩笑容，但是在洗腳的時候，當他謙卑的跪在她們面前時，她們的面容都是懇切又嚴肅的，甚至其中最年輕的，都忍不住低聲禱祝，並且輕觸他的頭。有時候她們還會啜泣起來。

露絲想，如果在洗腳的過程中，他能一直保持住尊嚴就好了：不只一次，他會在站起來的時候放屁，而且他的膝蓋會喀啦喀啦作響，特別是在年紀愈來愈大以後。等到露絲成爲一名青少年，她對整件事情感到很難爲情；心中充斥著想要保護他的傲氣、害怕，和焦躁。她開始注意到有些員工或病人抗拒，但不確定那是意味著厭煩、不情願，或者反對。他在某些人面前顏面盡失。有些人則對他感激不盡。對正跪著的笨拙而健朗的父親，露絲有一股發乎母性的愛憐，覺得自己比他定義明確而充滿寓言的世界優越，而且在這樣的優越感之下，她爲他感到心碎，年紀愈大以後，他的頭也愈縮愈小了。

理查拒絕參加。他不願意幫人洗腳，也不容許人家幫他洗腳。家裡爲這事困擾不已；露絲的母親不乏敏感的體諒猜測，而她父親則是沉思不語。露絲游走在無聲的驚惶失措邊緣，爲她父親感到忿忿不平，同時也察覺到自己溫和但日漸滋長的反叛意識。她爲這儀式感到丟臉。她沒有辦法不感到丟臉，她決定；即令如此，她還是對之抱著崇敬之情。因爲那是純潔而且善意的。或許她判斷錯誤。但那使理查非常生氣。當露絲問他爲什麼時，他不願意說。那不說當中也隱含著某種高貴情操。他躊躇不決，對她的忠誠（她懷疑）沒有把握。她答應不會告訴她父親，然而他說：「問題不在那裡。」

舉行完儀式那天晚上，他們一起坐在露臺上。他很安靜，而且在抽菸，抽菸可以驅趕蚊子。整天都沒有人看到他。露絲坐在他旁邊，簡直無可救藥的好奇，而且抱著完全可以包容理解的仰慕態度。他的身體沒有一部分不感動她：堅定的肩膀、抖動的腳尖，還有鎮靜的眼神。煙霧在他們的頭周圍嬝繞。他們的手臂沒有碰觸——但是在露絲的意識中，他們幾乎要碰觸了。當下有一股心有戚戚的共鳴氣氛。他不也會意識到這一切嗎：他們的手臂、月光，還有煙霧？一隻狗吠了幾聲。洗腳儀式以後，露絲和父母吃了一頓從紐西蘭進口的復活節羊肉午餐。理查的餐桌座位空著，用叉子叉著堅韌的灰色羊肉的露絲，開不了口提問他去哪裡吃飯了。現在她問他：

「你今天去哪裡吃飯了？」

「去安德魯．卡森家。」理查說。

「爲什麼？」

是。」

「不是。不是，不用提你父親，我就已經夠他們煩的了。他們都認為你父親是聖人。他大概眞的

露絲想了一下，然後說：「因爲你對他們抱怨我父親嗎？」

「他們邀請我。」

「你怎麼讓他們煩？」

「噢，政治啊。」理查揮了揮夾著香菸的手。「所有這些遣返的問題——趕走印度人，趕走中國人。送他們回老家，或者把馬克薩斯群島給他們，只要能把他們趕出這裡就好。讓他們在別的地方自相殘殺，讓斐濟回歸斐濟人，」他沉默了一會兒，「和英國人。」

「你並不同意。」露絲知道他不同意；他們以前就談過這個問題；露絲從來沒有這麼在乎過這個問題，直到她與他一起關心起這件事。

「我今天已經受夠了論戰。」他說。「我想我還是上床睡覺比較好。」

「還不許走。」露絲說。「除非你告訴我，爲什麼家父做的事是錯的。」

理查只是用頗具耐心的眼光看著她，但是已足以令她心旌搖曳。他似乎在衡量她所說的話。當時還沒有發生他在舞會上吻她的事。

「好吧。」他說。「好吧，告訴我：他什麼時候給過他們一個機會洗他的腳？他是他們所有人當中最偉大，最高貴的僕人，是嗎？這個服侍他人的特權！他稱自己爲僕人，我知道他指的是某種特別的意義——自貶、謙恭、犧牲、僕人耶穌基督，那一整個基督教模式的服侍觀念——那些我都懂，但是他曾否停下來想過，他是住在一個每天都有人以僕人的身分在爲他工作和生活的國家？你們有一個

家僮耶！他沒有以偉大的公開儀式替你父親洗腳——但他每晚在夜深人靜的時候洗刷碗盤。抱歉，這令我生氣。不，我不感到抱歉——老天！」

從來沒有人這樣說過；從來沒有人這樣生氣。露絲驚愕不已，崇敬的心情使她變得笨拙又易感。他所說的，沒有一句是在她的意料之外；她自己其實已經開始在思考其中的大多數問題。但是她從來沒有聽過一位可敬的人如此大放厥詞，這給她的印象太強烈了。她大可以在那一刻拋棄教會、家人，和斐濟，與他逃往任何他所選擇的國度去開疆闢土——只要他開口求她。但是他沒有，所以其結果，就是她依然保持忠於家庭，爲家人辯護；那和使她對父親喀喀作響的膝蓋感到丟臉的衝動反應是一樣的。

「你在這裡還不夠久，你不了解僕人的事。」她說，但這說法聽起來很無力（她以前就聽過許多人對新來的人這樣說），所以她繼續辯解，「要不然他應該怎麼做？都不要洗腳嗎？只要在心裡指望，他們都能知道他並沒有認爲他是在他們所有人之上？」

露絲挪動一下，用自己的肘部碰一下理查的手臂，結果並沒有產生任何特別的感覺。但是她極度希望他會把他的手放在她的手上，表示同意她的話。

「今天早上，」他說：「我開那輛該死的卡車上那些該死的爛路，因爲某人告訴另一個人，而那另一個人告訴我，說有一名孕婦在納薩夫一帶昏厥——結果他們不讓我靠近她，他們說那是走在不平的路面所造成的，說她會去拜廟，一切就會平安無事，同時，我有一個輪胎爆了，我搭某一個該死的擁皇派傢伙的車回蘇瓦，斐濟人全都是擁皇派，現在我的卡車還在那邊，我明天必須想辦法把自己弄去那裡，我告訴過你，我應該去睡了。我眞的應該去睡覺了。」

然後他站起來，親吻她的頭頂，那就跟什麼都沒做一樣；當她對他生氣，或覺得難為情，或特別沉浸在愛情裡時，就是她最純眞無邪的時候，而眼前這個時刻，她正好三者兼具。而且她覺得自己年輕得出奇。

「我們可以明天再談嗎？」他說。然後，出於善意，他又說：「你絕對都是對的，對所有的事情，大概吧，但是我今晚沒有辦法對你公平以待，我實在太難過了。」

這也令她感到驚愕。是什麼事情使理查這麼傷感？

曾經還有一個類似這樣的時刻，露絲記得，她沒有對芙烈達提起：那是在去雪梨的船上。理查要回雪梨接一個世界衛生組織的職位，露絲則是，依她父母的說法，「回家」去找工作。她在旅程中一直害怕自己和理查之間不會有任何事情發生，害怕她這一輩子都不會有任何事情發生。她愚蠢的自知，她永遠都會是她父母的女兒，這點不會因任何事情改變，無論她是考慮去上大學，或教書，或當護士（她有可能成為一名護士嗎，就和她母親一樣？她有可能眞的會回去斐濟當老師嗎？她每天在這些抉擇之間躊躇不定）。旅途持續著，而在九月的一天早晨，她和理查並肩站在輪船甲板上，有一群女學生在那裡玩槳網球。她遠眺雪梨港的海岬說：「無疑，有一天我會有所成就。」

「那眞可怕，不是嗎？」理查說。「這個所謂的必須有所成就。」

露絲很驚愕，這位如此明顯有成就的男人——他是一名醫生、軍人，而且是印度婦女的救星——竟然對這種說法抱持著如此傷感的態度。然而他在船上兩次握過她的手，一次是在驚濤駭浪的時候幫助她穩定，另一次則足足握了三分鐘，因為愚蠢的她為了離開斐濟而稍微哭了一會兒。他曾經來找她一起去喝酒，而且隨著逐漸遠離赤道，天氣愈來愈冷，曾經拿毯子來幫她蓋膝蓋。他們曾經一起坐在日光浴甲板上，因爲她戴著手套，人家猜想手套可能掩蓋了手指上的戒指，有個男人對著他們微笑，假定——露絲相信對方一定如此假定——他們倆是夫妻。而且理查在那場爲女王舉行的舞會上吻了她，雖然有時候她懷疑，那是不是她自己的想像。這些理由不算充足，但總是個開始——那是一段必須經歷的過程，而且接下來還有雪梨等在眼前，這個露絲所歸屬，然而卻完全不認識的城市。理查會帶她認識雪梨，她會愛他，而他也會以愛回報。

船開始進入雪梨港。廣闊明亮的市景擁擠在水邊，然而又離岸有一些距離。露絲看見樹木蔥鬱的油綠公園，一群又一群的白色鸚鵡從中蜂擁而出。那些鸚鵡嚇了露絲一跳，她以爲雪梨應該比較像英國，而比較不像斐濟。就在這時，理查靠出去甲板的欄杆對她說話，這樣她便無法看見他的臉，但是風還是把他所說的一字一句都吹送回來，他說的是，他已經訂婚了，而且即將結婚。

「和誰？」露絲問，而理查必須轉過來請她把問題再複述一次。

「她的名字叫京子。」他說，對露絲而言，聽起來像「可可」[6]，她想像一名金髮閃亮的女孩，有著一張聰慧美麗的耀眼臉孔（露絲自己的臉孔則像月亮一樣，只會反映光線），一開始她很驚訝，理查竟會愛上一個名叫可可的女孩，更不要說，事實上她從沒料到，理查會愛上任何人。她的喉頭哽塞得很厲害。

「恭喜。」她說，笑容很僵硬；她不敢信任自己能夠鎮靜地提出問題。此時他們被女學生包圍，她們正拿著槳網球的槳在對著岸上揮舞；露絲覺得自己比她們都要老很多。

---

6 日語中，「京子」（Kyoko）的發音像Coco（可可），而Coco是法國女性的名字。

風使理查一直要流鼻水。「我在日本認識京子。」他說。「她是個寡婦。她是日本人。」

「很好啊。」露絲說，嘴唇抿得很緊，但是維持住了尊嚴，那是最重要的，她想。

「她是日本人。」他說：「那就是爲什麼我以前都沒有提起。我沒有把握——嗯——你們會怎麼想。你們所有人。」

露絲假裝沒聽到他說什麼。她靠著欄杆顫抖，但是不想哭出來。重要的是，要如何讓自己從中解脫，而不暴露內心痛苦的程度。

現在理查轉過身來注視著她——正式的看著她。他清了清喉嚨，瞇起眼睛。「我很抱歉。」他說。

「噢，有什麼好抱歉的？」露絲高聲說，笑得太張揚了，然後往遠離他的方向退開一步，因爲她以爲他要來碰她的臂膀。「也許我應該走了，去——」她想不出來她應該走開去做什麼；她曾經告訴過他好幾次，她有多盼望看見輪船進入雪梨港的景致。

「她會來接船。」理查說。「我希望能介紹你們認識。」

所以他和京子有信件往返，做各種的計畫和安排：我會搭這艘船，我等不及要見妳，有一個小孩和我同行，一個討厭歌劇的蠢女孩，恐怕妳必須要和她見個面。露絲心中浮現所有那些女孩柔和欽羨的臉孔，她先前對她們誇耀，她即將和理查．波特同船前往雪梨。在那當下，那些臉孔似乎比理查的臉孔還要可怕。綠色與灰色夾雜的市景，在船的盡頭處傾斜起來。

「那太棒了。」露絲說謊。

她很想下船，轉身穿過海底走回蘇瓦。但是衡量，自己應該表現得和善而又無可撼動，擔任她父母的使者，為理查在斐濟的印度婦女當中所做的傑出工作做證；她不會讓他以為她不贊成他娶一名日本寡婦，或以為她很在乎他在舞會上吻她，而一直以來，他都已經訂婚了。無論如何，或許，她可以在擁擠慌忙之中下船，與她慌張失措的叔叔碰面，認領好行李，理所當然的，可能就此找不到理查，只是做做樣子的尋覓他的蹤影——他可能跑到哪裡去了呢？——然後完全避開和京子見面。結果，事情眞的就這樣發生了。理查簡直太容易丟失了，就彷彿他本人也很不想讓她們兩人碰面。露絲在她的行李和她多愁善感的嬸嬸的臂膀之間跌跌撞撞，她幾乎可以很確定的說，她沒有看見京子。有一名穿黃色洋裝的黑髮女子在那裡等人，但是她看起來不完全像日本人。她隨親戚回到街道兩旁林立著碩重紅紫色藍花楹的家，回到一間被溫和的陽光曬得暖暖的借住房間，並且一頭栽進有別人髮味的枕頭哭了個痛快。

那是段痛苦的時刻，在那段時間當中，她自我著魔到期望這件事能夠教會她謙卑。事實上，她的心是在最不引人注意的情況下受傷了。她從來沒有拿她的心冒險過（後來她明白這點，而且有些遺憾）。沒有人知道她在受苦，這既是她的勝利，而另一方面，也是她心裡煎熬的起因。這樣悽慘的過了一兩個星期以後，這變成一種非常能夠管控的煎熬。就某些方面來說，她終於能夠因爲從理查的意見、理查的不贊同，和理查的勤奮等等陰影之下脫身，而鬆了一口氣。她從來不了解，他是怎麼把她變成一個比較無趣的人的。是因爲他使她緊張嗎？還是因爲他令她覺得枯燥乏味？四個月以後，她懷著一顆緊綳的心參加了他的婚禮。他即將成婚的妻子，將黑髮盤繞在橢圓的額頭周圍。沿著走道，向他開敞的面容走去時，是怎樣的感覺啊？她拒絕他要見她的所有安排，說是公事很忙；而且她確實很忙，她擔任她父母的傳教協會祕書，和幾個女孩搬進一處公寓，下定決心要像她們一樣，穿她們穿的那種鞋子，看她們看的那些雜誌，變成一個和所有住在廣闊、乾淨、穩健的雪梨的女孩子沒有兩樣的人。有時候，她懷疑理查會不贊同，所以她努力盡量不去想他，直到終於，那變成一件一點也不費力的事。露絲以前常聽見她母親安慰情傷的護士。「海裡還有很多別的魚。」她會這樣說，而從她博引聖經的嘴巴裡說出來，那聽起來像是金句良言。現在露絲喜歡對自己說：「海裡多得是比我大的魚。」

有六個月的時間，她穿對的鞋子、讀對的雜誌，和對的男人出遊。然後有一次在協會的活動當中，她遇見哈利，當時她負責照管三明治。他和他的父母一起參加，他的父母是所羅門島的傳教士。他似乎有個吃三明治的超大胃口；他至少吃了四個三明治，才開口問她，他能否再與她見面。他善良、英俊，又隨和。那就像，他們是在同一個國度裡長大的——都有屬於傳教士家庭的童年——而現在則一起在眞實的世界中找到自己的路。哈利喜歡說：「我們都這麼正常，這不是很驚人嗎？」——這話總在露絲感恩的心坎裡激起歡喜的漣漪。她喜愛被一再保證。他們親吻、約會，理查的影像逐漸縮小；他們結婚，而理查沒有受到邀請。雖然他們的父母都是傳教士，宗教之於他們兩人，卻是屬於私事；相對於他們父母親艱難的異國信仰，以及爲追求信仰所付出的努力，他們本身所花的心思似乎十分微薄，充其量只能說是隱而不露。他們一起脫離了信教的習慣。他們喜歡相同的傢俱和圖畫，喜歡相同的音樂，喜歡相同的食物，這使得建置他們的家庭十分容易。每當露絲回想她婚姻的這個早期階段——她經常回想——她的印象，就是本來就有一個幸福存在於那裡，它只是在等待他們走進其中。

芙烈達腳跟一蹬。「好了。」她說，臉上露出和清潔完地板時一樣的幸福表情。她把露絲的腳從水盆裡抬出來，用浴巾把雙腳徹底擦乾，然後抹上潤膚霜。她的手又滑溜又強壯。露絲把頭靠在活動躺椅上。她閉上眼睛。芙烈達邊抹潤膚霜邊哼歌，這世界只有安全，理查明天就要來了，以一個八十歲高齡的最佳健朗之軀。

8

露絲在理查要來那天一早踏入花園，那使她想起春天，就彷彿春天是在她的世界裡占據一個獨特位置的季節。空氣甜美、乾燥，又油綠。房子很乾淨，櫥櫃裡裝滿了食物，而且餐廳桌子上插了一瓶金合歡花。芙烈達從她母親房子的一棵樹剪來那些花；它們煥發著自有的微妙光輝。理查應該要在那天的傍晚抵達。

唯一美中不足之處，就是在客廳的一塊椅墊上發現一坨黏黏的東西：貓兒製造的廢物淤積，這使得芙烈達一時火大，開始數落那些貓兒在家裡到處留下的胃腸不適髒污（她相信那些污漬是牠們對她個人所做的刻意攻擊）。但畢竟，那很容易解決：芙烈達用海綿清洗椅墊，把它翻轉過來，似乎就此忘了曾經發生過這回事。她的心情和平時大相逕庭。她十分忙碌，雖然控制一切，卻不顯得跋扈；她詢問露絲對每件事情的意見，拍鬆椅墊和她自己剛剛捲過的頭髮，戮力收拾傑佛瑞的房間，理查來以後將要睡在那裡。她和露絲合力鋪床，使用的是最好、但是有點發黃的亞麻布床單——芙烈達已經熨燙過，她們把床單鋪平，然後塞進床墊底下，這床單使露絲想起抹了一層奶油的麵包。整間房子充滿期待之情，就彷彿那些食物、熨過的床單，和潔淨的窗戶，是迫不及待要以愉悅的方式向人展露的祕密。芙烈達把下午的時間花在烹飪上，所以露絲就去打掃花園走道上的沙塵。她對灑在頭髮和肩膀上的柔軟陽光、海洋的熟悉弧線，以及她立在山丘上的美麗房子，都很自豪。她的背會痛；她考慮多服一片藥劑，但最終還是選擇不要；她擔心藥劑有時候會使她茫茫然，而這個週末她想要保持清醒。她換上一件可以自己扣上腰帶的藍色裙子，然後在她的椅子裡坐下來等待。在這種情況下等待是一件難事。某件重要的事情即將發生的感覺，在露絲的胸中升起，就好像有一陣風在那裡鼓鼓吹動。

理查是用敲門的，而非按門鈴。因爲露絲沒聽到他的敲門聲，所以過了一會兒才意識到，芙烈達匆忙趕去前廊，是因爲理查抵達了。等到露絲來到屋前，芙烈達已經接下理查的行李和外套，而車道上的車聲，則是喬治的計程車駛離的聲音。露絲從門口踏出去前花園，理查正在那裡等她。是的，他變得比較老了，而且戴著眼鏡，但還是很清楚的可以辨識出是理查，就和當年看著他從斐濟的暴風雨中跑進來時一樣，她的心跳加速，只是她並不感到緊張或害怕，她有意要放膽一搏。他對她伸出雙手，她握住他的手。他們互吻面頰，就好像他們向來都是如此對彼此問安，而就在芙烈達提著他的行李進門時，理查牽起露絲的手臂帶領她進屋。他們非常快樂的柔聲對話：見到你眞好，能來這兒眞是太好了，我的天，你看起來好極了，你也是啊，好像才昨天的事，眞不敢相信。

「這正是我想像你會住的地方。」理查說。他輕鬆地站在露絲家的客廳裡，露絲陪他一起觀賞泛白的畜牛山丘風景畫、壁爐上的骨董大型裝框畫作，以及綠色的玻璃相框裡，她的孩子和孫兒女們的笑靨。她看見自己安適、幸福，和美好一生的證據。理查出現在那間客廳，似乎是一件如此必然、如此受歡迎的事，她又擁抱他一次，他取笑她；他們一起大笑，並且手牽手的坐在客廳裡。芙烈達在廚房裡搬鍋弄盤。

「讓我好好地看看你。」理查說，而不同於以往，露絲可能會把臉藏進自己的臂彎裡，這時她直直的回看他；她屏住呼吸，並且在如此做的同時，伸長了自己的頸項。

他的頭髮稀薄了，也發白了，但是還有不少頭髮，可能就是因爲如此，所以他讓頭髮留得長些，好在頭上形成一坨髮雲。他的額頭很高，就和她所記得的一樣，而且她爲他慶幸，他的髮際線沒有怎麼退縮。他們曾經一起年輕過，現在他們老了；因爲中間什麼也沒有，這種奇異的時間縮減，像漩渦般攪擾著露絲的心。他鼻翼與面頰銜接處的平凹長相，小下巴上的特殊橫褶，還有用兩手手掌撫平長褲的熟悉動作，都再一次的令她感動。這一切，都提醒她，他批評她父親「洗腳」的那一晚。

「你還抽菸嗎？」她問。

「很多年沒抽了。」

「那好。」她說，爲他的肺感到欣慰，但也有些失望。她想要再看見他抽菸的樣子；她有一種想像，覺得年輕的理查會從那些特別的舉動中浮現——舉高的手腕，彈掉菸灰的動作——從而起來宣示自我。然後她想起來，他的妻子就是死於肺癌，心中遂覺懊惱；她記得告訴哈利這個消息時，哈利回應說，日本人抽菸得肺癌的比例很低，所以波特京子的死似乎是雙重不幸，是離開日本所帶來的可怕後果。露絲一動不動的坐著，聽理查告訴她他的旅程：雪梨的交通阻塞，還有火車的延遲。說不定他和傑佛瑞會合得來呢。她開始憂慮，說不定他根本不應該來訪。

「晚餐好囉。」芙烈達宣布，理查站起來；露絲看見他無意識地把手伸去扣一個他已經數十年沒穿的西裝外套的鈕扣。

「噢，理查，這位是芙烈達，我親愛的芙烈達。」露絲說。她一時太感情用事了，但立刻叫自己鎮定下來。「這位是芙烈達．楊，這位是理查．波特。」

理查對芙烈達伸出手，芙烈達以露絲早已習以為常的莊重態度和理查握手；她看見理查對之頗感意外。他們兩個人握著手，似乎是在對某件國家大事表示同意，而那件事是芙烈達迫使理查妥協的。當理查伸出手時，露絲注意到他的手仍然非常修長，她對自己的腰圍也鬆了一口氣，雖然那底下的肚腹嫌胖了些。理查對她伸出臂彎，她接受了，他們就那樣手挽著手走向餐桌。

吃晚餐時，芙烈達效率高超且無聲無息地穿梭在廚房和餐廳之間。露絲請她加入他們，但是她搖頭，並且用手勢優雅的示意。不，那笑靨是露絲前所未見的柔和，她的笑容說，我想都不敢想。或許她是那種在男人面前會舉止不同的女人。露絲有沒有真的看過芙烈達和一個男人在一起？她想到鮑勃・傅芮特維得，然而他的身分好像太浮面了，不能真正算是一個男人；她想到芙烈達彎身伸進計程車的窗戶和喬治談笑。但是喬治是她的兄弟。芙烈達幫他們舀豆子和澆醬汁，然後退到廚房裡，在那裡一邊哼歌一邊清潔已經清乾淨的流理臺。露絲不贊同這種沒有意義的勤勞。依她的看法，一間三倍乾淨的房子，看起來太像被貓兒用消毒過的舌頭整個舔過一樣。

露絲發現，沒有她的父母在場，和理查一起在餐廳吃飯很奇怪。因為已經立定主意不要以追憶往事當做起頭——因為恐怕自己會多愁善感——她擔心會找不到話好講。幸好，有小孩子的話題可以討論。他們兩人似乎都養了令人安心的平凡小孩；他們的小孩當中，沒有出現難以管教的天才型人物。他的大女兒是一名醫生。

「有時候，她使我想起你。」理查說。「她非常頑固，是屬於好的那種頑固。我一直認為，你可以當一名很好的醫生。」

這時芙烈達正在收拾盤子，理查從空餐桌上靠過來，碰觸露絲的手。他的皮膚不像她的那樣有老人斑；他的皮膚是乾淨有皺紋的褐色。芙烈達在他背後揚起眉毛表示好奇。她邊搖頭邊走進廚房，就好像年輕人明目張膽表示輕蔑時發出的嘖嘖聲。

「是什麼讓你認爲，我可以當一名很好的醫生？」露絲說。

「我看過你在診所裡幫忙。但是不只那樣。你有正確的心思：如此清晰而又善良。」

「再也不清晰了。」露絲搖頭，彷彿想要把混濁的液體搖乾淨。

理查笑起來。他說：「有時候，我覺得自己好像每個部分都和以前不一樣了。我覺得好像已經認不出自己了。」

「噢，不。」露絲說。「你和以前一模一樣。」

「眞的？聽你這樣說眞好。」他仍然握著她的手，那使露絲覺得既高興又難爲情。她想要告訴他，事實上，在年輕的時候，他從來沒有像這樣，這麼毫不猶豫的碰觸她。現在的他，或者對她有所求，或者比較願意表達他對她的需求，或者變得比較溫柔和多情了。但是他仍然是理查。露絲建議他們移到客廳去；理查和她並肩坐在沙發上。她的腿碰到他的，所以她把腿挪開。還這麼害羞，實在很蠢；她覺得自己很煩，但似乎也無能爲力。她問他有關雪梨的問題，他則問她有關她的房子的問題，他沒有再碰觸她。

芙烈達進來道晚安。她站在客廳的門邊，穿著灰色的外套，顯得很端莊，露絲走向她，把一隻手放在她的面頰上。

「謝謝你所做的一切，我親愛的。」露絲說，芙烈達點點頭。她似乎有些不好意思。然後她走出玄關，把門在身後闔上。

「你找到她，實在非常幸運。」理查說。

「倒過來說還比較恰當。」露絲說。「是她找到我。」

「說來聽聽。」理查說。

露絲發現她很不想說。她不喜歡回想芙烈達來這裡的那天，她不確定爲什麼。「噢，你知道，政府派她來的。那不是很棒嗎？她就這樣突然出現。簡直就是老天爺送的。」

「deus ex machina[7]。」

「沒錯，沒錯。」露絲對理查如此流暢地說出這句華麗的辭藻，覺得很厭煩；他以前教過她這句話。「可是，說眞的，她才剛從斐濟來。」

「從斐濟來的？眞是令人驚喜的巧合。她在那邊做什麼？」

「她是從斐濟來的。」露絲說。「她是斐濟人。」

理查望向大門，彷彿芙烈達可能湊巧再度出現，把自己的面目展現給他看。「她看起來不像斐濟人。」他說。

「你覺得不像嗎？」

「我不知道。我想如果你問我她是哪裡人，我會答不上來。」

「我從來不想當那種會說『沒有她我無法生活』的人，但是我想，我現在變成那種人了。」

「這種事情會在不知不覺中成爲習慣，可不是。」理查說。

---

7 意即「天降救星」。

露絲納悶誰已經成為他的習慣。她的胸口一緊——有那麼一瞬間，她覺得自己好像在雪梨港的輪船上，正在被告知有一個名叫可可的女孩存在——於是她改變話題。「你知道麼，你這個月來，再好不過了。」她說。「現在正好是賞鯨的季節。」

每年的這個時候，南座頭鯨會沿海岸遷徙。牠們會在陸岬外嬉遊，而且常常會游進海灣。露絲在比較年輕、脊椎也比較矯健的年紀時，會爬下沙丘，走上沙灘，當時總覺得，她是在盛大隆重的出去迎接牠們。她想，牠們知道她在對牠們致敬。有一年菲利浦來訪，他划海上皮艇出去，好看個仔細；哈利在岸上，聲音悲涼單調的對他喊：「太近了！太近了！」有如鯨魚那種又急又高，不屬於塵世的聲音，召喚出船難水手似的暗夜呼號。

對客人展示鯨群，一直是露絲最大的樂趣之一。她喜歡讓客人在餐廳的窗邊排排坐，每個人都瞇起眼睛往外觀海；她把家傳的雙筒望遠鏡傳遞給他們，所有那些望遠鏡，都曾經在太平洋上貼近過傳教士的面孔；最後，她的客人總不免按捺不住，無論天氣如何，都要跑出去外面，好離海近些。每當鯨魚的水柱噴起來時，每個人都大叫出聲，露絲很高興自己要對海灘上那種社群哺乳動物的情緒負責。她等不及要讓理查看見鯨群，當他們在走道上互道晚安時，她鬆了一口氣的貼上他的肩膀。他說：「我好高興我來了。」這個來訪不是錯誤；一切會沒事的。一切會比沒事還要好。露絲闔上通往客廳的門。她感恩的上床睡覺。

但是第二天早上下雨了，景色都被遮掩了。從窗戶看出去的大海歪斜又罩霧，完全不見鯨魚的蹤影。鎮旁的海灘上仍然有衝浪的人，露絲從餐廳以異於她本性的憤恨眼光注視著他們。

「不管雨天晴天，他們都在。」她說，瞇眼張望模糊的大海。她好奇那個賣她鳳梨的男孩是不是也在其中。「他們沒有工作嗎？」

在天氣比較好——心情比較好——的時候，她還讚許他們永不疲憊的悠閒生活呢。

芙烈達清理早餐的盤碟。

「謝謝你，芙烈達。」理查說。「我很久沒吃到這麼豐盛的早餐了。」

芙烈達高興地微笑，但沒說什麼。

他們待在餐桌上；露絲坐在她的椅子裡，理查坐在長窗的座位。雨中的屋子一片平和。空氣舒緩溫暖。芙烈達開燈遣走陰霾的天光，送來茶和酥餅，並且在廚房裡準備午飯。這個芙烈達和節食與擦地板的芙烈達相去甚遠；她的頭髮是正常的褐色，而且梳得很端莊，一半束高，一半放下來。這個心平氣和的芙烈達效率前所未有的高，安安靜靜，但絕非隱形。她的存在以一種穩定的氛圍充滿了整間房子，因此露絲忘記了鯨魚，和理查輕鬆地度過這一天。他對她和他們共有的過去專注聆聽，露絲萬分高興能與一個認識她本家的人交談，他認識她的父母，而且曾經在斐濟看見他們全家在一起。她想不出還有哪一個在世的人，能以這樣的方式記得她。他們談她的父親，談他對自己的診所和這個世界所抱持的繁重寄望，以及他如何安靜、平和，而又遺憾地離開這兩個地方。露絲提醒理查關於他拒絕參與洗腳儀式的往事，他笑起來，說：「我眞愛擺架子。」

「你很好啊。至少，我是這麼認爲的。」

「你也很好啊。」他說。「只是還非常年輕。」

所以，就彷彿她還年輕得會因爲被指責年輕而感覺受傷，她說：「現在的你，比我父親那時候要老很多。」理查善意的回應一個鬼臉。「我以前常用印地語偷罵你，你知道。」她說。「我想你大概聽不懂。」

「我聽得懂。」理查說。「你母親也會這樣。她從傭人那裡學會印地語。」

「噢，老天。」

「我們年輕的時候，所有舉止都會被看得很通透。」

露絲爲年輕的自己感到可怕。一直以來，光是看著她全心奉獻的臉孔——甚至只要一次——他就一定看得出來，她愛他。

「但是等我的印地語進步了以後，你就停止了。」理查說。「我記得有一天，你發現我懂得的比你多。你聽見我對我的病人說話。」

芙烈達送茶來給他們，雨仍然下在昏暗迷濛的海面上。

「你去過印度嗎？」他問。露絲沒去過。「我去過，兩次，而且第一次去的時候，我試著用我所記得的斐濟印地語交談。他們只聽得懂一點點。」

「我從那以後就沒有再回去過斐濟。」露絲說。她知道理查回去過，因爲他曾經寄明信片給她，上面貼了斐濟的郵票，大約在她父母回雪梨退休五年以後。那是張太平洋大飯店的照片，上面寫著：「我想念我的斐濟人——令堂、令尊，和你。」當時她已經爲人妻、爲人母，卻仍會聯想，那張飯店明信片，是不是在暗示舞會上的那個吻。在過度焦慮之下，她還把明信片藏起來，不讓哈利看到。

「爲什麼沒有？」

「起初是因爲我負擔不起。」露絲說。「然後，等到我負擔得起——等到我們負擔得起——又有這麼多其他的地方可去。」

「不回去也是有道理的。那樣，你就會珍惜它。」

「也許你不應該來這裡。」露絲笑起來。「現在你不能珍惜我了。」

「噢，我能。」理查說。「我有一個少女的你的卓絕回憶，而且沒有什麼會改變它。」

「你記得什麼？」

「讓我們來瞧瞧。我記得你讀《奧德賽》的速度，比全世界任何人都要快。」

於是露絲想起自己讀《奧德賽》，那是理查珍愛的書，是他從雪梨帶去的。她決心要讀完它；她以前從來沒有對任何事如此用功過。她也記得，她和理查兩個年輕人，討論天堂是否存在（她說存在，他說不存在，但是兩個人都承認各有各的懷疑——而那是第一次，她意識到自己有懷疑）。噢，她還記得，在學習欣賞巴哈的焦慮之中，她發現自己愛上莫札特，而且多年來一直爲之感到羞愧，只因爲理查不喜愛莫札特，直到，她在某個地方讀到，亞伯拉罕·林肯也愛莫札特。然後她才開始認知到，她可以有自己的意見。她在哈利買的、但是從來沒讀的一本林肯傳記中，讀到有關林肯和莫札特的故事。不對，那是傑佛瑞買給哈利（他喜歡政治人物傳記）當聖誕禮物的。她還喜愛詩人奧登某個特定的作品段落——在一首長詩當中的凱列班之歌，她忘了題名——她叫理查大聲唸給她聽，唸到其中的一句話——「無可救藥地愛上你」——時，理查稍作停頓。她爲這允諾大受衝擊。果然，果然，當他停頓時，她這樣想。接著他繼續朗讀，後來，在談話當中——僅僅相隔幾天以後——露絲意識到他完全忘了這回事，她氣憤至極，氣自己愛上一些到最後發現，連一點意義也沒有的小事。在她毫不費力地遺忘這一切的當兒，這一切都躲到哪兒去了呢？她感激到坐在那兒顫慄起來，她感謝自己的這顆腦袋，這個黏乎乎的器官。

「你現在看起來非常快樂。」理查說。

她低下頭，然後才又抬起頭來看他。「我是很快樂。」她說。「抱歉我今天早上心情不好。我對天氣很失望。」

「天氣很完美。」

她什麼時候聽過理查形容任何事情完美了？他用一種親密的眼光回望她。如果十九歲的時候，有人告訴她，她必須花超過五十年的時間，才能等到他用這種眼光看她，她一定會既憤恨又心碎；但是現在她只感到一點點傷心，而且覺得既可忍受，也相當可愛。她用手撫一下理查的臂膀。

芙烈達在廚房裡悄然無聲，所以說不定她正在偷聽。理查提及當年製糖廠散發的糖漿味道，露絲告訴他，有一次她母親帶她去位於蘇瓦外圍的製糖小鎮，和「殖民製糖公司」的太太們玩橋牌。她們圍著一張小桌子坐，而她們的小孩則在一旁吃香腸捲和司康，因爲露絲的父親不是該公司的主管——根本就不在該公司上班，甚至不是官方的醫生——有些小孩子連跟她說話都懶得。那是唯一的一次，她母親去玩橋牌。

「我母親應該會喜愛那種生活的種種。」理查說。「我想她會在那些講究階級的製糖小鎮裡如魚得水。她會把它當做像一種圍城的情況來處理。」

「你必須心狠手辣。」

「她是啊。有一次我哥哥受邀去參加一個學校同學的生日派對，但是他病得太嚴重不能去。我大概八歲吧，我想，他十歲。她要我假裝是我哥哥，因爲她想和生日那個男孩的父母交好。重點在於，她一直在等待一個機會受邀去那間房子，而這個派對是唯一的辦法。所以，我們去了，其他小孩顯然都知道我不是我哥哥，但是我母親稱呼我詹姆斯，最後他們也都跟著這樣叫我。」

「但是爲什麼要這樣？」

「這些人都是很富裕、關係良好的人。那是一棟豪宅。我記得自己因爲太受震撼而屈服了。那一類的邀請對我母親至關重要。在那之後，她就可以邀請他們來我們家的派對了。」

這故事讓露絲心煩；她想把它驅走。她不喜歡聽理查比較自己的和她的童年。他的童年是雪梨：褐色的磚塊、水上的渡船、拴著皮帶的狗，還有女人在方正花園的方正曬衣繩上晾曬洗滌的衣褲。

理查從窗座往前靠。「令人鬆了一口氣，可不是，不用再煩惱這一類的事情。內人以前常抱怨很多事情都太隨便，但是我反而喜歡那樣。你不也是嗎？結果京子和我母親非常合得來呢。」

露絲不喜歡聽他批評他太太，不管是多溫和。她覺得她好像也應該抱怨一下哈利以作爲回應，但是她辦不到。眞可笑，她想，坐在這裡擔心對哈利不忠。但是她把手臂擺在桌子上，嬌小雪白的手腕剛好對著理查。如果他看一眼就好了，她想——在她還沒有決定，如果他看一眼會代表什麼意義之前，他眞的看了。

「我以前在雪梨常開派對，」露絲說：「但是我從來不是很擅長。我常會在開派對那天早上醒來，心裡想：『該死，我爲什麼又幹這種事？』但是哈利喜歡派對。後來我們搬來這裡，這裡沒有可以開派對的對象。」

「你們一起住在這裡多久？」

「只有一年多。」露絲說。時間實在很短。「我一直計畫要變成那種永遠不停忙碌的老女人。你知道——積極參與各種活動，修習各種課程，煮精緻的餐點，拜訪朋友等等。在雪梨的時候，我就是那樣。我那時在工作——呃，工作不算是正確的字眼——我在一個難民中心幫忙。我教發聲法，你知道嗎？當時我還有一些家教學生，而且我在中心教發音課。然後我們搬來這裡，因爲哈利一心想要住在這兒。他很晚才退休，我一直知道他會晚退休，他最想做的，就是在海邊休養生息。他說：『我已經準備好要翹起腳來輕鬆一下了，露西[8]。』但是，當然啦，等我們搬來這裡，哈利花整天的時間照顧花園，每天早上花好幾個小時散步，在房子裡修理這修理那，我們會開車去這個燈塔或那個古蹟監獄，兒子們聖誕節來訪時，我們又會回城裡玩。他就是有辦法找事情讓自己忙。但是我就不一樣了。尤其是在沒有了他以後，更是如此。我搬來這邊，好像就這樣一下子——停住了。」

「那似乎很可惜。」理查說。有那麼一瞬間，露絲彷彿覺得他就要開口說她是一本爛書或一齣爛劇，但是他已經不是昔日的那個男子；他倦了，她想，而且這使他放鬆下來。他被必須有所成就的艱難給弄疲倦了。

「我不知道。」露絲說。「他死後，每個人都期待我會搬回雪梨。無論就哪方面來說，我都哀悼得恰如其分，所以他們期待我會對這件事有個理性的回應。或者他們以爲，我應該搬去我其中一個兒子的附近，或者兒子們應該要搬回國內。但是菲爾在香港完全無法抽身，而傑佛瑞在紐西蘭的岳父又病得很重，而且我也不願讓他們爲難。結果，要在海邊休養生息的人變成是我。」

下午雨停了。露絲和理查拿雙筒望遠鏡站在沙丘上尋找鯨魚。露絲忐忑不安。如果我們看見一頭鯨魚，她決定，那麼我們之間就什麼也不會發生。如果我們看見兩頭，那麼所有事情都會發生。她不

---

8 Ruthie，露絲（Ruth）的暱稱。

確定自己所認爲的所有事情是什麼意思。結果一頭鯨魚也沒有。

芙烈達烤了一塊豬腰肉和一些番薯當晚餐。她把所有食物都在餐桌上擺好，拒絕一起吃，不管露絲和理查怎麼求她。

「不要！不要！」芙烈達堅持，而且一邊哈哈笑，就彷彿被人搔癢一樣；她的口氣聽起來既憂煩又不情願。

「那麼至少把碗盤留給我們收拾。」露絲說。「這些我們可以自己處理。」

芙烈達先是堅持，後來勉強同意。露絲注意到芙烈達不敢直視理查。每當他對她說話的時候，她就會看著他的臉的左側，並且拍著自己已然梳理整齊的頭髮。她從廚房的掛鉤取下外套，喃喃的說：「祝你們好胃口，」然後步下走道。只聽前門開了又關起。

現在露絲準備好要讓事情發生了。她抱著曖昧的希望。理查的健康狀況良好。他胃口極佳，一邊說著有關某一次，也是唯一一次，他女兒帶他去上瑜伽課的故事，一邊笑個不停。他答應會幫她煮一次日本料理。沙丘上天光漸沉，露絲拉上客廳的窗簾，同時理查關上面向海洋的百葉窗。兩人都沒有意願清除桌上的杯盤。他們移往客廳，露絲後悔自己決定坐進一把單人扶手椅，而不是坐在沙發上他的旁邊。她的十九歲故我很可能就會犯同樣的錯誤。

「前幾天，我想起我們去參加的那個女王的舞會。」她說。

「我也是。」理查說。他坐在沙發最靠近她的那一端，雙手握拳，很不自然的靜置於膝蓋上。那就是他戒菸的方法，露絲想，強迫自己讓雙手保持靜止。那就是他如何辦到的方法。

「我仍然把我的菜單收在某處。我還留著呢。」她說，雖然，現在一提起來，她相信芙烈達一定在受僱早期的春季大掃除時，叫她把所有屬於那一類的東西都清掉了。

「你想起舞會的什麼？」理查問。

「我想起你吻我囉，當然。想我有多麼喜歡。」

「我們爲什麼會去？我爲什麼甚至還會受到邀請？」

「各種各樣的人都受到邀請。我記得有人對這件事很生氣——關於你被邀請，而我的父母卻被漏掉了。你想他們在意嗎？我想他們大概不在乎。」

「而我把他們的女兒抓去參加，還吻了她。」理查兀自笑起來。「當時我自認爲又老又聰明，而你是如此年輕。我對自己感到羞愧。」

「你應該要的。當時你已經有個祕密未婚妻等等的。」

「你在取笑我。」理查說。「而且我想當時我喝酒了。我有喝酒嗎？」

「每個人都喝酒了。」露絲說。「我從來沒有見過一群人這麼熱心的要和女王敬酒。」露絲覺得自己因爲與他同歡笑而容光煥發起來。調情的感覺眞好；這使她想到，調情不應該專屬於年輕人。「而且，注意聽了——剛剛我告訴你，我多麼喜歡你吻我，你卻連說聲謝謝也沒有。」

「我應該說的是，我也多麼喜歡吻你。」理查對她必恭必敬的鞠躬。眞好笑！而且眞美好。二十多歲的理查絕對不會這樣說話。他什麼時候變得不那麼嚴肅了呢？當時連他們在舞會上的那個吻都很嚴肅。既然和他的爛書、爛劇本結婚會是一場錯誤，當年我們應該做的，露絲想，就是在開往雪梨的船上一起睡了，然後了結這整段因緣。可是，現在這一幕，多麼愉快啊。

「是什麼使你吻我？」露絲問。

「你是如此可愛，當然囉。就像個酪農少女，記得嗎？而且我在想——呃，我在喝酒，但同時也在想，如果能夠就這樣愛你，豈不甜蜜又直接？你看起來甚至像個新娘，穿著那件白色的洋裝。」

「那是淺藍色的。」露絲說。「爲什麼說直接？」

「比較不那麼複雜。」理查說。他動了動雙手；這個動作是第一次顯示他緊張的證據。「那是好久以前的事了，現在很難想像。京子的家庭和她斷絕關係，而且我們住在一起的第一間房子，呃——鄰居結合起來，把澳大利亞國旗掛在窗戶上，並且拒絕和我們說話。我們有預期會這樣，但沒有什麼能夠幫助你事先準備。如果我是和像你這樣的人結婚，他們一定就會帶著蛋糕和小寶寶來訪。」

「所以那並不特別是指我。」露絲說。他吻她，只是爲了要知道簡單又安全的感覺是怎樣，爲什麼她都沒有想到這點？

「沒有其他任何人，只有你。」他說。房間一片寂靜。「我眞的對自己感到羞愧。」

「當時我心都碎了。」露絲說。當她看見他眞誠的驚訝表情時，她微微一笑，並且哭了。「我們來喝一杯吧！慶祝我們重逢。家裡還有一些哈利的蘇格蘭威士忌。」

「好吧。」理查說。

「那是好威士忌。」

「律師總是有上好的威士忌。」

「現在，擺在哪兒呢？」——露絲微微皺眉，站起來，往酒櫃走去——「芙烈達把那些酒杯擺哪兒去了？她老是把東西搬來搬去。」

「你在這裡好像過得很好。」理查說。

露絲聽這話感到很驕傲。她倒好酒，在他身邊的沙發坐下。情況看起來很有希望。蘇格蘭威士忌嚐起來陳舊了，但是仍然金黃。

「你看起來好像很自給自足。」理查說。

「自給自足？」

「我想你和芙烈達一起生活很圓滿。你們像自成一個小世界，一顆小小的地球。」

「事實上，那聽起來像幽閉恐懼症。」露絲把貓兒加進這個小世界的人口裡。貓兒坐在理查的腳邊，沒有碰觸到他。牠們多麼安靜啊，多麼像人造的假貓。

「我覺得聽起來很棒。我想像她無時無刻不在照顧你。」

「不是眞的無時無刻。」露絲說。「她晚上會回家。」

「眞的？我還以爲她住在這裡。」

「『住在這裡』？我們好像在討論僕人似的！」

「不是麼。」理查說，口氣溫和。

「相信我，芙烈達不是什麼僕人。她通常只有平常日才會來，只在早上來。午餐後就離開，然後她哥哥，那個謎樣的喬治，隔天早上會用他那輛金黃色的計程車載她回來。楊氏汽車出租，他這樣稱呼他的車行。我覺得聽起來像少年酒鬼[9]。」

9 英文中，「楊氏汽車出租」的原文爲：Young Livery，但young另有「年輕」的意思；而livery作爲名詞，意爲汽車出租，作爲形容詞則有肝臟不好或脾氣乖戾之意。

「就是載我來的那個司機嗎？」

「是啊，當然，你見過喬治了！他看起來什麼樣子？」

「他是芙烈達的哥哥？呃，他看起來確實像斐濟人。他似乎——我不知道，很冷靜吧。他不太說話。所以芙烈達只有在我在這裡的時候才在這兒過夜，是不是？她好像對這裡非常熟悉了。」

「她根本不住在這裡。」露絲說。「她每晚離開，在下午茶以前。是什麼讓你這麼以爲的？」

「呃，她的房間啊。」露絲像一隻留神的貓兒突然抬頭；理查的杯子剛舉到嘴邊，停了下來，就彷彿她聽到某種警報，他沒有聽到，但仍然警覺的回神聆聽。他語帶歉意地說：「我只是假定那是她的房間。」

「哪一間房間？」

「在走道的盡頭。」

「菲爾的房間？」露絲問，但是理查根本不知道哪一間房間是她哪一個兒子的。他從來沒見過她的兒子。

他又說一次。「在走道的盡頭。」

在走道的盡頭，露絲找到芙烈達，當晚稍早的時候，她已經穿著灰色外套打開前門，然後又在身後把門關上過。在菲利浦的房間裡，芙烈達住在她自己的東西當中。房間並不擁擠或凌亂，但明顯看得出有人住在裡面：傢俱被重新換過位置，不熟悉的明信片貼在原先被剝得光禿禿的牆上，而且她的皮箱整齊的擺在衣櫃的頂上。芙烈達坐在一把露絲不認得的椅子裡，把她的雙腳浸在一盆水中，正在讀一本偵探小說。知道芙烈達腳痛，以及她喜歡讀偵探小說，幾乎就和發現芙烈達住在——所有的證據都指出這點——她的房子裡，一樣的令露絲震驚。芙烈達放下書本。

「這是怎麼回事？」露絲說。

芙烈達的上半身保持靜止不動，但是她把腳抬出水盆，一次一隻，然後把腳放在事先鋪在地板的一條浴巾上。她身上有一種堅定不移的精神，就彷彿她一直都是住在這間房間的，而且也會一直住下去；而且她看起來好像永遠都不會開口說話。在芙烈達的沉默中，露絲聽見理查在廚房裡的聲音，水龍頭被打開來，杯盤被移來移去。

「你在這裡面做什麼？」露絲問，一隻手緊緊抓著門把。

「你看我像在做什麼？」芙烈達說。「忙完一整天，在休息啊。」

「但是你爲什麼在這裡？」

「我爲什麼不可以在這裡？」

「我看見你離開了。」露絲說。

「我沒離開，你怎麼可能看見我離開？」

「那麼，我是聽見你離開。我聽見前門的聲音。你帶著你的外套進來客廳，而且道晚安。」

「我是拿垃圾出去。」芙烈達說。「今天晚上是倒垃圾的時間。」

「帶著你的外套去倒垃圾？」

「是啊。」然後補上一句：「外面很冷。」

「我以爲你要離開了。」

「顯然，你假定我要離開了。天知道爲什麼。」

「為什麼我不可以假定你要離開？你又不住在這裡。」

「噢，天哪。」芙烈達把雙腳抬離浴巾，留下兩個大大的濕腳印。「噢，天哪。你知道我要住在這裡，好幫忙理查來訪的種種事宜。記得嗎？」

「我知道你週末要過來幫忙，」露絲說：「不是要住下來。」

「記得嗎，我們談過喬治，所有我和喬治的麻煩問題？而且你說我可以需要在這裡住多久，就住多久。所以我就來啦。」芙烈達把兩手一揮，就彷彿她對我的定義，不只是指她的身體，還包括她身體周圍的東西，事實上，是包括整間房間。

「那是不正確的，芙烈達，你現在對我說的這些話，是不正確的。我記得的。」露絲很確定，但即使如此，她還是有一種要分崩離析的感覺；像線團散開了。她確實記得她和喬治有麻煩的那部分。

「你知道你的記憶力不比從前了。」

「我不知道。」露絲說，但是這感覺像是對自己無知的告白，像是在承認某事，而不是在堅持相反的立場。

芙烈達坐在那把不熟悉的椅子上，冷漠的注視著露絲。她的頑強有一種礦石的資質。露絲感覺她可以用一個尖銳的工具把它掘開，而裡面只會露出單調一致的結構，其他什麼也沒有。但是她自己對芙烈達在說謊的把握，也帶著類似的強度。她覺得她的心智經由細篩而清明起來；她清明而敏銳的心智，針對芙烈達說謊的事實轉動著稜光。對事物有如此明確的認知委實可喜，而如果這是眞的，那麼其他還有什麼可能是眞的？藉由如此無瑕的信心，露絲還可以確實的把握其他什麼知識？突然，她對能擁有更多像這樣的確定性飢渴起來。這輩子，她一直害怕錯信不實的事物。那似乎是一個不時存在的威脅：例如，可能錯信基督爲她的罪而死。她會爲這不可能的事惶恐不安。芙烈達會說謊；理查可能在經過這麼多年以後還會要露絲；房子可能眞的變得如此炎熱，充滿叢林的噪音，甚至曾經出現一頭老虎，這些都是多麼不可能的事。誰會相信這些呢？但是這些都是眞的。

「你這樣只會讓自己難堪。」芙烈達用一種她已經無力可施的口氣說。她的臉如此的不動如山又空白，就好像裡面並沒有芙烈達存在。露絲希望使那張臉再度活動；或者，她希望自己不必再看著那張臉。

「我要你回家。」露絲說。「我要你打電話給喬治，叫他來帶你回家。然後你明天早上再回來，我們再來討論所有的事情。」

「你是當眞的嗎？」至少，芙烈達的眼睛睜大了點。「你眞的要在三更半夜把我趕出你家？」

「你聽見我的話了。」露絲聽到自己這樣說話都嚇了一跳，這樣的虛張聲勢：**你聽見我的話了**，好像她是在電影裡面。好像她沒有花一輩子成人歲月，致力於教導小孩子不要講這樣的空話。

「你可要想清楚哦。」芙烈達說。她的身體往前靠，上臂放在她的膝蓋上，露絲意識到，不知怎地，她們的眼睛竟然處在同一個水平，雖然芙烈達是坐著，而露絲是站著。她怎麼會變得這麼小？而芙烈達怎麼會變得這麼大？

芙烈達說：「好好地把這事情想清楚，殿下，因爲如果你現在趕我走，我永遠也不會回來了。」然後她站起來。她如此的龐大。她似乎是從海裡升上來的，藉著洋流和浪濤膨脹起來，狂怒而青藍；看不見盡頭。此時她的頭髮因爲某種狂暴力量的驅使，毫無梳理，在頭的周圍亂成一團。這是芙烈達的另一個新面目：她的頭髮鬆散沒梳。那進一步加深了神祇般慍怒的印象。露絲的手指緊緊的抓住門把。

「我不接受這種最後通牒，芙烈達。」她說，但是她知道自己的語氣聽起來有多膽小，聲音有多貧乏，就像掛在病床旁邊的小鈴鐺。

「是你先叫我走否則就要怎樣的。」芙烈達說，同時向前湊近露絲的臉。然後她一轉身，把兩隻手抛向半空；又擺出她一貫愛擺的，像在對天祈憐的神祕姿態，而且面容也恢復舊觀了。「你知道嗎？這眞是百分之百的典型。你幫一位小老太婆做好事——我在這兒過夜還沒多拿你一文錢咧，你要知道——而這個老母雞還想在三更半夜把你踢出她的寶貝房子。好方便她和她的男朋友卿卿我我。那才是眞正的理由，不是嗎？」

「如果我從來沒有要求你留下來過夜，這就不算是趕你走。」露絲說。

「所以他眞的是你的男朋友。」

「他和這件事無關。」

「那麼，就在他人在這裡的時候，你要趕我走，就只是巧合囉？他會怎麼想啊？而且明天誰要來照顧他和你呀，嗄？你會幫他煮飯嗎？再說，你到底打算怎麼把我攆出去啊？你能把我扛出去嗎？你跟哪來的大軍嗄？」

「你不敢。」露絲說。

「不敢什麼？」

露絲不知道答案。她緊靠著門。她但願芙烈達能靜靜地走人。那就是她希望有一天自己能做到的：靜靜地走人。

「此時此刻，我要跟你說的是——滾出我的房間。」芙烈達說。她開始往露絲走過去。「這事情還沒了結，噢，還沒有。也許我明天會離開，也許我不會。但是今天晚上你得滾出我的房間，而且我們倆都要好好的睡一覺——經過這件事，如果我還睡得著的話——然後明天早上我們會好好的談談，相信我。」芙烈達不停地向門口走來，所以露絲被迫得站到一邊去，以免和她對撞。「好嗎？別再對我下令——這是我的休息時間。此時此刻，你什麼人的老闆都不是。瞭嗎？」

芙烈達不算是眞的在威脅；一抹古怪而嚇人的笑容扭曲了她的嘴臉。然後露絲就站在走道上，而且房門也關起來了；她不確定是她自己移到走道上，並且關上門，還是芙烈達幫她做了其中的一件，或兩件事。她敲敲門，但是並沒有很大聲，芙烈達沒有回答。某樣沉重的東西被推過來堵住門。露絲不敢再敲或叫喚；理查在屋裡，她不好鬧事。

但是理查在廚房裡似乎很自在，他把襯衫袖子捲到瘦削手肘的上方，剛剛洗完碗盤。他露出一股溫馨、深思熟慮的愉悅神情，曾經身爲一個擁有青少年女兒的父親，這種神情於他可能駕輕就熟。他把濕漉的雙手抹過雲狀的頭髮，露出建築結構般的耳朵——他的耳朵什麼時候變得這麼大，像老頭子的啊？如果他不是表現得這麼安詳，露絲可能就會開始哭起來了，或者至少向他的醫學專業討教：「請問你，理查，」她可能就會說：「我怎麼判斷自己是不是瘋了？有確切的徵兆可以依據嗎？請問，有沒有什麼檢驗可以做？如果一個老女人晚上在她的屋子裡聽到老虎的聲音、忘記洗頭髮、沒注意到她的政府照護員已經搬進家裡，你會對她怎麼說？」但是他的整個態度明擺的就是，他沒有看出芙烈達和客房有什麼不當之處；他尊重露絲的尊嚴；而且他不要涉入任何事。所以她謝謝他幫忙清洗，他婉拒她的謝意，然後經過一番調侃打趣以後，他們互道晚安，各自回到各自的房間。

當露絲坐上床時，窩在拼布被子底下的貓兒們，因爲她的打擾而扭動抗議起來。當下，那張床像被哈利的幽靈附身，鬧起鬼來：裡面像是有一條轉動的胳臂，或一隻抽搐的腳。一時集陰森、可怕，和愚蠢的撫慰人心之大成，再加上理查正在傑佛瑞的房間裡，光是想著，就讓露絲感到難爲情。而且芙烈達在菲利浦的房間裡。她的房子什麼時候變成這麼熱鬧啊？露絲、貓兒、芙烈達，和理查。她想起來，芙烈達可能眞的會做她所威脅的事：她可能會離開。露絲伸長了腳——坐在床上，她的腳並沒有完全碰觸到地板——說：「我眞的做出這種事了，不是麼。」她看見梳妝臺鏡子裡，她的頭在說話，那是另一件她常常做的事：假裝是哈利在看她走動和說話。她把頭轉開；此刻她沒有時間看自己。她眞的忘記芙烈達住在她的房子裡嗎？但是她確實忘記洗頭，是芙烈達幫她把頭洗好的。

所以這一天結束了，理查明天下午就會離開。這個週末就和開往雪梨的輪船一樣：一段和理查充滿希望的日子，結果是什麼確定的事情都沒發生。現在她又要失去他了，因爲芙烈達。但是，就在她躺在床上想這些事情時，想起芙烈達在讀偵探小說和泡腳，想起理查哀傷又自命不凡的解釋娶一個日本妻子所面對的困難，而且爲什麼那表示他可以吻任何一個他想要吻的人，她的怒氣遂轉到他身上。他爲什麼要來？而既然來了，在此一週的任何日子已經不再有任何差別的時候，又爲什麼只來一個週末？他們兩個都老了，都不受時間拘束了。她躺在床上，爲了那些貓動彈不得，又一肚子惱火。而且爲什麼他要告訴她，芙烈達晚上還待在房子裡？現在她會失去芙烈達，謝謝他的多事。她會因爲芙烈達而失去他，而且會因爲他而失去芙烈達；那是她睡著以前，腦袋裡的最後一個念頭，接著，屋子便轉成一片淨空。

9

第二天早上露絲很晚才起床。天氣如此清朗，走進廚房時，她可以從餐廳的窗戶看見小鎮的燈塔。露絲呼叫芙烈達，結果是理查應聲。他從客廳走過來，看起來像好萊塢明星史賓塞・崔西：一頭的銀髮，一臉的幽默，只是個子高了些。

「芙烈達一早就出去了。」他說。

「去哪兒？」

「她得去買些東西。她哥哥開計程車來。」

「她看起來怎麼樣？」

「很好啊。」理查說。他把兩手按在她的肩膀上，親吻她的面頰道早安；她心有旁騖，沒有心情享受。

「她只是去買些東西。」露絲說。自給自足，她心裡想著；一個小世界。「一切只是一場小誤會。」她抗拒跑去菲利浦的房間——芙烈達的房間——的誘惑，去看芙烈達是否把行李搬空了。

「這種事情難免啦。」理查說。

他幫她泡一杯茶，她喝茶的時候，他坐在靠近她椅子的窗座上。當他們談天氣，談今天的活動時，他不時碰碰她的臂膀和她的頭髮：露絲的背很好，天氣很好，他們可以帶雙筒望遠鏡到沙灘走走，尋找鯨魚的蹤跡。他們甚至可以走到北岬那麼遠的地方。喬治要到下午才會來接理查：他們還有好幾個鐘頭的時間。他們討論著這些計畫，但是沒有做出要執行這些計畫的動作。露絲忍不住會想到芙烈達。

「只是一場誤會。」她又說一次。「我的記憶力大不如前了。」

「你的記憶力沒有問題。想想看，你還記得斐濟的事，都那麼多年了。」

「可是那就是他們說人老了的現象，不是嗎？你記得很多很多年以前的事，但是卻不記得早餐吃了什麼。而且有時候我會──你知道──想像一些有的沒的。」

「你不老。」理查說。「你是在斐濟的一個女孩子，正要出來和一名新醫生見面。」

這番話很蠢，也不眞實，但是露絲置之不理；她向快樂低頭。此時他看著她的樣子，正是當年她還是那個女孩子的時候，希望他看著她的樣子。時間和歲月像一大片荒原橫陳在她面前；然而它們也以如此快的速度將她帶到這裡，到理查的身邊。即使如此，她還是對自己的快樂感到難爲情。

「看看那些鳥兒。」她說，理查終於把眼光從她身上移開，望出去窗戶。白色和黑色的海鳥在海灣一些特定的角落聚集；牠們似乎在瞬間全體同時投身水中，然後又再度飛起。「鳥聚集的地方就有鯨魚──那是尋找牠們的一個方法。你有沒有看見什麼？一個噴水柱？或者一條尾巴？」

「沒有。」理查說。「但是鳥群很美麗。」

「看看海灘上那些人。」露絲說。週末賞鯨人一動不動的站在海岸上，不時就會有一隻臂膀指著遠方，或有某個人跳上跳下。「我們應該下去嗎？」

「我預測會下雨。」理查說。「下啊，下啊，而且會愈下愈大。最好待在室內。」

露絲輕笑幾聲，不敢看他。反而，她看著海灘上的人群，當他們轉身指著某個方向時，她也往那個方向轉，希望能看見一頭鯨魚，但結果只看見來去拍打的浪濤。沒有出去或帶雙筒望遠鏡下去，只是從窗戶這樣張望很奇怪。哈利不會贊同的。但話說回來，哈利又不在這裡。理查靠近來一些，吻了她，先在一邊的面頰上，然後，當她轉向他時，吻在她的嘴上。他是這麼的精確，他的手是這麼的乾燥，釋放出如此孤寂的溫熱。海洋、窗戶，和水上的鳥群，這好像——但同時又完全不像——露絲在斐濟時所做的白日夢；就彷彿，她年輕時對實現這些夢想過於膽怯，它們要等到現在才開花結果。而且當然啦，從那時到現在，她的身體已經經歷過太多事情——性、生兒育女，以及五十年的種種——它對理查的反應，和當年的少女式脈動不甚相同。一陣乾燥的溫熱湧升起來，與他對應。停止思考這些事情以後，她告訴自己；你被吻了。理查在吻你；這不就是你邀請他來的目的麼？你眞是個純情、虛榮，又感情用事的老女人。她顫簸了一下，理查抽開身，但是她及時用一隻手抓住他的肩膀，又把他拉回來。

「芙烈達？」他說。

「我們會聽到車子的聲音的。」

所以她知道，她有意做比吻他還要多的事。她多麼有信心啊！對他，也對自己。她站起來說：「跟我來。」

理查握住她的手，感覺起來，好像是她用自己的力量把他從窗座上拉起來。他們走進她的臥房。露絲不喜歡看見他們在鏡子裡的投影，但是她斥責自己：她知道對這種合情合理的性感到驚愕，簡直可笑。沒有人可以讓她問，我可以做這件事嗎？這是被允許的嗎？這感覺像是在飆髒話：利用某種微小而私下的手段，她得以違抗人生的正統信念。但是她無意表現得不知感恩。她曾經這裡拒絕過一點兒，那裡拒絕過一點兒，直到發現，她已經沒有剩下多少可以同意的了，現在，她可以同意這件事。

他們兩個都準備好了要實事求是。露絲把床上的枕頭安排成——根據經驗——她知道會對她的背最好的樣子，而理查則去把窗簾拉闔。然後，就在假造的黃昏餘暉中，他們走向彼此。因爲不覺急迫，所以也就沒有手忙腳亂的後果；她讓他幫她解開襯衫的鈕扣，但是她自己脫掉胸罩。那是那種堅固的肉色胸罩，在她的肩膀和身軀留下溝痕，她鬆垮的乳房粉色而雪白。他的手輕觸過她皮膚的皺褶，就彷彿他是和它們一起老去的，而且明瞭它們伸屈變化的每一個階段。然後，還穿著裙子的露絲拿掉他的眼鏡，幫忙他把襯衫拉過頭頂，一時之間，襯衫卡住了，把他的臉埋住了。她隔著棉布親吻他的嘴。理查有一個像猴子一樣可愛的毛茸茸胸膛，他的胸部和肚腹都起皺萎縮。他們兩個都必須裸裎相見，似乎是一件重要的事。完成脫衣的動作以後，理查像兩手插在口袋似的站著，等露絲將自己在床上安頓好。然後他才躺在她的上方。

沒有感覺房間裡或床上有哈利；除了露絲和理查，沒有其他任何感覺。有窸窸窣窣的噪音，但是露絲沒有說話。理查溫柔，懇切，又謹慎。五十年前的他大概也是如此，但是現在又多了關懷、熟悉，和除了在懷舊中，不一定要愛上他的放鬆感。她觀察到在年紀大了以後，和哈利做愛也有類似的感覺：那就是，沒有什麼是必須仰賴性來維繫的了，至少不是像過去的那種方式。理查如此鎮定，也如此優雅，雖然他的骨架單薄，而且他的喘息呼在她的臉上。他也非常好脾氣，又有耐心；他們兩個都是。他們的欲求不大，這樣才不至於失望，同時這也是因爲彼此要的都比較少了，但是露絲還是咬到了內唇，因爲她感受到比自己預期還要多的歡愉。這促使理查親吻她的肩膀。理查！貓兒們有可能在這裡，也有可能在任何地方，而且芙烈達有可能搭車上來車道，然後走進來撞見他們；但是事實並沒有。

事後，理查幫忙她穿好衣服。他們坐在她的床沿。他還沒有穿上上衣，她看見他的下背部有黑痣，那是她以前從來不知道的。

「我希望我能留下來。」他說。

「那爲什麼不？」

理查穿上襯衫，笑起來，她搖頭，表示：你當然是有理由才不能留下來。

「明天是我孫女的生日。」他說。他握起她的手來吻。「我不會要求你嫁給我。我想那對我們的小孩子不公平，那會搞亂整個財產繼承的問題。我的意思是，在我們的這個年紀。你介意我實事求是嗎？」

露絲說：「一點也不。」而且她眞的不介意。

然後他把頭躺在她的大腿上。她把他的頭髮往後梳，這樣她才能看見他耳朵的輪廓。

「你會對來和我一起住有什麼看法？」他問。

露絲假想自己坐在理查的床上。她注視著他死去。有一次芙烈達提及哈利時說：「至少他免除你守在病床邊的痛苦，」她聽了十分駭異。現在，理查躺在她腿上的頭，變得既沉重又珍貴起來。她按著他扁平耳朵上方的頭髮，幾乎要彎下身去吻他的額頭，但是他忽然坐直起來，語帶歉意地說：「抱歉。我太操之過急了。」然後他扣上襯衫的鈕扣，她看見他的指甲變得有多厚，而且他的手在顫抖。

「但是你會考慮吧？」

「是的。」露絲說。她站起來，意識到自己的鎮定，自己的不感驚訝，和自己的不覺好運或愉悅，而只是感到很有趣，就好像有人告訴她一個有點悲傷的笑話一樣。這些事，似乎沒有哪一樣是緊急的。他們已經等了半世紀，那麼，爲什麼談起話來還像青少年一樣，彷彿他們無法忍受分隔兩地？但是她會好好考慮的。

此時他們兩人都穿好衣服，而且一邊笑著，一邊將彼此的衣服抹平，就像昔日他們的母親可能幫他們做的。他們一起走過房子，討論著各種可能性。露絲可以在幾個星期內去雪梨。理查可以再來訪。他們可以通電話，和寫信給彼此。海灣裡可能有爲數驚人的鯨群，而他們一點都沒有留意。事實上，他們避開海洋，坐在客廳裡，那兒下午的白色光線灑滿了窗簾，理查把右手搭在露絲的左膝上，說：「請你考慮。」他們聽見喬治的計程車駛進車道，兩人都嚇了一跳；他應該再等半小時才要來的。

芙烈達去得比採購東西所需還要久的時間，一霎時，露絲擔心喬治只是要來接理查的；在他和他妹妹一起從露絲的生命中消失之前，這是他的最後一次服務行動。但是花園裡一陣嘈雜聲，然後出現在前門的，是滿手塑膠袋，滿口誇張喘氣的芙烈達，她宣布喬治因爲有事，等預定的時間會再回來接理查。

「所以，你們倆有什麼新聞嗎？」她身穿灰色外套，看起來出奇的神采飛揚。

露絲和理查微笑，聳聳肩。

心有旁騖的芙烈達，在她的大包小包之間顯得浮躁詭祕。「啊，我有新聞。天大的新聞。海灘發生鯊魚攻擊事件。」

還在心蕩神搖的理查和露絲，努力從他們的兒女私情中掙扎出來。

理查好不容易擠出一句：「鯊魚！」

「噢，天哪。」露絲說。而且她要芙烈達鉅細靡遺說明清楚——距離上一次發生鯊魚攻擊已經好幾年了，這條新聞必定會登上所有報紙：受害者不是本地少年（不是賣鳳梨的男孩，露絲想），而是經常從城裡來此遊玩的一名衝浪人；他沒死，還沒有，但是情況很糟，流了很多血，而且有一條腿很可能必須鋸掉。

「他醒來要不發現自己死了，要不就是剩下一條腿。」芙烈達說，邊做鬼臉邊發出小小的笑聲。所以，理查的來訪，便以這場災難所造成的騷動畫下句點。他們全都走出去花園，看見一架直升機在海灣上低飛盤旋。

「他們在追蹤。」芙烈達說。

「追蹤那個男孩嗎？」露絲問。

「追蹤鯊魚。」

一群群賞鯨人慌張地掃視海面。芙烈達步下沙丘，向他們走去，露絲和理查跟隨在後。殷勤的理查在走斜坡時，扶持著露絲的手肘。

芙烈達走到沙灘前時，賞鯨人似乎很自然的就轉過來對她呼喊：「是鯊魚嗎？是鯊魚嗎？」他們聚集到她身邊，她以一種歡慶式的自信回答他們所有的問題。一名身穿濕漉泳衣的年輕女孩哭了起來，其他人拿出手機拍攝空蕩蕩的海面。眼前沒有任何鯨魚。只有暴風雨後的浪潮不斷繾綣襲岸。直升機發出昆蟲似的嗡嗡聲，在海上來來去去。理查和露絲手牽著手在一旁觀看，最後，直升機從海灣上撤走；然後沙灘上的人群也散了。

理查要過去幫忙露絲爬上沙丘，但是芙烈達從另一邊拉住她的臂膀，幾乎等於把她從他的手中搶過來。理查走在她們的後面；他就像一名小男生，每一丁點注意力都集中在自己的多麼無足輕重。所以他一定得發出沒有必要的噪音，芙烈達一定得刻意忽視他，而露絲一定不要去注意這些，一定要在芙烈達的扶持下爬上沙丘，心中只能想著沙丘。但是這整段期間，她心中只是不斷地重演他把手搭在她的膝蓋上，說：「請你考慮」的那一幕。

計程車已經在等理查了。這是第一次，露絲親眼看見神祕喬治的龐然本尊。車窗搖下來，他坐在那裡，在陰影中的方向盤旁，一隻多肉的上臂彎在粉紅色的陽光裡。芙烈達看起來沒有要過去和他說話或介紹他的意思。理查的小行李箱等在前門旁。週末結束了；時間在露絲不經意中溜逝了。她一直在等待有更多事情發生，她想應該算有吧；但是她還處在期待的心境中啊。是喬治破壞了一切；是喬治來把人帶走。他的計程車在等，所以理查一定得把他的行李箱拉出來，而露絲一定得和芙烈達站在門階上微笑。

「昨天晚上的事沒關係啦。」芙烈達說。

「當然沒關係。」露絲說。

「我的意思是，我原諒你。」

露絲和芙烈達舉起手來揮別，理查也從計程車的後座揮手，車子倒退出車道，在發黃的草叢中消失了蹤影。

10

幾乎理查一離開，露絲就生起病來。她結論這些事情是互相有關聯的，因爲時機的關係——她喝不下緊接在理查離開後，芙烈達泡給她的那杯茶——也因爲，她的病沒有特定的症狀。可能，她患的是心病。擾動舊日的心，太過分了，她想；在比較不那麼多愁善感的時刻，她責罵自己舉止像個女學生，但是暗自竊喜，這證明自己還擁有浪漫的情懷。即便如此，她還是在床上躺了幾天，總是感到疲倦，而且很少飢餓，但是從來沒有發燒、頭疼，或任何特定的痛楚，除了背不舒服以外；她服用固有的處方藥，而且跟芙烈達保證，不需要看醫生，也不需要通知她的兩個兒子。芙烈達認爲，她只是爲了理查過度透支體力；露絲臉紅起來，但是芙烈達沒有特別注意。

芙烈達是個好護士。她熬湯、打掃，而且以合乎情理的方式檢視她的病人，冷靜而不輕信。她不表現同情，但也從來不忽視露絲的任何小抱怨。她保持露絲的水分充足，而且在請教理查有關魚油對老年人腦部的益處以後，介紹露絲吃一種充滿金色混沌液體的大膠囊。露絲唯一的抱怨，就是芙烈達不准貓兒進臥室。一種新的沉靜氣氛在房子裡逐漸安頓下來；房子變得清爽、乾淨，而且晚上毫無噪音。芙烈達沒有再提起喬治、她的金錢困擾，或關於住在菲利浦房間的爭執。在時不時的困惑期間——當她睡太多，或睡太少的時候——露絲會想要談理查，但是沉穩又直接的芙烈達，只是微微搖頭。她面帶好比無時不在俯視聖嬰頭顱的聖母馬利亞般豐腴笑容，看似在決定要煮什麼晚餐給丈夫約瑟吃。考慮可能要去找理查的露絲，有時會大聲的說：「我爲什麼不該去？誰擋得了我？」有時又會辯稱：「總之，我不是那種會爲了男人不顧一切的女人。」有時候，她感覺自己有一個重要的決定要做，但是又很高興不是很確定那是什麼。芙烈達讀著她的偵探小說，不發一語。太陽透過窗戶在床上投下長長的光影，這些光影經過一天的移動，然後又暗淡下來。

這些是舒坦的日子，雖然鬆軟無力而又常常健忘。露絲發現降服在芙烈達的照料之下很輕鬆，所以，即使在開始覺得好些了以後，她還是會故意擺出病弱的表情，假裝在啜湯。有一天早上，她被逮到跑下床，準備要從窗戶走私一隻貓進房，於是指控接踵而至。

「這就是我得到的，是不是，像聖人一樣的照顧你？」芙烈達大叫。「好吧，起來，給我出去。不准再老是賴床，靠我胼手胝足侍奉你。」

芙烈達的舉動，彷彿露絲不僅是比較好了，而且是十足的健康：年輕有朝氣，只是懶惰而已。她把露絲趕進花園，期待露絲坐在太陽底下剝豆子或擦銀器。

「而且不要跟我說關於那些銀器的家族老故事。」芙烈達警告。

下午時間，在花園裡，露絲應該要去「呼吸新鮮空氣」——而不是睡午覺。

「再過不久，我們就可以讓你去海灘走走。」芙烈達說，彷彿露絲本來就習慣每天去沙灘慢跑之類的，而且每當露絲抱怨背不舒服時，芙烈達就會敲著自己的太陽穴說：「你有沒有想過，那可能只是出於你腦袋的想像？那個名詞是怎麼說來著的？傑佛瑞就會知道。」

「心身症。」露絲說。

「傑佛瑞就會知道。」

一天早上，芙烈達從信箱帶回來一只淺藍色的信封。她慎重其事地把它交給露絲，並且在旁邊等著要看露絲打開它。露絲不慌不忙。她看看寄信人地址：理查・波特，然後是雪梨市的某街某號，是如果她想要，就可以去住的那間房子。芙烈達在一旁把腳挪來挪去又唉聲嘆氣。

「你可以去幫我把拆信刀拿來嗎？」露絲說。「在哈利的書桌上。」

「撕開不就好了？」

「我要好好的切開。我要保存上面的地址。」

芙烈達搖頭瞪眼，一副不符個性的滑稽嘴臉，然後走到屋子裡去。這讓露絲有機會嗅一下信封。她把手指沿著黏住的封口按壓，感受理查的手——或可能是他的舌頭——必然碰觸過的地方。露絲原先預期會更快聽到他的訊息，但是她不是全然有把握，自從他來訪，時間已經過多久了。

芙烈達從廚房帶回來一把尖銳的小刀。

信封內裝著一張卡片，而卡片裡夾著一張薄紙，和理查當初回信、表示要接受她的邀請來訪時所用的一樣。卡片上是一處海灘的照片——不是這個海灘，不是露絲的海灣——照片中的天空藍到可笑。露絲很難想像這張卡片是理查挑的。卡片上寫著：「給親愛的露絲和芙烈達，謝謝你們給我一個非常特別的週末。」

露絲把卡片傳給芙烈達看，後者小心地把它接過來，彷彿那上面承載著極爲重要的消息。同時，露絲閱讀起那張紙條，那封信是只寫給她的：「我最親愛的露絲，希望你好些了。我很想聽到你的聲音，知道你在想什麼。我的花園裡長滿了忘憂草，花朵全都是粉紅色的，希望你能來看——我的女兒告訴我，我還能再欣賞它們三星期左右。她有家傳的園藝才能——和與我們長得很像的手指。請康復後立即來電，或來信，否則！否則我就要回去那裡把你抓過來囉。」

露絲好奇她是否會享受被人家抓。

芙烈達在一旁光瞪眼。「我可以看嗎？」她問。

「這是私人信件。」

「噢，私人信件。」芙烈達一副覺得這話很好笑的樣子，她高高舉起兩隻臂膀，就好像她是在電影裡面，而有一個穿著黑白條紋囚犯服的傢伙正持槍叫她舉手投降。

「他怎麼知道我生病了？」露絲問。「他曾經打電話來嗎？」

「他打過電話。」芙烈達說。

「什麼時候？」

「你生病的時候。」芙烈達把卡片塞在她長褲的腰帶上。

「我不記得。」

「你要我開始把每件事都寫下來嗎？我不是你的祕書。」芙烈達把重量從一隻腳挪到另一隻腳。

「他只是要跟我們說謝謝。就像他在卡片裡寫的。我不認爲你有錯失什麼大不了的事情。」

「如果你非知道不可的話，」露絲驕傲地說：「他要我搬去和他住。」

芙烈達的臉只閃現很短暫的驚訝反應；然後立刻被壓制下來。露絲從來沒有看過芙烈達失去戒心，那明顯暴露的思考動作，令人心生警惕。

「然後呢？」芙烈達說。

「我還沒有決定。」露絲說。她已經開始後悔把這事告訴芙烈達了；她記得梅森太太講過一句話：「如果你的舌頭洩漏眞相，將它束縛起來。」

然而芙烈達沒有再說什麼。她顯然還有很多問題，但是不願紆尊降貴提問。她輕彈幾下腰間的卡片，轉身走進屋裡。

那天傍晚傑佛瑞打電話來。「我剛接到芙烈達打來一個很有趣的電話。」他說。「她在擔心你。」露絲納悶芙烈達怎麼找得到時間打電話；過去這幾小時，她似乎都在浴室裡染頭髮。

「事實上，她要求我不要跟你提起我們的談話。」傑佛瑞說。「我不喜歡搞那種手段，雖然我相信她一定有她的理由。」

「她通常都有她的理由。」

「現在，關於這個理查。他多大年紀啊，到底？」

「他差不多八十歲。」

「噢。他八十歲啊。」傑佛瑞說，所以露絲知道他妻子在旁邊聽著。「那就不一樣了。芙烈達說得好像他是來淘金的。」

「哈利才不是來淘金的！」

「你的意思是理查。」

「是的，理查。我認識他五十年了。他不是爲了我的錢來的。」

「但是他在追你？」傑佛瑞問。

「我想，是的，他在追我。你可以接受嗎，親愛的？」

「我們現在是在討論什麼？伴侶？男朋友？還是丈夫？」他的聲音裡夾雜著一種小男生式的激動，但似乎是難爲情的成分大於焦慮。他用清喉嚨來壓制自己的情緒。

「我想你們兩個男孩如果爲了財產繼承的問題要跟我起爭執，那是很不公平的，看在我現在的年紀。」露絲說。

「什麼？」

「我沒有要跟他結婚啊。」

「我知道你需要伴侶。我擔心你自己一個人住在那裡，我眞的擔心呀。」

「我有芙烈達啊。」

「感謝老天，有芙烈達。」傑佛瑞說。

「那麼，理查需要有你的准許，才能來追我嗎？」

「你不需要我的准許，媽。最重要的是你想要什麼。但是在你做任何決定之前，我想要先見見他。」

「忘憂草只剩下大約三星期的時間。」露絲說。

「那是什麼？」

「他要我去看忘憂草。是粉紅色的。」

傑佛瑞清了清喉嚨；露絲想她可能說了什麼不對的話。

「粉紅色的忘憂草，是，好吧。他住在哪裡？」

「住在雪梨，就跟你爸一樣。」

「你要邀請他來過聖誕節嗎？」傑佛瑞問。「這樣我們就都可以見到他？噢——但是他要睡在哪裡？」這類小而實際的問題經常會令他煩惱，甚至在他還小的時候就是這樣；然後他似乎意識到自己問了一個過於私人的問題，於是他說：「我的意思是，我們所有人都要留在那裡過夜的話。」

「而且芙烈達已經占據了菲爾的房間。」露絲說。「或者，說不定她不會留在這裡過聖誕。」

「你這話是什麼意思？」

「她也許要和喬治一起過聖誕。」

芙烈達不聲不響地出現在廚房和走道之間的門檻上。此時她的頭髮已經變成淺紅褐色，渾圓而閃亮，像顆亮麗的蘋果，而她的臉則慘澹的空白。

「但是爲什麼芙烈達會占據菲爾的房間？」傑佛瑞問。

「呃，她現在住在那裡了。」露絲說，覺得很煩，她到底得說明幾次啊？

「她在那兒嗎？叫她過來聽電話。」

芙烈達已經把手長長的伸過來。露絲把電話筒交出去，好像在將一頭小母牛奉獻給女神朱諾一樣。當她對著電話筒說：「傑夫」的時候，芙烈達的聲音聽起來很爽朗，但是她平板的眼睛仍然盯著露絲的臉。

「是，傑夫。」芙烈達說，口氣中帶著令人崇敬的憂慮。「是，沒有錯。我以爲她已經告訴你了。」

傑夫在線路那頭的聲音如此微小——事實上，只聽得到某種音高，而非字句——這使得情況看來，一場爭論好像已經結束，而他已經輸了。傑夫的聲音繼續嗡嗡作響，芙烈達站著、等著，她的視線從露絲的臉，轉到她自己的指甲上，她把手伸出她身體的陰影之外。

「聽著，傑夫，這是你和你母親之間的事。只是提供你一點訊息啦，她過去這幾星期身體違和。

她不想讓你擔心——太累了嘛，只是，和理查呀，還有一堆有的沒的。她已經不是十八歲的姑娘了。我要隨時待命。這些我們都談過了，可不是，露西？」

芙烈達連看都沒看露絲一眼，後者撤退到餐廳裡，對她兒子這樣子囉哩巴嗦覺得很煩。這是我的房子，她想。那不是菲爾的房間，是我的。如果我要擺一千個芙烈達在菲爾的房間，一千個理查在傑夫的房間——或我的房間——也是我的自由。而且傑佛瑞似乎對忘憂草一點也不關心，等到聖誕節，那些花早就謝光了。

「只是有點疲倦，喪失胃口，不是什麼嚴重的毛病。」芙烈達對著電話說。「再說我們現在好多了，可不是，露西？」

「對！」露絲從餐廳裡大聲應和。

「你想要就儘管安排吧，傑夫。」芙烈達說。「聽著，我看不出有什麼必要。我是受過訓練的護士，而且除了對我自己，我絕不願浪費任何人的一丁點時間。好吧，明天早上第一件事。不客氣。一點也不。沒有必要，傑夫——我很樂意這樣做。而且她喜歡有伴，親愛的人兒。可不是嗎，露西？好吧，就這樣。」芙烈達轉身，把連著一條長長白電話線的電話筒送到露絲面前，露絲遲疑的將它舉到耳邊。

「媽，以後如果生病，你一定要告訴我。我要你告訴我。好不好？」傑佛瑞的聲音氣急敗壞，就像一個小男生，不想再忍受被不公平的排除在大人的遊戲之外。

「事實上，我沒有必要得告訴你任何事。你想怎樣？」

然後她掛斷電話，或者應該說試圖掛斷；她離牆壁那麼遠，中間隔著一條那麼長的電話線，她只能把電話筒摔在地上。電話筒傻乎乎的在地板上滾來滾去，直到芙烈達把它撿起來，瞪著它，彷彿她從來沒看過類此的東西，然後才把它掛上電話座。

「謝謝你。」露絲說。

電話又響起來，但是芙烈達只是用她那張空白的大臉看著露絲，然後搖著頭，往菲爾的房間走開去。電話響了又響，露絲沒有接聽，直到她聽到砰一聲的用力關門聲；然後她接起電話。當然，是傑佛瑞，很生氣。

「是你掛我電話嗎？」他質問，而直到那一刻之前，對自己的反抗感到自傲的露絲，後悔了，她說：「我不小心掉了電話。」

然後他變得溫馨和藹起來。「我只是覺得，我們其中一個人應該過去見見這個住在你房子裡的女人。」他說。

「你聖誕節就會見到她。」

「她叫你露西。」

「沒有，她沒有。」露絲說。

「你付她多少錢？」

「我告訴過你，我一分錢也沒付。」

這不正確；她們協議用一筆微小的薪資交換芙烈達的額外服務。那不算慷慨，但是芙烈達堅持只要很小的數目。

「聖誕節還有好幾個星期。」傑佛瑞說。「在那之前來一個快速拜訪，你會反對嗎？」

「很好啊。」露絲說。眞的很好嗎？她忽然想到，也許傑佛瑞計畫用一個拜訪來阻擋她去理查那邊。到時，理查就會如之前所要脅的，來這裡抓她嗎？

直到貓兒來露絲的腳邊嗚咽著「睡覺！睡覺！」之前，他們花了一段時間——比平常多的時間——互道晚安，就彷彿兩人是不忍分離的情侶。她掛斷電話，帶貓兒們上床。貓兒們翻來滾去，咿咿唔唔，舔毛洗澡，然後終於睡著。露絲乒乒乓乓的走進浴室，煞有介事的洗個大澡，然後用力關上客廳的門，但是芙烈達那邊的屋子一點聲響也沒有。

11

那晚，老虎回來了。至少，牠所發出的噪音，或者無論是什麼所製造的那種噪音，回來了。露絲躺在床上想著理查，以及再度住在城市裡可能會是什麼樣子。理查住在雪梨多陽光和多山丘的一邊，位於海港的西北角，那裡的樹木在秋天常會落葉，而且晚間寬廣的馬路常擠滿了回家的車潮。那邊的花園都種滿了山杜鵑和杜鵑花，彷彿那裡的氣候要比雪梨市的其他地區來得涼爽潮濕，對那裡不熟悉的露絲，把它和她的一個發聲法學生的家聯想在一起，那個學生的家是一棟龐然巨宅，學生的父母邀請她去吃晚餐，結果竟在那兒爲了她授課的費用互相爭執。露絲也想到傑佛瑞，他在電話上說話的方式好像小男生，還有他所說的：「最重要的是你想要什麼。」那是眞的嗎？自從哈利過世，她就很少去想自己要什麼。芙烈達才是那個想要什麼的人。她要乾淨的地板、比較小的腰圍，和染成不同顏色的頭髮。芙烈達用她的慾望塡滿世界。露絲羨慕她。爲什麼不也像她那樣呢？

貓兒們先聽到噪音。露絲幾乎要睡著了，但是貓兒們坐直起來，像獅身人面的斯芬克斯，牠們的腳掌向內拳起，眼睛瞇成一條線。牠們像十八世紀從中國運到英國的布料上印的小小帝王。牠們的耳朵搧動，尾巴警戒。感受到牠們的警覺的露絲，在枕頭上轉頭聆聽，有了：有東西遊走過客廳，移動了傢俱；但是腳步如此輕盈，如此細微；然後傳來一聲比較大的呼氣聲，像家貓在不小心關起的門縫底下嗅聞的放大聲響，就在此時，貓兒們心一慌，拔腿而逃。

現在露絲注意到有一股不尋常的味道，似乎是在貓兒們逃出房間的同時傳進來的。這個非常特別的味道，濃密又刺鼻，和眞正的叢林很不一樣，雖然此時它令露絲回想起兒時聞到的氣味。這氣味使露絲想到當貓兒們在花園的草叢中時，海鷗所發出的警告呼叫：並沒有特別恐慌，只能算是一般性的警報。那氣味是海鷗嗎？也許還更像是鸚鵡吧。老虎搖了搖頭——新的呼氣聲伴隨甩頭而來——並且踏出腳掌穿過客廳。聽到牠，令露絲厭煩；她覺得不耐，因爲她有芙烈達和理查了，此時牠的出現並無意義；牠已經爲他們鋪陳了道路，牠不再被人所需要。她仔細聽老虎的聲音，有沒有出現任何變動，當聽到時，她大膽的結論：老虎在走道上，一共有兩隻，有昆蟲在噬咬傢俱，而且那裡可能還有一隻野豬。她失落在這些臆想當中，然後就睡著了。就這點來說，露絲是幸運的——無論有多焦慮，她最後總是會睡著，但是她整晚做夢連連。早上醒來時，貓兒們環繞在她腳邊的拼布被子上，她結論，無顧於危險，自己還能睡得著，表示她並不相信有老虎。

「畢竟，」她大聲說：「根本沒有老虎。」

貓兒們疑惑地看看她，然後開始舔洗自己。露絲更換衣服。她梳理頭髮。沒有老虎，昨天晚上沒有，從來就沒有。今天她會打電話給理查，不是要說她會去他那裡——還不到時候；只是想聽聽他的聲音。

但是客廳，當露絲走進去時，確實看起來有被擾亂過。一張扶手椅站得比平常靠近立燈。地毯有一個角落被掀開來。而且她發現因摩擦掉落而夾雜進地毯裡的貓毛，好像比平常要多，顏色是不是也比較橘紅呢？日光無辜的透過蕾絲窗簾投射進來。所有東西都很寧靜，但是每一件傢俱似乎都在平板無生氣的光線裡脫了錨，彷彿都擱淺在其本身平凡無奇的堅持裡。露絲感覺整棟房子都在對她說謊。房子怎麼可能在夜間聞起來像叢林，而現在卻是如此強烈、如此清新的充滿桉樹的味道呢？但是芙烈達在那兒，在擦地板。露絲想，無論知道或不知道，她正在隱埋證據。她知道嗎？

「芙烈達！」她喊道。

芙烈達走過來。她以晨間芙烈達的女武神尊貴姿態走過來，晨間的芙烈達，當天的情緒還沒有穩定下來，任何任性的想法都有可能瞬間改變她：有可能變得慈悲，也有可能變得陰沉。混沌早晨的芙烈達反覆無常，她有可能吃優格，也有可能禁止自己碰奶製品，有可能幫露絲洗頭髮，也有可能用腳踢貓兒（她從來不會打牠們），而且隨時保持著一種新的隱私氛圍，這種氛圍也從菲利浦以前的房間散發出來，因此露絲知道，現在那裡是她不得越雷池一步的地方。地板因爲有水漬，微微閃著光芒，所以當芙烈達走過投射出亮光的地板時，似乎顯得比平常還要巨大。露絲納悶，這有可能嗎，隨著芙烈達的體位縮減（她的節食奏效了），她同時似乎也占據了更多的空間？這一定是光線從潔淨的地板折射上來所造成的錯覺。

「你起來了。」芙烈達好脾氣的說。「我來打電話給醫生。」

「要做什麼？」

「你兒子交代我的——在昨天晚上的電話上。」

「我已經沒病了啊。」

「隨便你。」芙烈達說。「那就不找醫生了。」然後她轉身要離開。

「芙烈達！」露絲喊道。芙烈達忙的時候討厭被叫住，而且她討厭聽見人家大聲喊她的名字。露絲只在特殊狀況下才會這樣做；而一個早上發生兩次，委實不得了。

「什麼？」芙烈達問，同時回轉過來。她的反應似乎夠和氣的了。那染成奶油太妃糖色的頭髮，使她看起來比較親切。

「你有沒有注意到，今天早上這裡有一股奇怪的味道？」

「你這話是什麼意思，什麼奇怪的味道？」

「我想是一種動物的味道。」

「貓嗎，你的意思是？牠們很臭。那咱們可沒啥辦法。」

「不是，不是，不只是貓。是比那還要強烈的味道。牠們真的那麼臭嗎？貓是乾淨的小動物啊，不是嗎？」

「如果牠們乾淨，那我就是示巴女王了。」

芙烈達大概真的是示巴女王。她站在那裡，全身環繞著王者的光輝；她懷抱著智慧和風采，剛剛才從所羅門王的宮廷出來，她在那裡解決了各種各樣的疑難雜症：不需要的汽車，不可能的老虎，還有國王的鬱悶心結。現在，她在這裡幫助露絲。她是天賜良機。

「這是天賜良機。」露絲說。

芙烈達搖搖頭，開步要往廚房走回去。

「芙烈達，等一下！」現在緊急起來了：當芙烈達搖頭的時候，你要不很快的把事情告訴她，要不就都甭提了。「如果我告訴你，昨晚有一隻老虎在房子裡走來走去，你會怎麼說？」

「在房子的裡面走來走去，還是在房子的周圍？」

「裡面。」露絲說。

「是什麼樣的老虎？」

「有什麼樣的老虎？」

「是大的老虎呢？還是男孩的老虎？」

「對。」

「大的，還是男孩的？」芙烈達說，口氣還算明理。

「是隻大男孩的老虎。」

「是塔斯馬尼亞老虎呢？還是一般的老虎？」

「一般的。」露絲說。

「是什麼使你認爲，我們這裡有一隻老虎？」

「我想我聽見牠的聲音。」

「你沒有看見牠？」

「還有一股味道。那就是爲什麼我問你，有沒有聞到一股味道。」

芙烈達擺出各種姿態，嗅了很久的鼻子。她身體靠上來，鼻翼不斷掀動；眼睛瞇起來；身體更進一步地往前靠，就好像要投身到一陣有香氣的風流裡。「一種像毛髮的味道，是不是？就像地毯很久沒洗的味道？」

「像叢林的味道。」露絲說。然後她想到另一個可能。「或者，也許像動物園的味道。」

「所以，你是在跟我說，就算我每天爆肝把這個地方打掃得清潔溜溜——而海灘房子是最難保持清潔的，相信我，因爲鹽哪沙哪——就算我做得要死要活的把這個地方打掃得清潔溜溜，你還是告訴我，這裡聞起來像動物園？」

「噢，芙烈達，不是啦！」露絲大喊。「我昨晚注意到那個味道，但是你已經又把所有東西都打掃得完美無瑕了。」

「那麼一定是貓，相信我的話。」芙烈達說。問題解決了，她的腳俐落的一轉，準備走開。

「當然，一定是。」露絲說著，鬆了一口氣。「或者根本沒有什麼。是我自己的想像。謝謝你。」但是芙烈達又轉回來面對著她。她周遭折射的光線，有從地板來的，有從海面來的，遮蔽了她的面孔。

「老虎想要從你這裡得到什麼嗎？」她問；顯然她很困惑，老虎怎麼可能對露絲產生任何興趣。她把拖把立在牆角上，穿過客廳走到活動躺椅旁，在躺椅坐下來。她滿臉幸災樂禍的鄙夷表情。她打定主意接受可能有老虎的說法；她讓自己安頓下來聽答案。

「你想這隻老虎是衝著你來的嗎？也許你在你長大的那個叢林裡殺死了牠媽，所以牠跑來找你報仇。」

「我不是在叢林裡長大的。」露絲說。「我是在一個鎮上長大的。而且斐濟沒有老虎。」

「如果有叢林，就會有老虎。」

「不對。老虎喜歡寒冷的氣候。牠們住在印度和中國。也許還有俄國。」

「斐濟有印度人。」

「我以爲你對斐濟什麼都不知道。」

「每個人都知道這點，聽新聞就知道了。」

「只因爲斐濟有印度人，不表示那裡就有印度老虎。我想每個人都知道這點。」

「我確實知道的是，澳洲根本沒有老虎。」芙烈達說。「這附近根本沒有該死的海邊老虎。除非牠們是來渡假的。」

「我知道。那只是在夜裡聽到的奇怪噪音。」

芙烈達坐在活動躺椅上。她深思的面孔一動不動。「那麼，一定是貓了。」

「是啊，是貓。」露絲說。但是貓兒被某個東西給嚇著了；這點無可否認。

「我的意思是，如果你想想，那也沒什麼好驚訝的。你每天晚上都把後門開著，好方便貓兒進出。那就是爲什麼你的這隻老虎有辦法進來。如果讓傑夫知道了怎麼辦，哼？如果我告訴孝子先生，你老是讓後門開著，而老虎跑進來了呢？我好奇他會怎麼說。」

露絲一直都是想像，老虎只是憑空出現在客廳裡的，就和鬼魂一樣；牠陰魂不散，並不需要有一個門那樣實際的東西才能出入。此時她看見牠從馬路上過來，穿過車道的高草叢；她看見牠以猛烈的速度跑過海灘，爬上沙丘；她看見牠在黑暗的花園裡，走向洞開的門口。哈利曾經對她說過的最舌燦蓮花的話之一，就是形容海邊的月色。因爲海水的映照，他說，所以海邊的月光比較亮，也比較藍。現在露絲看見老虎在明亮又藍色的海灘月光下，而且她看見自己的房子高高立在沙丘的地平線上；她在老虎的身畔一起跑向房子，而且後門爲他們倆敞開著。但是晚上讓她家後門開著這樣的愚行，就露絲看來，太小孩子氣了，不應該承擔如此可怕的後果。

「沒話可說了嗄，你？」芙烈達說。她把活動躺椅往後仰，威嚴的肚腹在半空拱起；她的下巴像餐巾一樣層層折疊。「你何不把電話拿過來這裡，讓我來打電話給你的那個兒子？讓他也來插一手。」

「他早就知道老虎的事了。」這樣說，令人好生滿足。露絲覺得就好像她事先料想到了這一刻，並且打電話給傑佛瑞，以備有個現成的答案來應付芙烈達。芙烈達從躺椅上瞪視著她。她懸在半空的腿無可否認的苗條，她靈活的雙腳在沒綁鞋帶的沙地帆布鞋裡扭動。

「他知道，是喔？」她不滿的微微哼一聲。「你在告訴我之前就先告訴他了？」

「我甚至在還沒認識你之前，就告訴他了。」

「等一下。我以爲你說，這隻老虎是在昨晚才出現的。」

露絲臉紅起來；她感覺像無意間被逮到說謊。「我以前曾經以爲聽到過牠一次。」

「然後你告訴傑佛瑞。呦，聽聽這。要是我的兒子，才不會在聽說我這邊有一隻老虎以後，還留我一個人在這裡獨自面對。」

「我不是獨自一個人啊，是麼。」露絲說，可是老虎第一次出現的時候，她是獨自一個人，而且傑佛瑞並沒有來。他只告訴她回去睡覺，而且第二天早上還拿那話題來開玩笑。

「你的親兒子留你一個人面對該死的吃人老虎。一隻吃女人的老虎。你還沒有在床上被吃掉，算你走運。」

露絲發出幾聲緊張的笑聲。她知道有多麼容易被看破，但是笑聲情不自禁地從她的嘴裡發出來。她面紅耳赤。她看見自己躺在床上，老虎熱呼呼的臉就懸在她的臉上方。

「那不是一隻老虎。」她說。

「我曾經看過一個電視節目。」芙烈達把頭往後靠著活動躺椅的軟坐墊。「對啊，是關於印度食人虎的紀錄片。你知道他們是怎麼說的嗎？說老虎一旦嚐過人肉的滋味，就非人肉不吃了。」

「只有牙齒不好的老老虎才會那樣。」露絲說，想起她自己曾經看過的紀錄片；有可能是同一部。影片的光線是強烈的黃色，就彷彿從那陽光的陰影當中，可以感受到印度的燠熱。「再說，總之，那不是一隻眞的老虎。」

「噢，是一隻鬼老虎囉，是嗎？」芙烈達把身體往前一挺，使活動座椅擺正過來。「我才在想，有一隻眞的老虎登門來拜訪呢。一隻鬼老虎，那就完全不同囉。如果是那樣，那就沒有什麼好擔憂的了。」

「呃，顯然根本沒有什麼老虎。」露絲說。「你沒有聽到什麼。你說你也沒有聞到任何氣味呀。」

「我說我有聞到什麼。像是很久沒洗的地毯。」

「那就只是地毯需要洗一洗了啊。」露絲用腳戳了戳地毯。

「別小題大作了。我今天就來洗地毯。」芙烈達說。她把自己從活動躺椅裡拉起來，躺椅驚懼地左搖右擺。

「所以你瞧——只是一個愚蠢的老女人。」露絲笑著，靦腆的用一隻手按著自己的喉嚨。「當然沒有什麼老虎。」

「不知道耶，露絲。」芙烈達往她的拖把和廚房走回去。「天下事無奇不有。」她搖搖頭，邊走邊往海洋望過去，因此露絲看出來，她把可能有老虎的這件事，看得很認眞；她胡思亂想的腦袋還在更瘋狂的胡思亂想哪。芙烈達平常很少看海的。

露絲開始仔細檢查客廳的每一個角落。如今唯一之計，就是找出一撮橘紅色的毛髮、一片鸚鵡尾巴的羽毛，或任何實質的證據，來證明她的房子會習慣性的在夜裡變成叢林。而相反的，如果缺乏這樣的證據，即表示她的房子並沒有變成叢林。她用腳踢開地毯，用手掀起窗簾，並且從廚房偷來一把掃把捅沙發的底下。沉浸在喃喃自語之中的芙烈達沒有來干涉她。這使露絲想起，曾經有一段時間，她非常擔憂上帝的存在。當時，她大概十一歲左右吧，無時無地不在被提醒上帝恩典的美好，於是她發展出一股恐懼心理，覺得天使會來拜訪她，然後一切——所有那些美好得不得了的消息——都會被證明是絕對眞實的。她多麼渴望能見到那個天使，同時又多麼的畏懼。她會在夜裡清醒地躺在床上，害怕打開眼睛，也害怕睡著。結果，天使從來沒有出現。

除了傢俱稍微有點紊亂以外，客廳裡沒有任何跡象顯示曾經出現過一座叢林，只除了，有一隻被貓殺死的、破碎的蜘蛛屍體，藏在沙發底下的深處；露絲靠著掃把的輔助，才把牠給撈出來。

把拖把漂乾淨，扭出水，擱在一旁晾乾以後，芙烈達大步走進來，一語不發的捲起地毯，把它像屍體一樣的扛在右肩上走出去。少了地毯，房間看起來彷彿失去了防禦，而且寬敞很多。例如說，從窗戶走到門邊，就變成很遠。露絲把死蜘蛛掃過客廳和餐廳的橫長，掃過廚房，然後掃出去花園。芙烈達已經把地毯掛在一棵雞蛋花樹的長樹枝上，正在用一把長木匙拍打。她把她的手臂往後拉開，像握網球拍一樣的握著木匙，然後用力甩出去，在她震動的肩背之上，灰塵和毛髮在朵朵污垢的塵雲中飛揚。

既然芙烈達不在屋子裡，而且客廳也毫無叢林的證據，露絲便去打電話給理查。她把接在長長的白色電話線尾端的電話筒帶過走道，進入她的臥房，愉快地聽著電話鈴在她的耳朵裡響著，在他的房子裡響著。芙烈達還在拍打地毯，那聲音就像旗桿上的旗子在強風中啪啪作響。

理查的電話響了九次才有人來接聽。

「哈囉？」一個年輕女人說。她的聲音聽起來頗困擾，而且荒謬的從中浮現出一座露絲從來沒見過的雪梨房子，和理查與京子有血緣關係的女兒和孫子女，以及一整個從未被拆散落海的生活，那裡沒有想像中的老虎，沒有芙烈達在拍打雞蛋花樹枝幹上的地毯，而且理查八十多歲了，她自己也老了；這時，電話上的聲音更憂慮了，彷彿她會永遠在那裡等待，那聲音堅定、有禮，而又有所不便，它重複道：「哈囉？」露絲坐在她不久前才躺下來，而且——笨拙、樂觀，而又不失歡愉的——和一個她五十年未見的男人一起睡過覺的床鋪上，聽著對方又說了一次「哈囉？」，然後，她用一隻手掌摀住電話筒，好像不想再聽到任何聲音似的，匆匆跑進廚房，掛斷電話。

芙烈達也在廚房裡，正在給一只水桶裝水。「一切都好吧？」她問。

露絲點點頭。芙烈達把肥皂水水桶提靠在腿邊，她們一起走進花園，並且一起洗地毯。露絲喜歡地毯的硬短毛碰觸手指甲底下那種粗糙的感覺。她喜歡覆蓋在雞蛋花樹下地面的那層薄薄灰塵，還有從地毯瀉下、流過花園的灰色肥皂水。芙烈達把乾淨的地毯披在繡球花樹叢上晾乾，那天剩下的時間，地毯在風中顫動不安，就彷彿有什麼東西被困在底下，既想要脫逃，可又不是很全心全意。然後芙烈達打掃並磨光客廳的地板，每隔一段時間，就勘察般的嗅嗅鼻子。客廳沒有任何可供辨認的味道了；沒有留下和露絲懷疑是老虎發出，與長而多毛的低沉聲音有關的任何線索。畢竟，所謂的動物氣味，只不過是地毯的味道而已。露絲——骯髒、疲倦，而且耳朵深處仍然一直聽見那個「哈囉？哈囉？」聲音——洗了一個長長的澡，而洗澡的期間，她一再咬緊內唇，以摒擋心中的自艾自憐。但是洗完澡穿衣時——不是穿睡衣，還沒有要上床就穿睡衣，太邋遢了——她想起理查來訪前不久，在客廳發現的那個奇怪的貓污漬，不禁納悶起來。

芙烈達煮牛排當晚餐——很奢豪——當露絲問有什麼重大的節慶嗎，她很神祕的回答：「紅肉增加力氣。」飯後，她泡了一壺濃茶，叫露絲喝兩杯，並且提議她們一起到客廳去坐。芙烈達晚上從來不到客廳坐的。如果沒有外出——有些晚上，喬治會開南瓜色的計程車來把她載走——她通常會待在餐桌上讀報紙或偵探小說；或者她會進去她的房間泡腳和試新的髮型；或者她會在浴室裡待上好幾小時，染髮、洗髮，和吹乾。但是今天晚上，她說，她的手臂因爲拍打地毯感到痠痛，她要坐在客廳看一會兒電視，並且聊聊。她泡更多茶，把茶捧進客廳給露絲，坐在活動躺椅上的露絲抗議，「三杯！我會整晚都無法入睡。」

「那正是我的用意。」芙烈達說。

「爲什麼?」

「我要見見你的老虎。」

露絲啜一口過熱的茶，發出小女孩般的笑聲，她討厭這種笑聲。

「不必害怕，露絲。就你知我知，」——芙烈達舉起一邊幹練的二頭肌——「你的芙烈達有辦法和任何老老虎較勁。」

「少來了。」露絲說。「打開電視吧。」

芙烈達沒有動作。她一臉迫不及待的表情。「我們來當誘餌。把牠引出來，然後喀擦!雖然這也許不是最好的辦法。但我們可不想把你當成抽獎肉品送給牠喔。」露絲從活動躺椅裡起身。「你要去哪兒？」

「如果你要亂開玩笑，那我就要去睡覺了。」

「老虎在外面亂跑，很可能會吃人呀。」芙烈達說。「我們應該查查新聞，看動物園有沒有動物脫逃。」

「我不想在自己家裡被取笑。」

「我希望你有早一點告訴我這件事，露西。別的不說，我有可能哪天晚上去上廁所的時候碰到牠呀。我可不想讓牠撞見我蓬頭亂髮。」芙烈達大笑起來，肚皮不住地抖動。

「晚安，芙烈達。」露絲說，剛剛才在沙發上安頓下來的貓兒，跟著她進臥房，她在房間裡服了藥，躺上床，並且想起理查的電話號碼那端的聲音，一次又一次的說：「哈囉？」

芙烈達打開電視，那聲音令露絲覺得安慰，就好像門縫底下滲出光線一樣。她躺在床上，尚未更衣，甚至連燈都沒開：她想要用黑暗冷卻自己炙紅的臉孔。電視機的嗡嗡聲一直持續到很晚，三不五時，客廳會傳來芙烈達的笑聲。

第二天一早起來時，露絲不記得自己是什麼時候睡著的。更嚴重的是，她不記得自己的身體；她的身體好像不見了。即便如此，她還是有辦法移動。她用芙烈達曾經教她的，緩慢又審慎的方式下床：彎曲兩腿，把身體轉向側邊，保持脊椎不動，想像它是一根鋼管，讓地心引力自行發揮作用，全身放鬆，坐起來，不要扭曲，將脊椎視爲單一的一體來移動，休息一下，盡你所能拉高自己，身體往前傾，並且往上提，伸出兩腿，然後你就站起來了。露絲站起來了，甚至也不太知道自己是怎麼站起來的。她感覺不到任何東西。這可能就是年齡眞正的重量吧，她想，感覺不到自己的思想；思想沒有重量，所有的東西都沒有重量，但是也並非輕盈。那可能是一件愉快的事。這個無重量，即是全缺席。她的背應該疼的，她的腿應該發抖的。而且她想要理查，但是她的心卻不痛。然後，房間裡有聲音，最後她認出來，那是她自己的聲音——她不確定她的聲音在說什麼，但是她的聲音的存在，以及它確切的聲響，把知覺帶回來她的背和她的腿。她的皮膚感覺不乾淨的濕黏。她的影像出現在鏡子裡，貓兒也發現了她，並且在門檻上跑進跑出，央求要吃早飯。天剛亮沒多久，海洋在外面；聽得見海的聲音，也聽得見她的腳踩在地板上的聲音，所以她對貓兒呼叫，只是想要再聽一次自己的聲音。

「貓咪！貓咪！」她呼喊。她的舌頭在嘴巴裡黏答答的。

出到客廳，芙烈達在沙發上睡覺。露絲進來時，她醒過來，她舉起一隻手來碰了碰頭髮，並且搓了搓她面目模糊的臉。露絲想不出來要說什麼。她身體的知覺回來了，但是她仍然對自己的控制力沒有把握。

「幾點了？」芙烈達問，但是露絲不知道。她們彼此對望，芙烈達從沙發那邊，露絲從她所站立的窗戶旁邊，就這樣對望了一會兒以後，芙烈達搖搖頭，站起來。她起立的動作輕而易舉，令人敬畏。她就像一波浪濤。但是有幾撮髮絲黏在她臉部汗濕的側邊。

「牠沒來。」她說，伸著懶腰，同時走向廚房。她後面的頭髮都壓平了。「那隻老虎。」

露絲微微發出表示反感的嘟噥。芙烈達堅持要嘲笑她，委實幼稚。但即使不情願，她還是看得出來芙烈達鄭重其事的證據：她壓扁的頭髮，凌亂的沙發椅墊，以及一杯杯的茶。此時芙烈達帶著藥丸和一杯水回來客廳；露絲接下藥和杯子；她把藥丸放進嘴裡，吞下去，並且因爲知道自己還有辦法這樣做，感覺比較安全了。

露絲想要趁芙烈達準備早餐的時候打電話給理查，但是時間實在太早了。所以她晚點才打給他，趁芙烈達在沖澡的時候，而這次他接聽了。

「露絲！」他喊道，顯然很高興。「露絲，露絲，露絲！」

她要聽他親愛的聲音安頓下來成為一首舒緩又快樂的韻律，但是他接到她的來電太興奮了，他講太多，又講太快：關於他的花園，關於地方議會要派人在那天下午來砍一棵樹，那是一棵老紅松，雖然對鄰居的屋頂造成威脅，卻給他帶來許多歡樂，因為白鸚鵡在樹上啃漿果，以及喝醉了在草地上打滾的樣子，還有關於他的孫女，剛剛在學校的戲劇表演得到一個角色，她即將扮演一個帶著一隻木製鸚鵡的海盜，他得負責找一副眼罩，和一條綴有金幣流蘇的圍巾，以及，這是則悲傷的消息，但是安德魯．卡森——她記得他嗎？——他的兒子上星期過世了，非常出人意料，因為中風，理查明天會去參加葬禮；當然，安德魯本人很早以前就死了——這句「很早以前就死了」令露絲驚心——但是他會代露絲向他其餘的家人致意。

露絲聆聽，問問題，並且適時發出嗯嗯啊啊的回應；這使她想起在看完一場戲劇或電影以後，老是有太多話要說的昔日理查，只除了，現在他所談的，充滿了人、事，和物，而不是以前那些會令她害怕的抽象話題。但是她發現自己懷念那些抽象話題，或者說，懷念期待和她談那些話題的那個男人，因為她對海盜劇、對紅松，或甚至對安德魯．卡森的兒子，都插不上嘴，安德魯．卡森的兒子是在發生舞會之吻以後沒多久出生的，因此也就是在露絲離開斐濟前沒多久。是不是理查所記得的她，只有能力談這種低水準的閒話？或者，是不是她被理查生命顯而易見的活力，弄得太疲憊又太傷感了，因而對那些話興致缺缺？所以，她完全沒有提她原來想提的那些事情，就結束談話了，那些事情是：例如說，她想念他，她每天都想起他們在她臥房共度的那個早晨。只等到要說再見的時候，理查才說：「我一直喋喋不休，抱歉，我在電話上會變得很緊張。」她為他感到惋惜——理查，會緊張！露絲答應很快會再打電話給他，但心裡想，下次她會以寫信代替。

那天晚上，芙烈達在晚餐後和露絲一起到客廳坐。她帶了兩本偵探小說，並且丟一本到露絲半躺的大腿上。書名叫《她自然生命的期限》。

「聽說你是個好讀之人。」在讓自己坐上貓兒們棄守的沙發，並且打開自己的那本小說之前，芙烈達說。

所以露絲和芙烈達一起閱讀。她喜歡那本書：故事背景設在澳大利亞，這點令她著迷，彷彿她從來沒有料到，足智多謀的犯罪事件，也可能在她自己的國家發生並且破案。本地鳥的淒厲叫聲，經常會打斷膽識十足的主角的思考，而且季節的更迭都適時適地。芙烈達不發一語，但是書頁的翻動聲，和燈火的光暈，製造出一種如此私密又舒暖的氛圍，露絲發現自己想要她開口說話。「你聖誕節有什麼打算嗎？」

「我聖誕節以前就會走了。」芙烈達一邊說，一邊還繼續閱讀。

「你這話什麼意思，走了？」

這時芙烈達抬起頭來。她維持一根手指壓在書本讀到的地方。「我會去渡假，那就是我的意思。我不會留在這裡礙你的眼。」

「我自己也可能去渡假。」露絲說。

「啊。理查。」

「是的。」

「很好啊。」芙烈達低頭看書，然後又抬起頭來，臉上露出慧黠的表情，彷彿她實在是隱忍不住。「可是啊，這種事情最好慢慢來，不是麼。我總是勸人家要小心爲上——看看可憐的喬治就好了。你不會想要發生什麼難搞的意外。」

露絲沒說話。她不確定喬治的例子可能示範什麼難搞的意外。

「就舉例來說好了，那個機器是做啥用的？」芙烈達說。

「什麼機器？」

「他睡覺的時候用的機器啊。罩在臉上的那個面具啊。」

露絲又回頭看她的書。她不知道理查睡覺的時候臉上罩著一個面具。

「再說他以前也不是沒有給你意外過。」芙烈達說，同時發出帶著同情的咯咯笑。「日本女朋友咧！最好確定他這次沒有又窩藏一個。」

露絲的胸膛往內塌陷，她的肋骨和肺好像擠壓在一塊兒。她擺出在閱讀的樣子，好使芙烈達住嘴。但是露絲翻不了頁。她同一個句子讀了一次又一次：「憂心的探進去燒焦的車子裡，賈奎把那些纖維掃進一只透明的小袋子。」

淚珠在眼眶裡打轉，她把它們眨回去。

「你聽到了嗎？」芙烈達問。

露絲狂跳的心跳得更快了。「什麼？」

芙烈達停了好一陣子沒回答。「我以爲我聽到外面有聲音。」

她站起來。她赤手空拳，臉泛紅光；她正處在一股詭異的情緒當中。這是一個涼爽的春天夜晚，但是此時露絲注意到，房子變得像叢林一樣熱。牠來了，露絲想，在無意中出現了。她想起自己曾叫學生朗誦的一首詩：「老虎來了，奔馳，奔馳，奔至老旅店的門前。」

「你上床去。」芙烈達說著，往餐廳走去。她緊張地站在窗前，赤裸著酷熱的臂膀，仍然穿著她白色的制服。

「我不累。」露絲說。但是她同時在收拾她的東西——她的茶杯和書——準備要起身。

芙烈達一動不動。「聽到沒？」她說，把頭歪向一邊。「我要出去瞧瞧。」

露絲仔細聆聽。「什麼也沒有啊。」她說。但是芙烈達已經出去外面，並且關上後門了；露絲從餐廳的窗戶觀看她。芙烈達站在窗戶光線下的草地上，她仰起鼻子，頭往兩邊張望。春天月光下的海灘空蕩蕩的，帶著暗夜海岸那種光禿蒼白的感覺。芙烈達揮手叫露絲離開窗口，當露絲沒有動時，她又揮了一次。貓兒在關起的門畔嗅聞號叫。

「安靜。」露絲命令牠們；她引導牠們到臥房裡，並且打開床前的燈。「她嚇唬不了我。」她說，仍然是對著貓兒們講。她坐在床頭，外面除了慣常有的吵雜聲，她聽見芙烈達踏過她窗邊的灌木叢。窗玻璃有三聲敲擊聲，露絲不確定要怎麼回應，她把電燈關熄，然後又打開。或者應該說，因爲那是一盞觸控式座燈——是傑佛瑞送的禮物——她把它轉暗，更暗，關熄，然後又恢復光亮。芙烈達繼續往前走。至少接下來的半小時，她都在繞著房子走，而且在最開始的幾圈，會在經過的時候敲擊窗戶；露絲用她的座燈回應，所以她想像她的窗戶就像海灣上的燈塔：一熄一滅，一熄一滅，同時打著安全和危險的信號。這就像還是個小女孩時，和她的父母在一起唱聖詩；在那些晚上，她的家人彷彿不是在一起對上帝吟唱，而是在藉此抗拒死亡，死亡緊緊的壓迫在他們的窗戶上，但也自知絕不會得到邀請。屋子裡的光線愈亮，他們就愈安全，而且歌唱會加倍，甚至三倍，強化光線的亮度；屋子因爲歌聲和她父母的存在，變得如此的明亮，那光輝一定投射到了花園，到了鎮上，到了全島，甚至整個斐濟，以及整個太平洋。於是她了解，這就是你如何成爲世界的光的方法。芙烈達停止敲擊，但是露絲還是繼續開關電燈。經過這樣緊迫的半小時以後，芙烈達進來屋子裡，說：「你開燈也開夠了。睡覺去吧。」

「我怎麼可能睡得著啊？」露絲抗議。她把枕頭拉高起來墊在背後，直直地坐在黑暗中聆聽芙烈達在她窗外的腳步聲。貓兒們蜷曲在她的臂彎和腿彎裡。她睡睡醒醒，醒醒睡睡，還在那裡聆聽芙烈達的聲音。也許一小時過去，也或許六小時，她聽到一聲喊叫——芙烈達在尖叫，可能嗎？——同時後門砰的一聲關起來。她碰觸一下燈，檢查是不是光線打擾到哈利了。當然不是。哈利早不在了。

「露絲！露西！」芙烈達喊道，當打開露絲的房門衝進來時，她面色蒼白，全身發抖。「感謝上帝你沒事！」

「怎麼啦？發生了什麼事？」

芙烈達整個人倒向床，摔在露絲的雙腿上。「瞧瞧這！」她展露自己的左前臂，那裡有三條長長的抓痕，已經在冒出血來了。

「這是什麼？」在那當下，露絲的好奇大於憂慮，但她還是惶恐的把兩手舉起來摀住嘴巴。

「牠差點傷了我，但是我把那畜生嚇走了。」

「誰？」

「你以爲還有誰?」芙烈達啐口道。

露絲無法思考。喬治嗎?還是理查?她把毯子聚攏抓在兩隻手上。

「我不知道牠是怎麼進來的。」芙烈達說:「但是我清楚得很牠是怎麼出去的。我一打開門,牠就轟的一聲衝出來。事實上,把我整個人撞倒在沙地上,算我運氣好,全身零件沒有一樣折損。但是牠給我好大一巴掌。一件臨別禮物。」

露絲盡所能坐直起來,並且張望掛著窗簾的窗戶。她半期待會聽到三聲敲擊聲。芙烈達壓痛了露絲的腿,而且她的心強力而緩慢的撞擊著胸膛。「根本沒有老虎。」她說。

「你以爲是我把自己的手臂抓傷的嗎?」

「牠不是眞的。」

「牠當然是眞的,但是牠也跑走了,而且短期內不會回來了。牠被嚇走了。」

「那些貓呢?」露絲用微小的聲音問。

「你不想知道我是怎麼嚇走牠的嗎?」芙烈達用沒有受傷的那隻手臂把自己撐起來,對著露絲做了一個可怕的鬼臉:她齜牙咧嘴,發出一陣介於低吼和嘶嘶的噪音,可是她的臉又是如此眞實的人臉,把露絲給嚇壞了。「牠夾著尾巴跑了。哈!什麼老虎。」芙烈達躺回床上,哈哈大笑,好像藏匿這樣膽小的老虎是露絲的典型作爲。「但是,」——芙烈達舉起受傷的那隻手臂,把它像一根警戒桿一樣的在頭上搖撼——「那並不表示危險已經過去。」

「讓我看看你的手臂。」露絲說。她試圖移動她的兩腿。芙烈達像泰山壓頂。

「你不用擔心我的手臂。它可見識過比幾個指甲痕還嚴重的場面哩,相信我。不要再扭來扭去的！」

露絲停下來。此時完全平躺的芙烈達，整個身體往內縮；她的肚腹，還有她的乳房，全都攤平了。她細柔的腳踝伸到地板上。她的頭髮看起來是黑色的，彷彿特別選了這個顏色，好有利於夜間掩護，而且還往後梳成一個俐落的馬尾。她把腳上的沙地帆布鞋甩脫，把腳趾像孔雀開屏一樣的張開來。

「你真的看見牠了？」露絲問，她的兩條腿開始失去知覺。她可以感覺到自己的血管裡血流潺潺。芙烈達沒有回答。「芙烈達？」

芙烈達微笑。她閉上眼睛。「噢，露西。」她嘆了口氣。「沒有我，你要怎麼辦哪？」

露絲不知道。

12

第二天，芙烈達一早上都在忙著把房子的周圍裝上捕虎陷阱。

「我以爲你把牠嚇走了。」露絲說。

「目前是嚇走了。」芙烈達說。「老虎有時是很有耐性的。牠們很懂得伺機而動。」

她把早上大部分的時間都投注在最大的那個陷阱：一座挖在沙丘往下半途上的坑洞，正好位在通海灘的粗糙雜草路的中間。等坑洞深到足以讓她覺得滿意時，她沿著海岸撿拾松枝，把它們帶回來塡洞口。她的左前臂用繃帶綁起來，掩蓋住昨晚虎爪的抓痕，她時不時就把手臂伸展出去觀賞，就好像在檢視一只訂婚戒指一樣；要不是如此，看她抱著樹枝像準備築巢的鳥兒般活蹦亂跳的進出，那手臂似乎還很正常，很能幹呢。

「不要走那邊。」芙烈達說，同時指著外面的坑洞。

沒有老虎會上當的，露絲想。沙丘已經開始在往坑洞崩塌了。露絲待在屋內，寫她要寫給理查的信。這應該只是一封短箋，看起來似乎隨興而又瀟灑，信中她會表示，他們暫且就以她的週末拜訪作爲開始，至少先過來看看忘憂草呀。「至少過來觀賞忘憂草。」她寫道，而在書寫的同時，她注意到，她的筆跡已經不比從前了。現在，她的筆跡顯得很不幹練的方正；梅森太太一定會很失望。

喬治的計程車駛上屋前。露絲從客廳看見芙烈達透過打開的車窗和他閒聊，然後從車子的行李箱扛出一綑帶刺的鐵絲。喬治熟練地把車倒退出車道；就在這時，露絲才走出去屋外。

「你有提老虎的事嗎？」

「你當我是什麼，白癡嗎？」芙烈達說，但是她並沒有生氣。她只是友好的表示憤慨，那是她的最佳情緒反應之一。

「那麼他以爲這一切是要做什麼？」露絲指著鐵絲問。

「我跟他說是爲了阻擋侵蝕。」芙烈達露出微笑，彷彿欺騙喬治是人生最簡易的快樂之一。她把鐵絲搬到沙丘上，奮力將之插進草叢。露絲擔心那些貓會被隱藏的帶刺鐵絲勾到，但是芙烈達對她的憂懼嗤之以鼻。

「瞧牠們，對我的每個動作都緊迫盯人咧。」她說。「牠們知道這是在幹什麼。」

貓兒的確目不轉睛，正襟危坐，僅偶爾急促而熱烈地舔一舔自己的腳掌。

「所以老虎是在等待時機，是嗎？」露絲問。

芙烈達點點頭。她戴著園藝手套——哈利的——手套似乎使她的手臂和肩膀都變得極爲僵硬。只有頭還能自由轉動。

「我們怎麼知道，什麼時候時機到了？」

「我們不會知道的。」芙烈達說。「牠會直接現身。」

「就像夜裡的小偷。」

「正是如此。」芙烈達說。「所以啊：才需要陷阱。我很希望再裝設全套的監視錄影系統，就像，我打賭，動物園一定也有。」她對露絲解釋，鑽研監視系統是喬治的嗜好；她充滿哲學意味的望出去海洋。「當計程車司機得非常小心，你知道。可憐的喬治。」露絲對這充滿情感的名字，嫉妒得打了個寒顫。「談到賺錢的事啊，他眞是沒才能呦。」

過午沒多久，芙烈達就把陷阱都布置完成了。天上的雲多了起來。

「那好。」露絲從餐廳看出去花園說。「雲多表示晚上會比較暖和。」

芙烈達搖搖頭。「老虎會需要有個地方避雨，就和我們其他人一樣。」

現在老虎是芙烈達的了；而且不只是這隻老虎，而是這整個老虎物種。她爲牠感到驕傲，也爲她的手臂感到驕傲；前一晚的英雄行爲，似乎使她在家裡的所有大小事上都高人一等了。她在她的茶裡加牛奶，站在露絲臥房的鏡子前面喝茶——在整理頭髮的時候，她說，她偏好那裡面的光線——而且關上房門，所以露絲知道不可以跟進去。等芙烈達再度出現時，她穿著她的灰色外套，而且頭髮上綁著一條綠領巾；在那條綠領巾的對照之下，她的髮色顯得特別深，特別紅。

「今天下午好冷啊。」她說，把頭對著後門點了點，後門開著，而且有一陣風灌進來。「我們把門關了吧，行不行？」

「貓兒還在外頭。」露絲說，她自己也有點冷；她穿著單薄的夏季洋裝。她坐在拉近餐桌的椅子上，正在讀《她自然生命的期限》。寫給理查的信壓在她的手肘底下，裝在一只信封裡，地址寫好了，只等著貼郵票。

芙烈達作勢強忍咳嗽。「我的胸腔很脆弱。」芙烈達有一個像船殼般壯碩的胸腔。她站在後門邊，不怎麼眞心誠意地喊：「進來呦，貓咪，貓咪。」然後某處傳來類似喵的一聲。

「你會把牠們嚇著。」露絲說。

「爲了那些貓搞這麼多麻煩，看在老天的分上。」芙烈達開始把東西收拾進她的手提包。「牠們又不是羊咩咩，是嗎——話說回來，羊咩咩很笨。」她大搖大擺地走過廚房，一路不斷地收拾這、收拾那。她從冰箱頂上取下備用鑰匙。「我今天下午有事。我要出門。」而就在那最後的，刻意強調的「門」字上，她把門砰一聲拉闔，門閂喀擦一聲，鎖死了。

「我要讓門開著。」露絲說。

「我知道你要，但是我不能留你一個人在這兒，讓門開著，而且還有一隻老虎在外面亂跑，能嗎？」芙烈達說。「這是什麼？給白馬王子的信嗎？我該把它付郵嗎，殿下？是，還是不是？我該嗎？」

芙烈達一把把信抓進她敏捷的褐色手指裡，把它塞進外套裡面，貼近她雄偉的胸口。

「把信還給我，並且把門打開。」

車道上傳來車子的喇叭聲。

「那是喬治。」芙烈達調整一下她的綠領巾。「不用等我！再見，拜拜！」她一路邁著舞步滑向前門，同時露絲大喊：「芙烈達！芙烈達！」，只聽她愉悅的和喬治打招呼，門關上，然後是計程車開走的聲音。

於是只剩下露絲一個人在房子裡了。

「該死。」她說。前門和後門都被鎖住了，而且所有的鑰匙都不見了：在露絲皮包裡的那副、放在冰箱頂上的那副，甚至最後的機會，黏在哈利書桌抽屜底下的那副備用鑰匙。露絲不辭辛勞去找那副鑰匙；在哈利的書房裡彎下身忍住背痛，她又咒罵一次，這次更痛快，彷彿花更多心力去說「幹」，這個字的美感就會更爲升高。已經準備要吃晚飯的貓兒急著要進來，使勁的扒著後門。

「噓，小可憐。」她壓在門上小聲地安慰，結果只是使牠們更爲抓狂；牠們像餓壞了的嬰兒哀號不止。露絲退進屋子裡。她很憤怒，芙烈達把她鎖在裡面，把貓兒鎖在外面，利用老虎的胡說八道取笑她，擅自把信拿走，滑著舞步，嘻皮笑臉，舉止之間，彷彿她擁有這個地方。盛怒之下，露絲踢倒客廳裡的一疊偵探小說；滑落的書本掀開了地毯的一角，她想像，很像老虎的尾巴可能造成的後果。如果牠是眞的老虎的話。如果牠是眞的老虎，她想，牠就會和地毯的長度一樣長。牠會在活動躺椅的後面轉過角落，而且在這樣做的時候撞到燈；露絲把燈撞倒，燈倒在地上。牠的尾巴可能掃過咖啡桌，並且使所有的電視遙控器都飛到半空中；遙控器眞的都飛起來，而且其中有一個的電池還全部滾出來。露絲環顧她所製造的亂象。她很喜歡。如果我是老虎，她想，我就不會害怕菲爾的房間。不會害怕芙烈達的房間。這點開悟，使她放輕腳步走下走道。

露絲推開芙烈達的房門。她站在走道，聆聽是否有喬治計程車回來的聲音，但是只聽到小小的滴答聲，似乎是從房間裡傳出來的，但最後，原來只是她自己耳後微小的心跳脈動聲。露絲吸一口房間裡新的美髮沙龍氣味。芙烈達已經把衣櫃高度的書架頂部改成梳妝臺：上面擺滿了面霜、慕斯、噴髮劑，各種寬度的梳子，和所有和她瑰麗的頭髮有關的各種設備。在這堆窖藏之上，原來張貼著一幅哈雷彗星海報的牆上，掛著一面橢圓形的鏡子。露絲不太敢看鏡子；她疑心芙烈達可能會從鏡子裡回望她，就像童話故事裡的王后一樣。但相反的，露絲只看見自己蒼白的臉孔，和背後左右顚倒的房間。床鋪整理過。菲利浦的童書仍然整齊的排在書架上。

露絲打開衣櫥，揮手將芙烈達的衣服從衣架上掃落。衣服堆在她的腳邊。大部分都是白色或近乎白色，屬於她每天穿的制服的各種搭配，但是也有其他比較有趣的物件：例如粉紅色的女衫、腰圍令人印象深刻的暗紫色長褲，還有袖子縫綴著金色小圓亮片的黑色洋裝。芙烈達穿有小圓亮片的衣服！露絲微笑，在衣服堆裡游泳，拉扯著袖子、裙子，在淡淡的桉樹氣味中攪來攪去。碰觸那些紡織品使她上臂的汗毛直豎。但是她持續亂搗，直到每一件衣物，要不是躺在衣櫥的地上，就是擠進了房間。她也翻箱倒篋。芙烈達的內衣褲似乎一件件從露絲的指尖飛出。胸罩尤其具有空氣動力學原理，當它們飄落地板時，會輕輕發出一個可愛的喀嗒聲。所以，露絲想，這就是老虎會有的感覺，亂推亂撞，喧鬧不休；但是我不是老虎，她提醒自己，我會使用工具。

露絲從廚房抓來一把掃把，用它的柄來戳芙烈達皮箱的底部，那只皮箱安坐在衣櫥頂上，像一隻被忽視已久的居家寵物。她搖撼敲打皮箱，它落地的時候發出一個像響葫蘆的聲音；它爆開來，各色藥丸和膠囊像彩虹一樣灑落在臥房各處。除了那些掉在芙烈達衣服上的，其他的在她的腳下碎裂開來。露絲認得，那些大部分是她自己在吃的藥丸；看見它們有如圖畫般的絢麗色彩，令她感到快活，處方藥全部是藍色和甜美的淡黃色，有些是濃烈的薑黃色，此外，當然了，還有金黃色管狀的魚油。最令人感到滿足的，是踩踏那些閃閃發亮的膠囊，因爲當露絲用腳壓它們時，它們會抗拒、彈跳，然後啵的一聲破掉。

掃把的用途未了；她用掃把來探勘床底下，結果，被她逮到兩個盒子。第一個看起來相當正式：裡面是用一個個井然有序的馬尼拉檔案夾裝著的銀行對帳單。那些檔案夾上面的名字並不熟悉，只除了一個：雪莉，芙烈達過世的姐姐的名字。雪莉不姓楊，所以她一定結過婚，想到芙烈達在一場婚禮上——扮演伴娘的角色——使露絲覺得有點罪惡感。所以她用一隻腳把盒子推回去床底下。

第二個盒子很舊，約莫鞋盒大小，是用黯淡厚實的厚紙板做的。露絲彎下腰去把它捧起來，只覺她的背部一緊，炙痛起來，彷彿她的肋骨底下有一個輪子，把又長又熱的繩索絞上脊椎。作嘔的感覺湧上咽喉，她的嘴裡滿是濃痰，她吐到芙烈達的床上；一團乾乾的廢物，看起來像是可能由貓製造的，她笑起來，但不免心虛。臂膀下夾著盒子離開房間之前，露絲又對地板上的一撮藥丸做出英勇的最後一踩。那些大多是她服來治背痛的藍色藥丸，同時她也沒配水的吞下幾顆。剩下的，她塞進深深的洋裝口袋裡。

露絲在餐桌上打開盒子。裡面裝滿了石頭和一瓶瓶的沙土；片片斷斷的玻璃和岩石，從黏稠的塵土中皚皚發光。每一件物品都綁著細繩，而且都有一張小小的船運標籤說明那是什麼。有一顆石頭註明是：**珊瑚，多樣性**。另一個：**火山硫磺石，4000ft**。又一個：**貝殼，瑪瑙貝類**。她貼近些看這顆石頭，用手指頭將它抹淨，一只有紋路的貝殼確實浮現出來。露絲認得貝殼上這些有光澤的斑點。她認得這些東西，和這個盒子——她再看一次盒蓋，記起來上面的形象了，是一個長統靴鞋油的廣告；她驚呼出聲，懸在半空的雙手顫抖起來。這個盒子是她父親的。

現在露絲到水槽底下去找來抹布和清潔劑。她的背隱隱刺痛，但是她沒去理會；她想像藍色的小藥丸掉進她又長又乾的喉嚨，落入等待著的胃部。她把盒子裡所有的東西都拿出來，一次一樣，每一樣她都認得。她的腦袋裡發生一次次的小爆炸；她可以在各個特定的地點感受到它們，也可以在腦中將它們具象化，就好像在電視晚間新聞中，看著一幅指認出正在迅速延燒的灌木林火地點的地圖。她熊熊燃燒的心智、動手清潔的快感、發現真相的每一刻：這一切，是如此的動人心魄，如此的令人深深滿足，露絲發現自己像在應和音樂一樣的頻頻頓足。她專心一志的清潔每一樣物品，她認出這些東西是屬於她人生的早期階段；她感受到她的注意力有如雷射光，堅毅不撓，她極樂於將這股注意力挹注到盒子裡的每一樣物品，然後幾分鐘以後，看見它們從自己的廢墟中浮現。每一樣物品都需要特別的照料。珊瑚牢牢地抓著自己的塵土不放；當露絲試圖用力刷洗時，它在她的手裡解體了。她以輕柔的吹氣取代，並且用指尖掐去髒污——已經多久了，她注意到，它們還是如此的堅實，就和她還是個小女孩時一樣。她找來一把牙刷，和一罐水，用以清潔。貝殼從它們的塵垢中閃亮的浮現，露絲拿起每一個來聽，聽見無可挽回的海洋。才在那兒——又走了——然後又才在那兒。她辨認出自己的血液在遠方的呼嘯。

在盒子的底部，塵土、碎石塊，和破貝殼，全混在一片髒污裡微微閃亮。露絲把廢紙簍從哈利的書房裡一路拉下走道，來到餐廳。她把髒抹布和紙塞進去，把盒子在廢紙簍上甩乾淨。然後她把盒蓋重新蓋上，盒蓋上一個黑膚的快樂擦鞋童露出過大的牙齒仰頭而笑。她把盒子放在她的椅子旁。

「現在，你瞧。」露絲說，並沒有特別針對誰；是對她自己吧。她已經忘了芙烈達，甚至忘了貓。

每樣東西都乾乾淨淨。每樣東西都擺在桌子上，井然有序，附著標籤；而且沒有一樣和另一樣相碰觸。褐色和藍色的玻璃瓶，看起來都像一會兒之前才從海裡被撿回來。每一只瓶子裡，都有神祕的物質沉澱安睡。現在，貝殼也都恢復成不是粉紅色就是紫色了，像肌膚的顏色，自豪放縱。它們像耳朵一樣向內蜷曲。

露絲想和某人分享這一切。應該，她想，是和哈利吧；她撥打理查的號碼。電話鈴響了四次，然後喀啦，又啵一聲；是理查的聲音，但是帶著機器的吡吡聲，彷彿他還在抽菸。我現在不能接電話，他說，他的聲音是老男人的聲音，然後就結束了。

「理查？」她說。「我是露絲。」

電話線爆出聲響——與先前相同的那個年輕女人的聲音說：「哈囉？露絲？」露絲很確定她聽到背景中有笑聲，特別是其中的一個笑聲：她很少聽到，但是一旦聽過，那金色躍動的波浪，銅鑼般的聲響，不可能認錯。那是——露絲相當有把握——芙烈達。芙烈達在理查的家裡做什麼？驚慌中，她掛斷電話。當然，它又響起來；露絲算不清楚一共響了幾次。她坐在椅子裡，只見一陣奇怪的黃色霧靄飄過她眼前，彷彿是雲在穿過太陽前方時，有一半被陽光給燒掉了。在這霧靄中，明亮的圓圈一個個形成，它們隨著電話鈴聲的節奏起伏脈動。即使閉著眼睛，露絲都能看見它們；它們似乎黏在她的眼皮上，所以她又吃下一顆藥丸，好把它們趕走。最後，電話鈴停止了，而她可能也睡著了；她的睡眠灰濛濛的，又輾轉難安，還不斷的被游移的光線打斷。在夢境的某個地方，她看見海洋湧升上來，淹沒沙丘，把地毯搞得都是泥濘，海不斷不斷的上升，直到奇怪的甲殼動物黏附在牆的底部，而蠕蟲或者是蠕蟲拿來當做家的葉片，從踢腳板那兒頻頻招手。然後，什麼都沒有了，只剩下殘骸和廢墟。她看見自己和芙烈達坐在用後門做的筏子上載浮載沉。芙烈達用掃把當撐篙撐筏子，就像威尼斯的貢多拉船船夫，航向衝浪俱樂部的勝利三角旗。

當芙烈達回來時，這個似有似無的睡眠才被打破；露絲聽見她從前門進來，而且她注意到東方天際的落日餘暉。

「露西？」芙烈達喊道，她情緒高昂的快步走進餐廳，一邊扯掉頭髮上的綠領巾。她的膚色看起來比離開時更深褐，而且她的頭髮似乎呈現出不同的，較爲討喜的古銅色調。

「愉快的一天！」她吟唱道。

她發出小女孩般的笑聲，而且聲稱自己增加了兩磅，在經過身旁往廚房走去時，她拍拍露絲的手臂。一副彷彿她離開了三星期的模樣。在臂彎裡，她抱著一大束用聖誕節包裝紙包著的粉紅色忘憂草。她把它們丟在流理臺上，才去冰箱找她的優格，她直接從盒子裡挖優格出來吃，同時一邊靠著牆，一邊解釋喬治載她去很遠的海邊。「所以我才能像青蛙抱木一樣的讓自己曬曬太陽。」在有些日子裡，芙烈達對喬治怒不可遏；在有些日子裡，喬治則是神聖無瑕。今天是屬於後者的聖人日。「和家人共處是非常必要的。」芙烈達說，她的湯匙舀著優格。「你知道我非常喜歡你，露西，但那是不一樣的。而且離開一段時間，可以給你機會思考，你要從生命中得到什麼。相信我，你會領悟到一些改變。」

「那些忘憂草很美。」露絲說。「它們是從哪兒來的？」

「從我媽的房子。這些是什麼廢物啊？」

「是我父親的東西。不是廢物。」

「是骨董嗎？」芙烈達好奇的用一側屁股堵著桌子；一只藍色的瓶子開始滾動。露絲用指尖抵住它。現在她的腦袋比較清楚一點了，但是眼前所見的一切，詭異的明亮。

「我想它們是很久了。它們從戰爭和船難中倖存下來，這些東西。呃，沒有船難。但是它們確實是倖存下來的東西。即使只是經歷過海洋，它們倖存下來了——這些貝殼。」

「它們值什麼錢嗎？」

「噢，得了吧，芙烈達——老天爺！」露絲發出一小串笑聲。忘憂草在流理臺上如火燃燒；不要去看它們比較好。「我懷疑這裡面有哪一樣東西值錢。這些只具有私人價值。」

「但是你可以把它們拿去給人家看看啊，不是嗎，然後查出來？喬治會知道的。他懂這種東西。」

「我不會賣我父親的東西。」

芙烈達戳了戳一塊閃閃發光的石頭。「這看起來有些價值啊。看起來很像銀塊。」

「那只是雲母。」露絲說。「看看標籤。你母親種忘憂草嗎？」

「然後，還有保險金。想想看！如果房子被火燒了——這東西可能值好幾百萬呢。」

芙烈達用手指碰觸一只貝殼的彎弧，然後看著它在桌面上晃動。

「很美。」露絲說。「貝殼音樂。」

芙烈達又碰觸另外一只。那是一只斑點紋貝殼，但是她並沒有真的在看它；她心中突然想起什麼來。「露西，」她說：「你在哪裡找到這些東西的？」

「以前還有一些別的貝殼——大型的。你怎麼稱呼那些大型貝殼？一個c開頭的字？不是海螺（conches）。是叫瑪瑙貝（cowries）。」

「瑪瑙貝沒那麼大。」

「我們有一些大型的，上面有蝕刻的島嶼風景。它們一定收在房子裡的什麼地方。」

芙烈達對著地板彎下身；那動作似乎如此的毫不費力，如此的上滿油。等再度站起來，她的手裡拿著盒子；她用大拇指抹了抹盒子的側邊，張望裡面空空如也的角落。她臉上露出某種了然的神情，彷彿她也記起了兒時的某個盒子。

「那是我父親的。」露絲說。「是我的。」

芙烈達沒說話。她把盒子舉到下巴旁邊，再度檢視；然後她轉身步入走道，往她的房間走去，露絲開始想起來，她會在那裡發現什麼。

「你把我鎖在裡面！」露絲喊道。她從椅子裡站起來，趕到忘憂草那邊——當她服了好幾顆藥丸以後，要站起來快步走路是很容易的。忘憂草還濕漉漉的。露絲撕開包裝紙，以便能更貼近那些花朵。每朵花都滿溢著粉紅，但是中央漸漸淺出為金黃，而那些雄蕊，當露絲把花朵抱向臉龐時，它們不住的搖曳，充滿了粉末的黃色。芙烈達在她的房間裡大吼起來；露絲用忘憂草將自己圈護住。花朵聞起來既乾淨又明確。聞起來像一座沒有海鹽的花園。

芙烈達從走道走回來時默不作聲。手裡還握著盒子，她踏進廚房的樣子，彷彿剛剛步上一個搖搖欲墜的碼頭。她的肩膀往後挺，胸膛脹滿了空氣，彷彿即將開始背誦一週的每一日；只是她並沒有。她甚至沒有吼叫了。她注視著躲在花朵中間的露絲說：「那些不是你的。」

露絲把忘憂草抓得更緊了。「它們是從理查家拿來的。」她說。

「可憐又親愛的瘋子。把花還來。」

「我沒瘋。」

「那就是迷糊了。就和平常一樣，可憐的露西只是有點兒迷糊了。」

「不。」露絲說，但是她意識到在那場濕黏又明亮的夢境之後，**迷糊**這個字眼和她有多貼切。

「好吧。」芙烈達說。「讓我們來瞧瞧。你幾歲了？」

「七十五。」

「我的眼睛是什麼顏色？」

「褐色。」

「斐濟的首都叫什麼？」

「蘇瓦。」

「不，不是。」

「是。」露絲說。「我在那裡住過。我當然知道。」

「你不知道。」芙烈達說。「你只是以爲你知道。那就是我所說的——迷糊！所以現在問題很清楚了，也許你可以告訴我，你在我的房間裡做什麼？」

「那是我的房間。我的忘憂草。」

「把花給我。我來把它們放進水瓶。」

「不要。」

芙烈達並沒有往露絲逼近。她把手臂伸出來，手裡還握著盒子，彷彿那是接花的完美容器；然後她一轉身，把盒子丟進立在露絲椅子旁邊的廢紙簍裡。

露絲眨了眨眼睛。「我知道你去了理查家。爲什麼？爲什麼我的盒子在你的床底下？」

「你跑去看我的床底下做什麼？」

「你把我鎖在裡面。」

「我沒有把任何人鎖在裡面！」芙烈達大喊。此時她在廚房裡撕碎包裝紙，包裝紙因爲沾到忘憂草都濕了，黏在她憤怒的手指上。她把紙甩進廢紙簍裡。「我把門關起來，這樣你才不會出去亂逛，因爲外面草地裡有那麼多陷阱。那些該死的門並沒有鎖啊。」

但是露絲試過那些門。她試過啊。「你到底要什麼？」她問，因爲她想到，芙烈達想要從她這裡得到某個東西——她總是要這，要那的，但從來不明白地承認。

「我要你爲搗亂我的房間道歉。」芙烈達說。「損毀我的東西，還有不尊重我的隱私。我要你把那些忘憂草給我，而且我要你承認，蘇瓦不是斐濟的首都。」

露絲搖頭。

「好吧，那麼。」芙烈達說，然後，她面無表情，把上臂對準餐桌上的東西橫掃過去。它們在桌面上鏗鏗鏘鏘，推拖互撞，瓶子都倒下來，左右亂滾，但是全部被芙烈達的臂膀帶到桌子的邊緣，然後掉進廢紙簍裡。沒有一片玻璃破碎；一切整齊安靜的落下，幾乎就像那些物品只是回歸到它們原來的所在，就和它們在盒子裡時一樣，乖乖地窩在廢紙簍當中。整個就像一場奇妙的戲法。然後芙烈達舉起廢紙簍，把它像個怪嬰兒攬在臀邊；她用一隻手迅速打開門，仍然一副管家婦的模樣。大步的踏進花園。

露絲不了解門是怎麼打開的；但是躲在忘憂草後面的她是安全的。她跟在後面，看著芙烈達把廢紙簍裡的東西往沙丘的邊緣底下傾倒。有些貝殼和珊瑚跳了幾下才開始滾下沙丘，所有的砂礫和灰塵上升成一股污穢的烏雲，最後突然噗的一聲，塵埃落定，彷彿事先對某個特定的目的地早有定見。盒子從廢紙簍裡飛出來，一時被海風給擒在半空中；經過短暫無望的飛翔之後，最後也只有落在草叢之間。然後芙烈達把兩臂往外一拋，所以連廢紙簍也往低垂的夕陽高飛出去，滾落到海灘上。

露絲站在沙丘頂上芙烈達的身旁。忘憂草在她的臂膀裡愈來愈重。陡坡下，珊瑚和貝殼正展開它們爬回海洋的原始路程。

「那些東西是屬於我家的。」露絲說。

「這給你一個小小的人生教訓，露西。」芙烈達說。「不要執著於物。」

露絲開始用一隻腳試探性的跨下斜坡。芙烈達迎著鹽味的海風訕笑。她周身帶著一種體魄昂揚的氛圍，她把臉仰向天空，彷彿好幾個月來第一次感受到太陽。芙烈達經常給人一種類似冬眠的印象。她是一頭棕色的大熊，一場蟄伏的災難，既昏昏欲睡又隨時警覺。露絲過去很習慣於她緩慢而牢靠的動作；但是現在她甦醒過來了。

「你是個可怕的女人。」露絲說，芙烈達發出像神話侏儒般的嗤嗤竊笑。白堊質的沙土搓磨著露絲的赤腳。「一個野蠻的女人。」芙烈達笑得更大聲了，和露絲在電話裡聽到的那種銅鑼聲一樣。露絲用忘憂草指著沙丘下方。「我要你把所有的東西都撿回來。」

芙烈達拍拍兩手的灰塵，發出她在緊接著起身之前慣有的嘆氣。「兩件事。」她說。「第一，道歉。第二，告訴我蘇瓦不是斐濟的首都。然後我就會把所有的東西都幫你撿回來。否則，你自己去撿吧。」

露絲開始往下走。她仍然抱著忘憂草。這對她的背部是最糟糕的勤務：兩臂抱著東西走下一個陡峭的斜坡。她的身子往沙丘下彎，沙丘在她的腳下滑落；她踢起一圈圈旋風似的沙土。

芙烈達從上面往下看。「小心腳步啊。」她說。

露絲往前進，草叢坍塌了；她覺得腳一滑，然後人就躺在地上了，忘憂草散得滿身和周圍都是。她把花抖掉。她不認為自己受傷了；那甚至不覺得像是跌倒。那很像是沙丘把她舀起來，然後她就被盛在一個沙土很多的淺碗裡。

「噢，露西。」芙烈達在上面說。

「什麼？」露絲從草叢中回答，但是她知道她已經掉進捕虎陷阱裡了。自從挖好以後，數小時以來，坑裡已經又回塡了不少沙土；此時這些沙土像搖籃般支撐著她。坑裡滿是忘憂草的香味。她閉上眼睛，再打開，世界與她不期而遇，然後往一側偏斜。她側身躺著。螞蟻在沙土間移動，在每一粒沙子的上面和下面攀爬，這一切，都太貼近露絲的鼻子。在她的頭上，她可以看見草地的最邊緣，或者說，草地的剩餘部分。那是一張破損的綠毯。那是唯一一種願意在這裡生長的馴化綠草──一種有強壯根部的閃亮堅韌品種。哈利從來沒喜歡過這種草；不夠柔軟，他說，而且和沙土的對比太強烈。露絲還有辦法翻身朝上，於是天空出現了，一片黝暗空白的藍。她的眼睛後面有某種模糊刺痛的感覺。

「有沒有哪根骨頭斷掉呀？」芙烈達喊。

露絲檢視每一根骨頭，看有沒有什麼差錯，每一根都叫她放心。但是她的背像火在燃燒。她觸摸沙土，看有沒有什麼可以攀抓的東西，結果發現一顆小小的礦石，上面還繫著細繩。一陣從上方滾落下來的沙土，顯示芙烈達可能正在步下沙丘。

「不要來！」露絲喊。

「隨你便。」芙烈達又嘆了一口氣，那聲音既委曲求全又沾沾自喜。沙土停頓下來。「你知道麼，這正像我對傑夫說的。我跟他說，讓一個像你母親這樣的老小姐住在這種環境，根本不安全。她在花園裡散步，難保哪一天，一失神就跌倒了。我就看過有人摔跤摔出毛病來──從此再也無法復元。那就是爲什麼，我得一天二十四小時都待在這裡。」大海聽起來很近，而且有東西在露絲的耳朵裡搔癢。「但是傑夫可曾謝過我嗎？他曾打過電話來跟我說：『芙烈達，你眞有遠見』嗎？」

一些沙散落在露絲的額頭上。她不確定那是風，還是芙烈達的錯。她試圖坐起來，卻發現辦不到。「我爬不起來。」她說，但不是對芙烈達；而是對她自己。

「以那種態度是沒辦法，你別想爬起來。」

「我眞的爬不起來。」露絲說，仍然是在對自己說。她會喜歡看到天空有一片雲。那就會顯得軟綿快活，而且就某方面來說，讓人覺得安慰。如果我看見一片雲，她想，那就表示我會再爬起來。那就表示我並沒有跌倒。

「例如，就拿我來說好了。」芙烈達說。「如果我整天只會說：『我辦不到，我辦不到，』那我什麼事情也做不成了。你需要的，就是正面思考。對你自己說：『我會站起來。』然後就這樣去做。」

露絲試驗性的移動一隻腳。

「這個國家呀，有太多人活到太老了。」芙烈達嘆口氣。

「芙烈達。」露絲聽見自己的聲音在顫抖。她的身體無法動彈。「我想我的身體麻痹了。」露絲覺得她的額頭有東西在搔癢，像是一撮被擲落的雜草；她用右手把它撥掉。

「不是麻痹。」芙烈達說。「瞧？老是這麼負面。你知道，這可能對你有好處哪。提供你一點兒挑戰，幫你打破你『辦不到，辦不到，老是辦不到』的思考模式，而且讓你明白，你的行爲是有後果的。我會在屋子裡頭，露西，整理你製造的亂局。而且有一天，你會爲這件事情感謝我。」芙烈達大聲地吸一口氣，彷彿要把她的肺用海水塡滿，然後就走了。她腳後的沙土揚起，沉落在其餘的沙土上面。後門打開來，然後又關上。

此時貓兒從牠們躲藏的角落出現了。牠們嗅著露絲的臉頰和肩膀。其中有一隻蜷曲在她的身旁。沙丘爲了順應她而調整移動，這樣想還蠻愉快的——或者，至少比較不會害怕——到最後，這個坑洞會以她爲中心形塑出自己，完美的鑄模起她的背部和骨架。然後她會像兒時一樣的睡著，一切都是柔和而新穎，而且完全拋棄她的肉體是可能的，夜復一夜，甚至沒有意識到那樣是多麼的幸運。她頭近旁的草叢中，有什麼在呼呼擾動，某種昆蟲吧，於是露絲想起來，芙烈達的老虎可能就在附近。牠可能會趁夜色降臨來找她。芙烈達可能會叫牠來；她可能會使牠變成一頭眞的老虎，長著眞的牙齒。這警惕露絲要採取行動。她必須想辦法回到屋子裡，即使那要花一整晚的時間，然後，她必須逃跑。她會去找理查：在她保留的那只信封上找到他的地址，坐巴士到鎭上，然後搭火車去雪梨。露絲用雙手摸索周圍，抓到一些草；當把自己拉上半坐的姿勢時，她感覺葉片切進她的掌心，立即造成一些小小的割痕。在她身旁的貓咪憤憤地跳開去。她的臀部像是有缺損的鉸鏈，使她再度跌回沙土當中。

露絲的背部對這一切提出抗議。她經常把她的背想像成一種樂器；這樣她就可以決定，這次的痛是從高音部或低音部演奏出來的。有時候那只是一個又長又低沉的音符，有時候它堅持不停，而且尖聲刺耳。躺在沙土中時，兩者兼具。那是銅管吹奏樂器的大和鳴。她叫出聲來，但是沒有人聽見。救生員會坐在衝浪俱樂部插有旗子的塔樓上，掃視著太陽和海洋，隨時準備收工；他們不知道她快要淹死了。風有點冷。或許，如果她躺著不動夠久，風可以幫她造出一條沙被單。

貓兒從草叢中注視著她。牠們似乎在用嚇呆了的眼神鼓勵她。這就是你，她想，因爲住在海邊，不是住在馬路邊，所得到的後果；都是哈利的錯，因爲哈利堅持要這種孤立的環境，於是，這種孤立殺害了他們兩人。因爲現在她覺得，她已經陷入死於沙丘的危險之中，而芙烈達一直以來，就是在試圖將她推上這個關頭——先是派出老虎，然後構築陷阱，現在則試圖殺死她。露絲也確信，如果哈利留在雪梨，像他以前所習慣的，每天到海港旁邊散步，他今天就會還活著；他會被火速送到具有最新設備的醫院，在那裡，救活蠢老男人的戲碼天天都在上演。也不是說她怪罪那個把他從路邊撿起來的女生啦。她叫什麼名字來著的？艾倫什麼的。傑佛瑞告訴她，這個叫艾倫什麼的，在哈利斷氣的時候扶著哈利的頭。愚蠢孤立的老頭兒。現在露絲躺在一個捕虎陷阱裡等死，卻沒有一個人在那裡——連芙烈達也不在那裡——幫她扶身體的任何一部分。

她可能哭了，但是其中一隻貓爬到她的胸口，撒嬌的抓著她的胸膛。她感覺自己單薄的皮膚就要破皮了。爲了甩開貓，露絲想辦法用肘部將自己撐起來。這展現了新的可能。現在她可以看到她的腳，還有薄薄一條鐮刀狀的海洋邊際線。如果把腳往海的方向推，並且保持手肘在底下撐持，她就可以慢慢地往沙丘上倒退爬回去。她實驗性的往後推動一吋，她的背沒有發出特別的抗議。起初，這給她灌注了狂熱的活力。她想到被困在冰河中的登山家所面臨的殘酷狂喜，當他們明瞭，他們可以割掉自己壓碎的手臂以保性命時。在移動一吋之後，她躺回沙土當中，筋疲力竭，並且又滑回海灘的方向一點點。她並沒有太氣餒，因爲她有心理準備，這會花上好幾個小時。一部分的她，歡喜有這樣的努力；這是如此的具有象徵意義。爲生命所做的奮鬥！露絲很容易就會爲自己感到難過，也很容易就會恭喜自己。她有意如此；就她的看法，這個已經伴隨她一生的機制，一直很管用。她抬起手肘，開始啓動往後爬行的旅程。

一切看起來都只有毫米的距離，特別是海洋和落日，但是房子卻是不可思議的遙遠。只要一停頓下來，她就會又往沙丘滑落下去，損失的是寶貴的好幾公分；但是，如果不休息，她的眼睛就會因爲背部而脹痛，而且她的手臂似乎要融解了。然後她必須躺回沙土當中，把兩臂像翅膀一樣的往身體兩側伸展；或者往身體的下方伸展，碰觸她的大腿。她感覺裙子裡鼓鼓的，她伸手到口袋裡去撈，發現裡面還有藥丸。多一顆不會有害的，她想，於是便乾吞了一顆，還被自己含沙的唾沫給哽到。然後她抬高自己，再度出發。這樣可能發生了不只一次。她學到要把腳往外轉，好將自己撐在沙上，並且抓住草根，好幫忙減緩滑落。她休息的時間愈來愈長，而且貓兒也失去了興趣。露絲覺得這和她搭飛機時的感覺一樣：空乏，懸而未決，而且受到便溺不便之苦。當腳邊不再有任何忘憂草時，她知道，她已經逃出了捕虎陷阱。

太陽在露絲抵達花園邊緣之前就下山了。現在她移動得比較快了；草叢比較密，而且她也很少再滑落了。她半身在沙丘、半身在草地的停下來歇息，她思忖，如果鼓起力量，說不定可以很神奇地以最後一口氣衝回房子呢。然而召喚這股力量，花了她一段時間。一顆明亮的星星出現了——那是金星嗎？哈利懂星座。他曾經教她如何觀察金星，然後由之推測出兩極的方向。或者，那必須是在北半球才行？天空仍然比海水要藍，但是燈火已經從海灣對面的鎮上亮起來了，銀河的星辰開始三三兩兩的出現，很快的，芙烈達的老虎可能就會在星空下沿著海灘奔馳。

一直到天空變暗以前，房子都沒有生命的跡象；然後，一扇窗戶亮起來，緊接著，是另一扇，因此，露絲的身體一半躺在陰影裡，另一半則躺在黃色的框框裡。是誰的手捻亮那些電燈的？露絲無法確定。當然是芙烈達的；但是也有可能是哈利的，也或許是她自己的。直到此刻之前，她從來沒有在躺著的時候體驗到暈眩。她以爲她聽到房子裡有男人的聲音，但那有可能是電視機。貓兒在近旁哀求晚餐，但是她拒絕加入牠們的哀號。她無論如何都不會哭喊。她再度將自己抬高，現在幾乎是用手肘在走路，一路拖著兩腳前行；她把自己拉到房子旁邊。她利用牆壁將自己拉到一個完全的坐姿，並且將頭靠著牆壁休息，就在後門的旁邊。

花園一片平和。如此與世隔絕。夜晚似乎陷入停頓，只是勉爲其難的漸漸轉黑。露絲靠著牆，想到芙烈達在房子裡面等候她抵達，但是同時，她也和芙烈達在房子的裡面，坐在椅子上接受芙烈達的照料。她既是在房子裡面，也是在房子外面；她離開了芙烈達，然而又受制於她；她肚子餓了。貓兒們又號叫起來——牠們可眞吵啊，這些小東西——終於，有人打開門，一語不發的站在露絲的頭頂上；她只看得到亮光。有手臂伸出來要抬她，但是她抗拒。她讓自己的身體癱軟成一團，最後那雙手臂放棄了。然後門關起來。有人在廚房裡走動、餵貓、唱歌，同時在煮香腸。香腸的油脂味使露絲的心智清晰起來。她忽然想起來，那個盒子並不是她父親的。那是哈利的——那來自於他的家庭，來自於索羅門群島，和她一點關係也沒有。像這樣的事情，怎麼可能忘記呀？

如果盒子不是她父親的，門也並沒有鎖，那麼也許蘇瓦不是斐濟的首都。再說，那有什麼關係呢？斐濟可以讓她記得的事情也所剩無幾了。只是這個感覺，每個人一定都會有的，關於自己的童年，就某方面來說，是如此的非同小可。但是她參加過皇家舞會。露絲在舞會上見到女王的小小人影。看著女王變老是一件奇怪的事；那使露絲覺得自己好像一點都沒有成長。但是，當然，她們兩個都有成長。無可避免的，她們都各自隨著責任長大了。如果人們必須有一個女王，她好奇那是不是就是女王存在的意義：她應該是要幫助你標識時間的演變，因爲每一年，你都會看見她在錢幣背面的側影，隨著年紀愈來愈柔和，但是同時，她又使你停止注意時間，因爲她似乎在那個遙遠的王位上凝固定形、不可撼動。在晚上的地上這裡，想到她正出現在世界的另一頭，好像是很不可能的事。但是知道在一九五三年的某一天，她們曾經在同一個時間出現在同一個地點，那是何等的非同小可。所以當菲利浦談論女王是如何的沒有必要、如何的不合時宜時，露絲覺得她對女王的專有權被觸犯了，當她提出抗議，舉證女王是如何的有尊嚴、如何的受苦時，傑佛瑞總是很小心地說：「我們完全不是在針對她個人，媽。」

「就是說嘛。」菲利浦會說：「我敢肯定她是地上的鹽。」

但是鹽不就是阻止土地產生綠樹的因素嗎？田地如果被鹽覆蓋，不就永遠無法種植農作物了嗎？所以，誰要當地上的鹽啊？而且，鹽不是從海裡來的嗎？那麼，地上的鹽，豈不就是沙？而芙烈達討厭沙。露絲認爲，有一天早上她會醒來，發現芙烈達把所有的沙都掃進海裡去了。她想像芙烈達拿一把巨大的掃把對著海洋揮掃，順從的海浪把她掃給它們的所有東西都吞了下去。海灘變得空曠開闊：岩塊、化石、恐龍亂七八糟的骨骸、大型的石化海怪、遠古火苗的灰燼等等，全都會裸露出來。經過芙烈達清掃之後，一切都變得乾淨、雪白，而且滅絕。她會用桉樹精洗刷一切，只有到那時候，她才會快樂。露絲說不上來，她是不是希望芙烈達快樂。露絲似乎曾經——這可能還是相當近期的事——對這點抱有某種立場。芙烈達啊，芙烈達，你好比示巴女王。就在女王出席的當時，理查吻了露絲——但是一直以來，心裡卻愛著別人。於是，想到這事——理查愛著別人，愛著她，或者也許兩者都愛，也或許這是同樣的一件事——竟變得比爬上沙丘還要累人了。就在她，露絲，甚至無法確定自己能否再站起來的時候，念頭又轉成了紅松、海盜孫女，和葬禮。

她背後傳來一陣噪音，一陣吱吱嘎嘎聲，然後一雙臂膀把露絲抬出了花園。她太疲倦了，沒有力氣反對。沒有人講一句話，但是門開了又關，然後她就躺在自己的床上了。她喝水，吞了一些藥丸；

在那之後，沒有人再囉嗦什麼。露絲躺了又躺，肚子餓起來，也開始躁動不安，但是因爲都沒有人來理她，她就睡著了。早上，她的背沒有疼痛，而且陽光在草叢間欣欣向榮。露絲覺得她是在房子裡醒來的唯一一個人：沒有丈夫，沒有兒子，沒有任何人干擾。她從床上翻身下來，在哈利的書房裡找到她的手提包；她的錢包在裡頭。雖然不甚了解爲什麼，但是露絲知道，她必須趕快行動，而且不要發出聲音。當她把前門在身後關上時，門確實發出了一點點咿啞聲。

樹蔭下的車道旁，草長得多高啊！一定會有好收成的。這就是哈利每天早上散步的路徑，走出車道，然後步上馬路，所以露絲步上馬路，望下山丘。她很驚訝，看到有這麼多人在巴士站上面。他們聚集在巴士站的周圍，好像有什麼戲劇化的事情就要發生。她小心翼翼的走下山丘。從這兒看去，海水一片汪洋，不知怎地，有路沿岸而行，似乎看起來更美好。海面如鏡，意味著它沒有顏色，只有亮光；但是到岸邊時，它就轉成了綠色。露絲記得自己曾經對兩個孩子解釋，水面的光輝，是成千上萬的陽光以不同的角度折射在海浪上的結果；每一粒光點都是太陽不斷重複折射所造成的。她一定得多來這邊走走。

似乎，人們聚集在巴士站，並不是因爲有災難，而是爲了要等公車。他們從海灘踏沙而來——那個方向的天空看似風雨欲來。想到即將下雨，令露絲擔憂，但是她的心情奇異的平和，因爲遠離了生活的瑣碎雜事，同時也因爲和她周圍的人群共享一個愉快的命運，彷彿他們都是在天堂的門口等待。公車來了。她手忙腳亂地掏出銅板，結果還是必須仰賴他人幫忙；司機從她的手掌裡撿出正確的零錢，有如鳥兒啄食小蟲。一位有禮貌的少年讓位給她。她坐下來，竟爲自己多愁善感起來，她感覺自己被愛、被照顧，她看著沒位子坐的少年搖搖晃晃的移到公車的較前方。後車窗劃出一名臃腫的女人正在走下山丘，好像一幅圖畫。灰色的雲層落入海面。車窗漸漸從女人身上移開。噢，她會被拋在後面啊！露絲不禁喊出來，雖然她其實並不苦惱。對座的男人對著她的方向拋來一抹質疑的眼光，露絲微微一笑。等到芙烈達趕到巴士站時，他們已經攀上了下一座山丘。

13

巴士在一條山丘旁的道路讓露絲下車，她期待會在那裡看到商店和火車站——結果發現只有一些房子。房子的瓦片屋頂是深橘紅色的；它們往上翻飛，對照海洋的顏色，很像警告海嘯或洪水的標識。地平線感覺比平常來得高，所以房子另一邊的海洋好像令人暈眩的傾斜，使露絲發覺有必要用手扶著房子的矮磚籬走路。終於，她想起這條街道了。她曾經和傑佛瑞走過這條街道，當他還是個小男生的時候。他掉了一顆銅板，銅板滾到一輛停在路邊的車子底下；她冒著背部受傷的危險幫他撿回來。他沒有哭，但是站在那裡握緊拳頭，臉上掛著難以忍受的懸慮表情。當她把銅板還給他時，他如此正式的跟她道謝，如此的莊重有禮，似乎就像一個外國小孩在接受某個遊客的關懷。然後，幾分鐘以後，他就把那顆銅板花在一個小圓麵包上，恢復爲原來那個難纏、快樂的小子。

一隻紅色的大狗步下街道的中央。牠留心地把頭轉來轉去，彷彿在狩獵。露絲緊貼著圍籬站立。她很欣賞那些房子，它們整潔又不擺架子，白框的窗戶有布篷遮陽，磚籬的顏色和那隻狗一樣紅。這些房子當中，說不定有一棟是屬於芙烈達的母親的。露絲的肩膀開始痛起來，就彷彿她整晚都在抬重物。

她轉過一個街角，發現自己位在鎮上的主要道路上。一排排商店整齊的緊緊羅列；感覺好像聖誕節，因爲沿路都懸掛著彩燈。也許現在隨時都懸掛著彩燈，好使逛街感覺像在慶祝節慶。她記得那個快活的肉販，每年都要展示招牌，聲稱自己是「南海岸香腸大王」。顯然，這是官方頭銜，是要經過每年競賽贏取的，而且要予以愼重保衛。一輛計程車沿街開過來，露絲爲了閃它，躲進肉販店門的陰影下。那表示，她擋到人家開門了，她、門，和門後的那個人，被迫跳了一段進退不得的小舞，結果門後的那個人，一名女人，竟然認得她。

「菲爾德太太！露絲！」這名女人喊道。她的個子好小——「小號的」，露絲的母親會這樣叫她——她使露絲想起從昂貴的耶穌降臨節日曆門後窺探的小玩具。露絲努力的把臉擠出一個認得的表情；但是她一定是失敗了，因爲女人面帶冀望的笑容說：「我是艾倫，記得嗎？」

「噢，艾倫！」露絲說，而就在大聲說出名字的時候，她確實記起來了，她是艾倫．吉布森。

「可是好巧！你也住在這裡嗎？」

「是啊。是啊，當然。」艾倫說。「我一直想打電話給你。再見到你眞好。」

露絲漾開了笑容。是啊，眞好——這句話眞對，既美好又被普遍低估。它比仁慈更有意義；它代表著爲體貼和行好所做的勤苦努力。在這個世界上做好人，露絲想，就是被認爲是——什麼？溫順又軟弱吧，她想；很容易被擊倒。但是露絲看重做好人的價値，艾倫．吉布森也是。這是她們倆的相通之處；這就是爲什麼當一位風采高雅的老人在路邊奇怪的喘氣時，艾倫會停下車來詢問。

「你最近怎麼樣啊？」艾倫問。

「我很好，親愛的。而且當然啦，我有芙烈達幫忙。」這時，露絲意識到芙烈達好像是某種盾牌；她似乎在把她拿出來揮舞。「芙烈達負責煮三餐和打掃。她是我的左右手。」

「眞高興你一切安好。」艾倫說。「你今天早上來鎭上有事嗎？來買東西嗎？」

就在此刻，露絲不確定她爲什麼來鎭上了。她只知道，她要辦的事情最終會導往火車站的方向。

「要我載你去哪兒嗎？」艾倫問。「我會很樂意載你回家的。我喜歡開車去那邊。」

露絲想要接受，因爲那會使艾倫非常快樂。使別人快樂不是很美好嗎？但那是不可能的。「我不要回家。」她說。

「好吧。」艾倫說。她把太陽眼鏡推高到頭髮上；那就是爲什麼她的頭頂亮光閃閃。「那要我載你去別的地方嗎？」

「我要買一些東西。」露絲張望她的錢包，尋找她的待辦事項清單。她來鎭上總是帶著待辦事項清單，今天卻找不到——這不是很典型嗎？但是既然她已經站在肉販的店門口了，「買香腸。」她說，隨著她推開門，肉販的店門響起一串鈴聲；店裡沁涼又充滿血腥味。艾倫又在街上停留了好一會兒，一臉的錯愕，但是露絲拒絕讓自己爲該事煩惱。南海岸香腸大王站在櫃檯的後面，在他的朝臣購買羊排和牛排的同時，談笑風生，笑逐顏開。他也知道她的名字；每個人都知道嗎？

「菲爾德太太！」他喊道。

她覺得自己好有名。也許這就是爲什麼他年復一年贏得那個獎項的原因；不是因爲他的香腸，而是因爲他的記性。露絲以前知道香腸大王叫什麼名字。以前露絲和家人總在夏天來海邊渡假，香腸大王會在新年爲他「最喜愛的顧客」舉辦烤肉會；她去過他家。他會驕傲得不得了的烤肉，督促大家每一樣都要嚐嚐。此時他在對她眨眼了，他用這種方式在說：「我不想服務眼前這個女人，我要服務你；我等不及要服務你了。」眞是極盡奉承之能事，露絲在一旁等候著。她和哈利以前常拿這個香腸大王的趣味性調情來當笑話聊。他這些舉動從來沒有惹惱過任何人的丈夫。她已經認識這個人將近四十年了。

「菲爾德太太。」此時他說，同時轉向她。他高大、快活，又整潔。她記得他曾經為了一個兒子不願意承接肉販的家業而傷心；也或許正好相反，問題是出在那個兒子想要承接。香腸大王穿著一件條紋圍裙，手臂上似乎完全沒有毛髮。他的手又大又粉紅，因為長年處理各種肉類而顯得年輕。

「我們好幾個月沒看到你上鎮裡來了。」他眨著眼睛說。「告訴我，你都躲到哪兒去了。」那是她記得的另一件事：他總是用皇室使用的複數代名詞來稱呼自己，彷彿他是同時代表他自己和他的香腸在講話。但是他是叫什麼名字來著的？

「哪兒都沒去，哪兒都沒去。」她說，同時臉紅起來。他總是害她臉紅，她猜想，這就是為什麼她知道，他的殷勤是無害的。「我現在都找人幫我來採買。」

芙烈達都到超級市場去買她們所有的肉品，全都是包在保麗龍和塑膠膜裡的那種，但是他不知道。即便如此，露絲還是有罪惡感，一股新的熱潮湧上她的臉。

「看到你就夠令人高興的啦。」他說，同時轉向店裡的其他人——那些人都比露絲和香腸大王年輕。「菲爾德太太是我最久，也最忠實的顧客之一。你們都還沒有出生，我們就認識彼此啦。」

露絲的臉更紅了。雖然店裡沒有一個人是年輕到那種程度，但是她有可能是真的那麼老了。

「那今天可以幫你拿些什麼呢？」他問。「這羊肉是奇蹟啊，春羊呢。」

「噢，好，羊肉。紐西蘭羊。」

「澳洲羊，菲爾德太太！向來都是澳洲羊！現在——來個紅燒肉塊怎麼樣？還是排骨肉？」

「噢，老天。」露絲說。其他顧客開始蠢蠢欲動，發出有禮的不平之鳴。很多人是在忠貞不移的菲爾德太太抵達以前就已經進店裡了。「排骨肉。」她說，因爲買紅燒肉塊芙烈達會開罵。從超級市場回家的芙烈達，會沒完沒了的叨唸今天——和這年頭——的食品雜貨有多麼花錢。

「那就來排骨肉。要幾片啊？幾片？」香腸大王吟唱著。他忙碌的粉紅色手掌撥弄著羊肉排，挑選著好樣本，也挪移著塑膠製的洋芫荽。「一公斤五元九十九分，算你五元五十五分就好。」顧客們對香腸大王可愛的偏心做法搖頭。

「買五元五十五分。」露絲說。

「那就秤一公斤囉。今天還要買別的什麼嗎？」他用白色蠟紙把羊肉包起來。露絲喜歡肉販的包裹那種沁涼沉甸的感覺；它們使她想起嬰兒。

「這樣就夠了。」她說，但願自己眞的有把握這樣就夠了。

「不要香腸嗎？告訴你怎麼著，我加幾條進去，免費贈送。」此時店裡恐怕要造反了。門打開來，鈴聲響動；有人離開了。香腸大王把香腸包進白紙包裡。露絲看見他在對另一個女人眨眼睛；那是他要服務的下一個顧客。「菲爾德太太五元五十五分。」

露絲點點頭。她打開錢包，除了付完公車費以後剩下的幾個銅板，裡面根本沒有錢。裡面唯一的其他物件，就是圖書館證。「天哪。」她說。「我忘了帶錢包。」

香腸大王看著她手裡的錢包。

「我的意思是，裡面是空的。眞要命！」

他拿著平滑的白包裹杵在那裡。「別擔心，別擔心。」他安慰她，但是此時卻對著其他顧客咧嘴而笑。他的笑容在說：「蠢老鳥兒。」他在說：「笨，笨，笨，老，老，老。」曾經，他還年輕的時候，還用肉販紙摺帽子送給她的兩個兒子哪；他們愛那些帽子愛了一整個下午。

「我想不起來——」露絲才開口，但是之前被香腸大王眨眼睛的那個女人，一箭步向前，雖然決心行善，卻一副實事求是的模樣，馬上遞出六塊錢給香腸大王。

「解決了！」他喊道，彷彿春羊奇蹟眞的實現了。他眞是信任熱愛這個世界啊；一切溢於言表。他拍拍那個女人的手。她會被邀請去參加新年烤肉會的。

「噢，謝謝你，太謝謝你了。」露絲說，同時接下她的包裹，和那個平滑的嬰兒重量。她含糊地想著，應該派芙烈達送六塊錢去這位救星的家，但此時，女人已經在點購肉品了——那是一場複雜的點購行動，是爲一家子設計的，需要快活肉販的全方位配合。她的表情表明，她堅決反對干擾或進一步的感謝。

「再見囉，菲爾德太太！」香腸大王喊道，露絲揮了揮夾在包裹和空錢包之間的手，一個女人幫她打開門。鈴鐺搖晃起來。當她跨上馬路時，只聞顧客們正在對他說的笑話發出爆笑。露絲討厭他，和他活力過剩的殷勤。哈利就是眞的善良；眞的有騎士精神。從來不是爲了炫耀。等回到家，她要告訴他這點，而且她也要對芙烈達隱瞞令人難爲情的免費買肉事件，後者經常表達對施捨、揩油，還有任何人不靠誠實辛勤的勞動力賺錢的鄙夷。芙烈達永遠不會聽到空錢包、伸出援手而令人嘔氣的女人，或紅燒羊肉塊的誘惑等等這些事件，這樣她就不會生氣了。在如此相信之後，露絲的心中又充滿了可以忙碌的目標。接下來要去哪裡呢？街上羅列著種種便利的店鋪。隔壁是藥妝店，馬路對面是麵包店，下面更遠一些是銀行。她納悶自己爲什麼不多到鎮裡來。她把車子停到哪裡去了？她老是忘記。不對——她是搭公車來的。街道的盡頭是火車站，那裡每隔三小時就有一班火車開往雪梨。爲什麼想到這點會令人覺得安慰呢？她的手臂還是會痛。

藥妝店外面有兩個男孩子在等人，臉上帶著那種被應允會因爲他們的耐心而得到獎賞的、警覺又無聊的神情。他們充滿興致的觀察每一臺開過去的車輛；而每當街道一空時，他們的肩膀就會垂下來；兩隻腳則疊過來疊過去，將矮小的重量從這腳換到那腳，好像甫出娘胎的長頸鹿。他們的小男生面孔，聖詩班似的貞潔，就彷彿聖誕節舞臺劇的選角，而且長著一頭淺色的長髮，只用一個美麗的後甩動作，就能將之拋諸眼睛後方。他們大概九歲和十一歲吧。比較大的那個對自己的動作頗具信心——無論是甩頭，或者踏腳——比較小的那個則只是跟著模仿，所以他們倆的相似，好像比較不是基因性的，而是比較像拚命鑽研學習的結果。露絲心中燃起對這兩名男孩的愛憐，他們等在藥妝店的外面，而不是去香腸大王那裡。他們穿著灰色和藍色的學校制服。在條紋狀遮陽布篷的陰影下，彎腰駝背的等著，因爲他們是這樣的有耐性，她想要賞給他們每人一份奶昔，或者冰淇淋，如果他們要的話。當然，她有足夠的零錢買這些東西。

露絲伸出兩手對他們跑過去；她的錢包正好掉在他們腳前，比較大的那個男孩幫她撿起來。他幾乎和她一般高，以一種害羞的優雅，幾乎是女性化的動作，把錢包遞給她，他的五官緊縮爲一張有禮的面具。

「謝謝你，我親愛的！」露絲喊道，並且擁抱他。

「沒什麼。」他說，以男孩子那種瀕臨變聲邊緣的噎喉般低吼回答，她放開他僵硬的肩膀。

「你們好乖，這麼安靜地等候。要不要喝一杯奶昔？」露絲把手伸向比較小的那個男孩，他躲在他哥哥背後注視著她，彷彿她此時此刻當街做出了什麼有趣的失禮舉措。但是露絲知道男孩子在到達某個特定年齡時可能出現的行爲；她知道要忽視那在她喉間所引起的，令人喪氣的刺痛。她又對他興高采烈地搖了搖手。「你說呢？一杯奶昔，或者，你要冰淇淋？這是你自己贏得的喲。」

「媽。」他說，他似乎嚇呆了，而且可能還有一點點懼怕，他張望他身後一名剛從藥妝店走出來的女人。

「哈囉，又碰面了！」女人說，她是艾倫．吉布森。「你見過我的小孩沒？這個是布雷特，還有這個是傑米。孩子們，這位是菲爾德太太。」

男孩子們點了點金髮的頭，他們身體的動作就好像行了一個簡短的屈膝禮。兩人有一樣的羞怯笑容。他們的名字是布雷特和傑米。他們似乎彼此同意，要對他們母親隱瞞之前殘留的尷尬感。

「你買到你要的肉了嗎，露絲？我現在可以載你回家了嗎？」

露絲望向火車站的方向。只帶了一張圖書館證，她要怎麼付火車票錢啊？再說——肉會壞掉。

兩個男孩已經開步先走了；艾倫也踏開步伐。所以露絲也只好跟著走。她是被動的。海水退了，看起來彷彿是被絞回到原來應有的水平，算是一種投降吧。

「往這邊走。我的車是紅色的。」艾倫微笑點頭，做出和她兩個兒子一樣的請安動作。「如果不介意的話，我先送兩個孩子去學校好嗎？他們今天遲到了，因爲去看牙醫。」

兩個男孩已經鑽進車子的後座，繫上安全帶，一聽到這話，低哼一聲，彷彿對於把他們看牙醫的事公諸於世感到駭愕。露絲感受到某種不滿；她疑心她的座位原先已經被應允要給其中的一名男孩，現在她占了人家的位子。

「噢，老天。」她說，因爲她無法自己綁安全帶。艾倫幫她把安全帶扣進座扣裡，露絲好似被人舉槍威脅一樣地，把兩手高舉在沮喪的臉孔兩側。

學校不遠；兩名男孩跑向大門，然後就好像一下子掉進了裡面。露絲覺得好神奇，他們那兩雙長腿，什麼都辦得到。「他們以後會長得非常高喔，可不是。」她說。

艾倫微笑點頭。「就和他們的父親一樣。」她以他們爲傲；她看著他們，直到兩人消失了蹤影，

「看著小孩子長大，不是很有趣麼。」

艾倫說：「那是一項殊榮。」

露絲仔細思辨這句話是否可以成立。不，她想；那其實是一件令人感傷又奇異的事。小孩子是如此的曇花一現。傑佛瑞出生的時候，哈利輕撫著他兒子的鼻樑說：「眞神奇，這就是永恆。」但這不是永恆；這甚至連一個月都不是。才過幾個星期，傑佛瑞就變得不一樣了，那個盲目、亂動亂撞、浸水飽滿的傑佛瑞不見了；他變得紅嫩嫩，胖嘟嘟；像貓兒一樣的會磨蹭她的臉孔。這使她想到，她思念她的孩子，不是他們現在已經擁有自己的小孩的模樣，而是當他們都還幼小的時候的模樣。她永遠也見不到了。當那棟房子還是間渡假屋時，在海灘上的傑佛瑞；氣如游絲的菲利浦；還有他們的那雙小手。她想要——非常迫切的想要——說「幹」。

「現在，我們送你回家吧。」艾倫說。

「你知道路嗎？」露絲問，因爲她自己不太有把握。

「知道啊。但是你可能得提醒我在哪裡轉彎。」

露絲試著想像要在哪裡轉彎，但是她只看見草叢——又長又蒼白的草叢，有老虎躲在裡面。她曖

昧的笑笑。她在車子裡好舒服，艾倫如此有自信的掌握著方向盤。城鎮掠眼而過，還有海洋。原先要下雨的徵兆，此時已經消失了，天空萬里無雲，傾向純白。艾倫想要知道，露絲最近都在做什麼；她是不是有訪客；她是不是常出門享受好天氣。「你兩個兒子都好嗎？」她問，露絲說：「他們都會長得非常高。」

「你多常上鎮裡來？」

「不是很常來。你知道啊。老是忙忙忙。」

「噢，是啊。」艾倫說。

「你知道。你也是當媽的。」

「有人照顧你嗎？」

「我被照顧得很好。」露絲說。車子前進得如此順暢。「不只如此，我還被保衛得很好。」

「保衛？要對抗什麼嗎？」

露絲注意到艾倫口氣中的好奇——現在這些反應中的小暗流對她很重要，它們是指導舉止的標竿，它們警告她，她可能必須重新考慮自己先前的評語——所以她回答：「對抗命運的弓與箭。」

「殘暴的命運。」艾倫大笑著說。

於是露絲對她心存感激，也對芙烈達心存感激，芙烈達爲了房子、貓兒，和她，長時疲累工作，而且還把老虎趕出去。但是她意識到某種不安，彷彿她做了什麼惹芙烈達生氣的事；爲什麼她會害怕芙烈達？害怕的感覺時來時去。然後她想起來了，關於昨天在屋子裡搞了一團亂的事：把藥丸丟在地板上，把花丟在沙丘上。芙烈達當然會生氣。

當你快速前進時，海看起來就不一樣了。太陽從天空和水面的每一個地方照射過來：亮眼的光線從每一個地方投射過來。露絲閉上眼睛，看見強烈的粉紅色。她可以感覺到車子在爬上山丘，她說：「就從這裡右轉。」然後，一打開眼睛，她感覺就像第一次抵達她的房子。她看見需要從車道往後清除的草叢和糾結的灌木，以及頹敗花園的一片亂象，而在這滿眼的狂亂之中，佇立著明窗淨几的整潔屋宇。它散發出一股整齊的靜謐，但即使如此，仍然含帶著某種不尋常的氛圍；一陣薄霧似乎正在從屋後升起，晦澀的灰色在水天交接處幾乎看不清楚。艾倫把車停下來。

芙烈達坐在橫亙屋子大門前的矮階上。她憂心地抬頭看車子，她的臉一副準備要面對災難的表情，她的手臂交叉垂落在膝蓋上，手腕向外翻轉，彷彿預期要被銬上手銬。但是當她看出那是一輛熟悉的車子時，她以一種回想起自己較肥胖的神祕過往的聚精會神，從階梯緩緩起身。艾倫探身到露絲那邊，打開乘客座的車門，露絲發現自己很想再把車門關上；她想要用車門把芙烈達關在外面。但是太遲了：艾倫已經走出車子，而且芙烈達已經迫近過來。露絲從座位上一轉身，把兩條腿伸到半空中，就好像小孩子的腿。這似乎使芙烈達更加速動作。她伸出兩臂讓露絲投懷送抱，所以露絲也就這樣做了；她從來沒有像此刻這麼貼近芙烈達的身體。它投射出躁動的體熱。她認得這種擁抱；這就像她從醫院帶襁褓中的小兒子回家時，和傑佛瑞擁抱的感覺。或許，畢竟，芙烈達並沒有生氣。艾倫已經移開視線，在鑽研霧靄中的房子。

「老天，你到底跑哪裡去了？」芙烈達大喊，但是露絲想起該有的禮貌，她往後退開，轉向艾倫。

「這位是艾倫。」她說。「芙烈達，這位是艾倫。」

「哈囉。」艾倫說。「你就是露絲的護士嗎?」

「我是她的照護員。」芙烈達放開臂膀中的露絲。

「芙烈達,能不能請問這到底是怎麼回事?」艾倫的口氣聽起來簡潔有力。她幾乎就像偵探在辦案,直到芙烈達對她踏出駭人的一步;然後她們倆體型大小的差別,簡直叫人看了要喪膽。

「告訴你是怎麼回事。」芙烈達劈口道,然後她似乎又重新考慮自己所處的位置,於是放軟了聲調,「我爲了露西失蹤,擔心得要死。我一直在等我哥哥來幫忙去找她。」

口氣雖軟,但同時也直接又倨傲。露絲等在前門旁,懷裡抱著羊肉包裹和錢包,擔心艾倫和芙烈達的碰面會進行得很不順利。她注意到空氣中有一股苦味,一股舊灌木林火的餘味。

「你不知道她離開家嗎?」

「直到她走到巴士站半途了,我才發現。聽著,你,」此時芙烈達對著露絲說:「你可眞把我嚇壞了。」她往後退,並且把露絲一把擁進臂彎底下。艾倫搖了搖鑰匙,望向她的車子。

「你最好謝謝你的朋友,把你安全送到家。」芙烈達說,露絲知道這並沒有必要,她對艾倫微笑。艾倫也回報以微笑。她們之間存在著一種了解。

「這種事多常發生啊?」艾倫問,同時眼睛看著露絲。

「從來沒有發生過。」芙烈達說。「但是這些親愛的老人家就是這樣啊。他們的腦袋忽然想到要做什麼,就去做了。」

艾倫繼續對著露絲說:「如果你哪天想要再到鎮上,請打個電話給我。我很樂意哪天帶你出去吃中飯。你有我的電話號碼,不是嗎?」她轉眼看芙烈達。「她有我的電話號碼。我叫艾倫·吉布森。

我就是那個幫忙——當——」

芙烈達以一副實事求是的樣子點點頭。她當然知道哈利過世的所有細節，但是這個點頭似乎在指出，她認爲她自己所擔負的工作——每天照顧寡婦的苦差——要比艾倫在過程中所擔任的輝煌角色，要來得粗重踏實多了。

「那麼，好吧。」艾倫說，雖然身體轉向車子，但是似乎還在等待什麼——某種保證吧，可能，好確定這樣離開是沒有問題的。芙烈達沒有向艾倫或房子移動。她給人的印象是，她是從這個點上長出來的，從柔軟的根，長到變成硬木的樹幹，而且永遠也不會被說服離開此地；而且無論如何也不會放走露絲。

「開車小心啊，你。」芙烈達說，那口氣顯示她樂得不把艾倫的福祉當做一回事。

「再見，露絲。」艾倫說，雖然她又遲疑起來，一隻腿在車子裡，另一隻腿還留在地上，但最後仍舊坐下來把車開走，且車子終至被草叢給吞沒了。

艾倫一走，芙烈達虛張聲勢的模樣就消失了。她啜泣起來。這是眞的嗎——芙烈達在哭？露絲抱住她——事實上是被她抱住，但是，是以一種黏纏的方式——她看著芙烈達的樣子，就好像以前哈利在注視他所升的火一樣：那種感覺是，他對火勢的進程沒有辦法確實掌握，但是大概應該要留在旁邊，以防發生緊急狀況。

「我以爲我失去你了。」芙烈達抽搐道。「我以爲你再也不回來了。你計畫這事多久了？」

現在她按捺住自己，伸直了兩隻手抓著露絲的臂膀。她的兩眼潮濕，充血迷濛，臉孔腫脹成一種新的、而且帶著慈悲的樣貌，但是她輕輕搖撼著露絲的肩膀，然後又把她拉過來窒息的一抱。「說呀。」她說。「你到底想幹嘛呀？」

被悶得透不過氣來的露絲只是搖頭。

「你在鎮裡碰到什麼人，嗄？」現在芙烈達帶著她們倆走進房子。「你計畫去見艾倫嗎？你還和誰說過話？」

當她們抵達玄關時，芙烈達先把露絲往吊衣架放手一推，才去鎖門，然後她靠著門板，微微還在喘的氣，仍然使她的胸膛起伏甚巨。

「沒有和誰啊。」露絲說。她站在那裡，依偎在一堆冬季的外套中間，那些外套一整年都吊在玄關裡，散發出一股陳腐而令人不快的味道。其中也有一股極模糊的，屬於哈利的味道——只是一股稍縱即逝的微薄氣味。露絲想，她可能有在他死後，站在那堆外套中間尋找那股氣味過。「只有和艾倫。我在藥妝店外面碰到她。那不是很美妙的巧合嗎？」

「眞是美妙。」芙烈達說。「精采絕倫的迷人。」

芙烈達把露絲的錢包抓過來，一副實事求是的樣子檢視內容。

「噢！還有和香腸大王。」露絲說著，送出手中的白色包裹。她預期會因爲省略了香腸大王的部分而被罵，但芙烈達只是挺了挺肩膀，就好像她需要重新申明自己的尊貴地位。

「現在，聽著。」她說：「我要把這件事趕快解決了。你不在的時候，出了一件小意外，但是不用擔心。幾乎沒有什麼損失。往這邊走——是在廚房。」

露絲跟著她走下走道。

廚房發生過火災：顯然只是一股冒黑煙的竄升小火苗，因爲廚房沒有燒掉。反而，它看起來像是在已經放棄了某些東西——某種原有的尊榮，和原先的功能——之後，又在陷入無可救藥的境地之前，整個失去了效力。黑色的斑紋，從爐灶往上擴散到牆壁，恍如是用煙刷刷出來的，而且味道很重——家庭炊煙令人慰藉的悶濁，混雜著某種苦澀、幾乎像帶鹽的味道。夾有煤灰的水坑，布滿了地板各處。

「噢。」露絲說。

「對不起。」芙烈達說。她不太像是在道歉，反而比較像是在揭示訊息而已。「找不到你的時候，我簡直要瘋了——我忘了爐子上還有油鍋。」

露絲望著像捻熄火苗的菸蒂的廚房。「我要怎麼辦？」

「你這話什麼意思？」

「我要怎麼修理啊？」露絲假定她必須負責修理。

「你不用修裡。我來修理。就像我修理所有的東西一樣。」

「那就是你在這裡的原因。」露絲說。

「對啦，對啦。」芙烈達說。「現在，去坐下來。眞不敢相信你，就那樣跑掉。我該拿你怎麼辦啊？」

她開始在廚房裡忙碌起來。露絲坐在椅子上，覺得自己被對芙烈達的感激之情壓得好沉重，芙烈達修理所有的東西。那就像有人把某種沉重又溫暖的東西放在她的大腿上。然後，有一個念頭閃現在她腦海，她說：「可是，你那時候正在煮什麼呀？」

「現在又怎麼了？」芙烈達喊道，彷彿她的頭是埋在某個不方便的櫥櫃底層，擠在一堆床單被套之間，而事實上，她只是在把肉販的包裹放進冰箱而已。

「油鍋著火的時候，你是在煮什麼呀？」

芙烈達嘆口氣，在冰箱門的後面停下來。「炸魚條。」她說。

「噢。」

「幹嘛，福爾摩斯，你要看包裝盒嗎？你要檢查垃圾桶嗎？」

露絲笑起來。「我只是好奇罷了。」

芙烈達跑進餐廳，坐在餐桌旁，嚇了露絲一跳——似乎也嚇了她自己一跳——開始又哭起來。芙烈達今天好脆弱呀。露絲爲她感到哀傷。

「這對我太過分了。」芙烈達用完全不受啜泣影響的聲音說；但是露絲能看見她臉上的淚痕，和她肩膀絕望的抽搐。

「噢，不，不。」露絲說。「不要哭，親愛的。一切都很美好。一切都沒事了。」

然後芙烈達把頭趴在桌子上。她的髮型似乎是爲了這個動作完美設計的，因爲她頭上梳的那個堅實的包包仍然維持有條不紊。露絲可以對芙烈達的後頸項加以鉅細靡遺的檢查。它十分光滑，只除了有一條厚厚的皺褶，像護城河一樣的橫亙而過。她的皮膚比露絲記得的還要蒼白，這使她一時擔憂起來；她鑽研芙烈達的手臂，那裡的皮膚也很蒼白，而且灰灰的；然後她想起來，冬天還沒過呢。每個人在冬天看起來都很蒼白。露絲看見，芙烈達的頭髮現在是堅果般的褐色，一種富麗的耶誕色，和她較蒼白的膚色搭配完美。她眞聰明，也眞有遠見。但是炸魚條？用油鍋？而且在一大清早？

芙烈達從她粉色的胳臂彎裡張望露絲。「你對我太好了。昨天晚上——」

「好了，聽我說，親愛的。」露絲說，她有個念頭，對於這種話，應該要用嚴正的態度予以回應。「沒有必要再哭了。藍色的深海裡，還有很多別的魚哪。」

露絲發現，從她安全的座椅裡說這些話很容易。那有點像重新發現某種語言，她忘了自己以前知道這種語言，而且對它的意義仍不是全然有把握。

芙烈達從淚濕的桌子上抬起頭來；她的臉孔淚痕斑駁，但是她已經停止哭泣。「你眞是個好玩的老東西。」

露絲不覺得好玩，但是她漾開了滿臉的笑靨。

14

那天稍晚，電話響起來。那噪音嚇著了露絲，她正坐在椅子裡打瞌睡，半意識到芙烈達正在打掃廚房。她被從一個有關高空秋千和公共泳池的夢境裡給喚醒：她被升到半空，在一個高空秋千上面，底下波光粼粼，隱含著某種難以定義的，經過加氯處理的危險。

芙烈達接起電話。「是，傑夫。」她說。「一場小探險，是的。她沒事，這傻鴨子。她大概到明天就什麼都不記得了。」

然後又說：「得了，傑夫，這實在不是——」

最後：「當然，當然，她在這兒。」

芙烈達把電話筒交給露絲，然後又回去刷已經變成褐色的廚房。露絲把電話筒貼到耳邊。

「媽？我剛接到艾倫．吉布森的電話。」就露絲聽來，傑佛瑞的聲音好像發自某個可疑的角落。

「可愛的艾倫！」露絲喊道。

「我聽說你今天上鎮裡去。有什麼事情嗎？」

「我高興啊。」露絲說。她懷疑自己惹了某種麻煩，但是無法決定該如何感覺。「我可以上鎮裡去吧，不行嗎？」

傑佛瑞安靜了一會兒。「我在想，我可能得很快地過來看一下，看你過得如何。你覺得這個主意如何？」

「聽起來不錯啊。」露絲說。她還沒有眞的考慮過這個主意，無論好壞。

「你聽起來不是很確定。」

「有個問題。」她突然心中充滿了焦慮，但是，是什麼問題？

「果然有問題！」傑佛瑞猛然回應，彷彿他終於把她誘進一個機密的陷阱。

「我知道了！」她喊道。「我沒有辦法去火車站。」

「你不必去火車站接我，媽。我會叫計程車。」

「噢，那太棒了！那樣也好。我把你爸的車子弄丟了。」

「你這話什麼意思，你弄丟了爹的車子？」

「不是弄丟，當然不是。是賣掉了。」

「你沒告訴我你要賣爹的車子。」

「我不是要賣。」露絲說。「是已經賣了。」

「這是什麼時候的事？」

「芙烈達安排的。」

「她安排的，是嗎？」傑佛瑞用的是哈利的律師口吻——深思熟慮，自我抑制，在精打細算的心眼裡，很有把握地盤算著某些隱晦的可能性。「聽著，再來這個週末怎麼樣？我還得查一下飛機班次，但是如果我週五晚上過來，如何？」

「好啊，沒問題，好啊。」露絲說。然後芙烈達的迫近嚇了她一跳。「這個星期五？這麼快？」

芙烈達停止刷洗，轉頭看她。

「愈快愈好啊。」傑佛瑞說，而這句話似乎決定了一切。是的，愈快愈好。「那就星期五見囉。你不會還有什麼神祕客人要來訪吧，有嗎？不會還有什麼男朋友吧？我們會共享一段美好時光的。我們可以玩拼字遊戲，和找鯨魚。」

所以傑佛瑞並不在乎她跑去鎖上；不是像芙烈達那樣在乎。他是她寬宏大量的好兒子，體諒他人的好兒子。他眞是仁慈寬厚。他很公正，就和他父親一樣——他不隨便屈服，但同時也慈悲爲懷。他就是法律。露絲叫芙烈達過來把電話掛斷。沒有什麼好怕的了。

但是芙烈達的臉色就像烏雲下的懸崖。「星期五有什麼事？」她問，身子靠著牆，好像她剛剛才被浪潮沖上海灘。她周遭的一切，有一股甫遇船難的氣息，但是廚房牆壁的黑斑紋在經過刷洗以後，的確看起來舒服多了；幾乎有懷舊的感覺。

「傑佛瑞要來。」露絲說。

「爲什麼？你跟他說了什麼？」

「沒什麼。」露絲說。她感覺自己好像是在一連串她沒有辦法控制的事件當中遭到突襲；但是她很鎭定。

「先是艾倫，現在是傑夫。這兩個好管閒事的是一夥的。」芙烈達說艾倫的時候特別咬牙切齒。她從桌邊走到窗邊，又走回來，第二次走到窗邊時，她若有所思地用一隻手輕敲著窗戶。「有幾件事，我們可能不要跟老好人傑夫提比較好。」她說。

「什麼事？」

芙烈達像在甘言勸誘，以表謙恭。「老虎的事顯然不能講。」

「我以爲你對老虎的事感到很驕傲。」

芙烈達看起來一點都不驕傲。整體看來，她似乎失敗得很慘重。她給人一種瀕臨潰散的感覺，現在只靠著敲擊窗戶勉強撐持住。「如果讓傑夫知道我爲你所做的一切，只會使他更擔心。他會把你送去養老院，你知道那是什麼意思：不再有自己的房子。不再有海景。不再能夠挑選你晚餐要吃什麼。不再有芙烈達。」

露絲坐思這種種可能。這一刻似乎對她有很大的舒緩效果。

「而且他絕對不會讓你去找理查——你知道這點，不是嗎？沒有人會讓你做這件事的。他們會說你太老了，他也太老了，而且你們無法照顧彼此。他們會說那不符合你的最佳利益。」

「誰會那樣說？」露絲驚愕地問，不只是因爲想到她會被阻止，也因爲聽到理查的名字，這個名字在昨天晚上對她很重要，或者甚至今天早上也還很重要。她曾經想要去找他，不是嗎？

「傑夫會。」芙烈達說。

「傑佛瑞阻止不了我。」

「但是法律可以阻止你，如果傑夫要的話。政府可以阻止你。」

「你就是政府啊。」露絲說。

「欸，我不幹了。」

「什麼時候？」

「就是現在。」芙烈達說。「但是我可以幫你，露西，如果你幫我的話。」

露絲點點頭。她需要時間思考；而且，她肚子餓了。爲什麼她的肩膀還在痛？

「所以就這麼說定囉。現在我要去打電話。」芙烈達說。「打給喬治。」

「也許喬治可以把花園整理整理。」露絲擔心花園的現況；傑佛瑞不會喜歡的。

「我要去我的房間跟他通電話。私下談。」

露絲再度點頭。點頭讓人感覺很好，所以她繼續點頭；好，她點著鐘擺般的頭說，好，好；她是一只時鐘，她想；她又慷慨又明智。芙烈達離開了，露絲走進客廳。她去客廳找理查——不是因爲她想他會在那裡，而是因爲她可能在那裡找到有關他的證據。那裡也許有什麼東西可以告訴她，他眞的曾經把手放在她的膝蓋上說：「請你考慮。」但是客廳裡唯一不尋常的東西，只有燈罩上的一個凹痕，露絲試圖把它撫平，但只是愈弄愈深。當把臂膀舉向光線時，她注意到自己手臂皮膚上奇怪的黃色污漬。

貓兒跟隨芙烈達跑去菲爾的房間，在那裡用好冒險的鼻子探索關起來的房門；牠們發出小聲的哀號，露絲呼叫牠們跟她走。就在此同時，芙烈達提高了聲音。她一定是在對喬治叫囂。露絲猜測他不願意來整理花園。一個新的念頭襲上她的心頭：是喬治，不是那些貓，要對花園的亂象負責。有可能喬治要對所有的事物負責。這時，他在她心目中形塑出一幅新的形象：凶險不祥，猶如神祇。接著，芙烈達一定是踢出了一腳或者甩出了手臂；有東西摔破了。貓兒停步不前，眨了眨眼睛，轉向露絲尋求安慰。她把牠們哄進客廳，牠們伸了伸懶腰，坐在那裡，擠成有趣的一團。

「我想我不要房子裡有生氣的人。」她告訴牠們，但是她不太確定自己是在指哪一個人。也許是傑佛瑞吧？但是他爲什要生氣？也許是喬治。她不可能是指理查，理查要她去他家呀。從房間傳來芙烈達高昂起來的聲音，但是聽不清楚在講什麼。

露絲坐在貓兒的中間。牠們把頭靠著她，指爪趴在她的大腿上。因爲火災的味道，每一扇窗戶都開著，而且前門和後門也開著。即使如此，房子還是很熱，而且氣味只是變得更凝重。那是一股刺鼻而不可能弄錯的燒焦味，卻使露絲想起夜間的叢林；兩者的顏色是一樣的。客廳的鐘敲了五下，每敲一下，貓兒就抽動一次，並且更往下沉。

芙烈達出現在客廳的門檻上。她看起來意志消沉。她的頭髮亂不成形，睫毛膏糊成一片，而且白色的美容師長褲也沾了灰垢。「我有壞消息。」她說。「是喬治的事。」

「喬治的什麼事？」

「眞的很糟糕。」

「噢，芙烈達。」露絲嘆氣。她想她知道。她看見喬治死在路上，葬身在他的計程車裡。她看見他俯伏在草叢間，也許是心臟病突發。也有可能死於海中——載浮載沉，肺部腫脹。有這麼多可能性。也許有一天在抽菸，獨自一個人在沙丘上，然後——那頭老虎。是的，她可以想見：海水在他的腳下延伸，香菸在他的臉龐附近，從他坐的地方看得見她的房子，也看得見小鎭——例如衝浪俱樂部頂上直挺挺的旗子——然後老虎，順風而來，偷襲不幸的喬治。她會對芙烈達說：「我相信一切很快就結束了。我相信他沒有承受很多痛苦。」她會說：「但願我能多認識他一些。」但是她並不希望多認識他一些。她寧可他只是坐在計程車前座的一抹幽暗身影。

「我很抱歉。」她說，但是芙烈達說：「爲什麼？」反應之快，露絲知道她最好閉嘴。

「這下好了。」芙烈達接著說：「喬治偷走我所有的錢，搞丟了房子，把我毀了。」她平靜的，面無表情的宣布這場災難。

「不！」露絲喊道。驚慌和恐懼像一條手絹鎖住她的喉嚨。「但是你才跟他通過話呀！」芙烈達剛剛才和喬治通話，所以他不可能死在計程車裡，或死於老虎的襲擊；他不可能偷走她所有的錢。

「我就是那樣知道的呀。」芙烈達說。

「但是你怎麼知道？」

「因爲他告訴我啊，我就是那樣知道的啊。」芙烈達帶著防衛的口氣說，彷彿懷疑露絲不相信她。

「但是他怎麼偷走你所有的錢？」這眞的令露絲很困惑，因爲她自己從來沒想過要偷任何人的錢，而且很納悶要如何去做這種事。

「和媽的房子有關。」

「她在其中死去的那棟房子。」露絲說。

「是的，是的。」芙烈達不耐煩的說。「我一直都把我的薪水交給他，但是他沒有確實拿去繳房貸，所以他們要把房子拿走了。」

「誰要把房子拿走？」

「銀行啊。」芙烈達說。「除非我能夠立刻付他們錢。最慘的是，只是及期付清欠款也沒有用。按照法律，喬治仍然擁有一半的房子。所以我必須除了付清欠款，而且，還要從喬治那裡買下房子的一半所有權。否則我會失去房子。」

「那樣似乎很不公平。」露絲說。「你一直都有把錢交給喬治？那樣不對啊。」

「也沒啥關係了，因爲我也沒有錢可以給了。」

「我知道我們要怎麼做。」露絲說，芙烈達一聽，猛然抬頭，目光如炬。「我們去和哈利談。他會知道怎麼解決這一切問題。」

「天老爺。」芙烈達說。

「他是個非常棒的律師。」

芙烈達跌坐進沙發上沒貓的那端。「露西。」她用出人意表的柔和語調說：「哈利已經死了。」

「我知道。」露絲立刻回答，她確實知道；她甚至在剛剛建議她們去找他諮詢的時候，就知道了。她對他感到很惱火，因爲沒有人能夠確實的，眞正的死掉；沒有人能夠忍受這種事。也許死是一回事——而且在哈利死的時候，露絲扶著他的頭，現在她記起來了，她看見巴士站人行道上的沙，還有哈利顫抖垂死的頭——但是這樣一去不復還，則是完全不同的另一回事。這樣太頑強了；也很不厚道。

芙烈達把一隻手埋進最靠近的那隻貓的柔順毛髮裡。「我有個主意。」她說。「也許我們可以互相幫忙。」

貓兒在她的指尖下抖了抖身子，站起來伸懶腰，然後小跑步奔上露絲的大腿。

「理查，」芙烈達說：「我可以幫忙你理查的事，你可以幫忙我喬治的事。」

「我需要你幫忙理查的事嗎？」

「如果你要說服傑佛瑞，你需要我站在你這邊。你需要我說：『依我的專業意見，你母親應該去和理查住在一起。』」

「我應該嗎？」

「我昨天去看過他家。我要了解那裡的環境對你到底好不好。」

「結果呢？」一陣疲憊感對著露絲襲來；就好像一條毯子突然被拉上身。她想，也許拉毯子的人是她自己。

「那眞是個好地方。所有的東西都在同一層樓，有個大廚房，甚至還有一間水療浴室。目前那個浴池對你來說太深了，他甚至也沒在使用，但是我可以幫你裝設欄杆，然後——一切就解決了！」

「花園呢？」

「非常漂亮。他的女兒負責照顧。有藍花楹樹，大型的香草花園，還有砌磚露臺。」

「忘憂草呢？」

「他親自幫你摘下最後一批。而且他有一棵好肥的棕櫚樹，看起來像鳳梨。」

「對貓兒很好。」

「呃，那是一項缺點。他女兒對貓過敏。順便跟你備個案，我本來是不想提的。但是你只要在她來訪時，把貓兒鎖起來就行了。很容易解決的。另外還有一件事，他晚上睡覺戴面罩，爲了呼吸系統的問題，而且聲音很吵。」

露絲想到這種吵鬧的夜晚，遂閉上眼睛。「眞不敢相信，你竟然沒有帶我，自己跑到那裡去。」她從閉上眼皮的黝暗中說。她看見那座花園：綠油油，有圍牆，以及在圍牆邊緣內的其他綠色植物。她再度看見理查的耳朵，耳朵和頭部呈水平狀，而且他的頭一動不動的躺著：在他的病床上。而且不再有海景。

「現在，如果我幫忙你解決理查的事，也許你可以幫忙我解決喬治的事。」

露絲張開眼睛。「他幫我摘的忘憂草哪裡去了？」她想，或許她知道花在哪裡；她想，那或許和她皮膚上的黃色印漬有關。但是她想不起來。

「花不見了。」芙烈達說，露絲再度閉上眼睛；她一直在等待這個答案。如果忘憂草不見了，她對自己說，如果它們完蛋了，我再也見不到它們了，那表示——什麼？貓兒在她的大腿上蠕動，怎麼也找不到舒服的位置，所以她不斷踏動膝蓋，直到貓兒從她膝上跳走。她的腿上有硬硬的東西——是昨天剩下的藥丸，還在她的口袋裡。然後她想起來忘憂草哪裡去了。她想起來自己掉進捕虎陷阱裡。她還穿著爬沙丘時穿的同一件洋裝；從那之後，她還睡過覺，上過鎮裡，手臂上留有花粉，而且鞋子裡還有沙。現在她粗糙灰撲的皮膚，和黏膩髮根上的沙粒，都自我發出聲明了。難怪艾倫會打電話給傑佛瑞。

「我簡直一團糟。」露絲說。

「再不久，我們兩個就都會囉。」芙烈達說。「除非我們趕快行動。」

「你為什麼要我去理查那裡？」

「我要你快樂啊。」芙烈達說。露絲懷疑她說的是不是實話。「你不知道這對我的意義有多重大，過去這幾個月和你一起住在這裡。你就像我失去的母親——」

「不。」露絲說。

「不？」

「我不要去理查那裡。」這個決定很容易：忘憂草花季結束了，不要去理查那裡。事實上，露絲對自己感到不滿，因為她差點掉進陷阱：離開自己的房子，結束自己的生活，就好像她可以一筆勾銷五十年前的失望，然後像個新娘子一樣的跨進理查的門檻。「如果他要我，他可以來這裡。我希望他來。我會邀請他。」

「但是——」

「你仍然可以幫助我。你可以走。」露絲說，這個決定也很容易。「你不要再打擾我，我就幫助你。我會借你錢，幫你解決你母親房子的問題。我有很多錢。我會付錢給銀行——去跟他們這樣說。」

「我不能跟他們這樣說。」芙烈達說。她在沙發的那一頭凝定不動，但是露絲可以看見她的太陽穴砰砰直跳。

「爲什麼不能？」

「因爲太多錢了。」

「你幫我照顧我的房子，現在我幫你照顧你的房子。這像一首詩。」

「你在說什麼呀？」

「因爲押韻。」露絲解釋道。

芙烈達嘆了口氣。「你知道那是多少錢嗎？」她搖著頭。某事令她感到很有趣味。

「我有很多錢。」露絲說。「哈利賣掉雪梨的房子。那是一間大房子。」

「我不知道要說什麼。」芙烈達說，她似乎因爲某種哀愁且難以置信的慰藉而說不出話來。

「但是你必須離開，你不能再住在這裡。你應該去住你母親的房子，不要再打擾我。」

「我會走的。」芙烈達說。「我已經要走了。但是我要使你快樂，你了解嗎？我不要留你一個人在這間可怕的房子裡。」

「這間房子沒有什麼不對啊。」露絲說。「我只是擔心——這不是很傻嗎？我確實擔心那隻老虎。」

「眞的？你唯一擔心的是那隻老虎？」

露絲點點頭，感到難爲情。

「我們不能讓你擔心。」芙烈達說。「老虎的事就交給我。」

「你要怎麼處理？」露絲問，覺得有點害怕。

「需要怎麼處理就怎麼處理。」此時芙烈達坐直起來。「我怎麼知道你明天會不會把這些話都忘了？」

「我有可能會忘。」露絲承認，同時試著把她裙子上一坨坨凹凸不平的地方抹平。「所以我要給自己做筆記。大家不是都那樣做嗎？」

這促使芙烈達趕快付諸行動。她從沙發一躍而起，跑進餐廳；她能找到的第一樣可以書寫的表面，是露絲的偵探小說，她翻開第一頁，把它擺在露絲的腿上。

「寫在這兒。」芙烈達從她身邊找來一支筆。

露絲感覺好像要在一本她所寫的書上簽名。她在書頁頂端試一下筆，然後在書名底下寫上：「**相信芙烈達**」。

「今天的日期？」她問。

「我不知道。」芙烈達說。「星期二晚上。」

所以露絲加了括弧，寫下：「星期二晚上」。

「我們要怎麼做呢？」她問，同時輕吹書上的筆跡。筆的墨汁在廉價紙張上暈開來。「我們要去銀行嗎？」

「是的。」芙烈達說。「可是！可是！你不能只是走進銀行，然後說，你要買一間房子。我們需要喬治，我們需要有一個律師，我們需要有各種各樣的準備。我告訴過他，我們不能匆促行事。」

露絲知道芙烈達會找到辦法解決這些問題的，所以她保持安靜，等待下文。

「但是，」芙烈達說：「但是！這樣子好不好？你把錢轉給喬治，我會從他那裡取得一個書面協議——我們稍後再來討論細節。最主要的是，這件事必須在他們把房子拿走以前辦好。」

「他們什麼時候要把房子拿走？」

「星期五。」

「我來開一張支票。」露絲說。「把我的支票簿拿來。」露絲向來很喜歡簽支票。那給人一種在辦正事的感覺。

「支票要好幾天才會兌現。」芙烈達說。

「不會吧，現在不會那麼慢了。」露絲記得哈利曾經跟她解說過這件事。「現在大約只要三個工作天。」她笑起來，因爲經過這樣強調以後，感覺那三天好像已經過去了。

芙烈達在客廳裡來來回回的踱步。這是她思考的步履。「三天太久了。」她說。「好吧，好吧。我們這樣做好了。如果你同意的話。」她敲著自己的額頭，彷彿在勸誘自己的腦袋合作。「我們明天上鎮裡，去銀行一趟。銀行的人認識你，不是嗎？」

「有些人可能認識我。我已經很久沒上鎮裡了。」

「對啦，好久好久沒去了。」芙烈達搖搖頭。「你可以辦那種立即兌現的支票。那有個名稱——

叫什麼來著的?」

那個名稱閃現在露絲的腦海。「加快支票。」她說。

「就是那個!」芙烈達高興得振臂高呼。「就是那樣稱呼嗎?再說一次。」

露絲清了清喉嚨。「加——快——支——票。」在心眼裡,她看見的是這幾個字的注音。

「加快支票!」芙烈達歡呼。「那就是我們要辦的。現在,傑佛瑞怎麼辦?」

「他和這件事有什麼關係?」露絲驚訝的問。

「他星期五要來這裡啊。」

「那就讓他來啊!」露絲喊道。「讓他們所有人都來啊!我們來辦個派對。如果傑佛瑞要來,理查也要來,那我就來邀請艾倫。」

「理查要來?」

「是啊,當然。我跟你提過理查,不是嗎——我在斐濟認識的一個男人?」芙烈達不耐煩地走到客廳的窗邊。「他要來渡週末。他要來過聖誕節。」

芙烈達站在窗邊,因爲燈亮著,而且窗簾也開著,芙烈達站在窗邊回頭看。她的臉色如此凝重;她大概不滿意理查這個人。她眞是個假正經。她把那些赤身裸體的小孩子趕離海灘。

「你眞的怕那隻老虎嗎?」她問。

露絲只是一味的大笑。「當然,如果傑佛瑞要來,菲爾也應該要回來。我來打電話給他,好不好?」

「隨你便。」芙烈達寬宏大量的說。「打電話給菲爾,打電話給每個人。打電話給女王,我親愛的。媽的有什麼不可以?」

「我見過女王。」露絲說，然後她們倆異口同聲的說：「在斐濟。」

「天老爺啊，露西。」芙烈達在窗邊說。

15

芙烈達在當晚和老虎搏鬥。牠比之前的幾晚都來得早：芙烈達正在浴室裡，而露絲正坐在床上，還亮著燈。她正在考慮要打電話給理查，但是不確定要說些什麼：大概是有關邀請他來這裡過聖誕節，還有關於她不喜歡雪梨，因爲那裡有不好的紅松和好的海盜劇。她意識到自己非常疲倦，心想她大概只會讓自己出醜。所以她往下鑽進被子，而就在這樣做的同時，聽見老虎出現的第一批暗號：客廳裡的腳步聲，還有座燈和椅子移動的聲響。牠並沒有帶叢林同行，雖然露絲可以感覺到叢林就在不遠處，就在窗戶的外面，這使她想起斐濟。這就像在醫院旁邊那棟寬闊炎熱的房子裡的夜晚，飛蛾撞擊著窗戶，花園在黑暗中滴水。她床鋪周圍的燈光閃爍不定，感覺很像在她還是個小女孩時，睡覺所搭的蚊帳。然後老虎來了：起初聲音很輕，就是牠平常嗅聞和喘息的聲響，一切是如此低微，露絲很想忽略這個證據，假裝牠仍然被放逐在海灘上。然而，貓兒們僵直了身體，瞪大了眼睛——這是個壞徵兆，老虎的徵兆——過沒多久，老虎開始發出刺耳的嗚咽，就彷彿牠餓了。於是，沒錯，就是不折不扣的老虎。

芙烈達還在浴室裡。露絲的房門半掩，她可以看見落在走道上的燈光，顯示客廳的門是打開著。老虎在那裡，在那道燈光下面！眞的看到牠會怎麼樣呢？會受傷嗎？叢林緊挨著窗戶，並不緊迫逼人；只是展現存在。

露絲爬下床。近來她覺得自己似乎總是很英雄式的從床上起身，主要是因爲她的背吧。今晚她的背還沒有機會變僵；它還保有白天有限的靈活度。貓兒注視著她。牠們還不急於離開床鋪。露絲對牠們搖搖頭，意在表示「安靜！」她穿過地板，將身子靠向走道。走道是空的。然後芙烈達出現在走道的盡頭，向她跑過來。

「你有沒有聽到？」芙烈達喊道。

「趕快！」露絲驚呼，並且把芙烈達拉進她的房間。芙烈達穿著白色的毛巾布浴袍。看起來軟軟的一團，沒有形象。「把門關起來！」

芙烈達把門關起來。「你聽到了嗎？」

「有。」露絲說。「我想——是的，我聽到了。」

她們倆一動不動的聆聽。牠已經進到走道裡來了，露絲很確定。牠一定聽到了芙烈達的聲音，或聞到她的味道，而現在牠一定篤定知道，她們在那裡。現在牠在嗅聞房門。

芙烈達飛奔過去，抵著門。「好吧，好吧。」她說。「趕快想。」

她們倆都思考起來。但是沒有法子可想。露絲的心眼裡除了老虎，一片空白。芙烈達壓著門。最後她說：「我出去。」

「你不可以出去！」露絲驚呼。但是她很確定芙烈達會出去；因爲別無選擇。

「我可以，而且我要出去。」在白色蓬鬆的浴袍之上，芙烈達的面色堅決。她把一隻耳朵壓在門上，仔細地聽，但是走道裡一片寂靜。露絲等著聽到飢餓的嗥叫。

「答應我你不會出來，不管你聽到什麼。」芙烈達說。「而且如果有個三長兩短，答應我你會通知喬治，親自告訴他發生了什麼事。」

「芙烈達！」

「答應我。」

「我怎麼通知他？」

「用電話簿找他。查他的計程車行。楊氏汽車出租行。可以嗎？」

露絲點點頭。

芙烈達轉身面對著門。她調整她的浴袍，像要潛水一樣的深吸一口氣，打開門，然後就消失進走道裡。門在她背後關上。於是，這變成千眞萬確的了：芙烈達即將和老虎搏鬥。

「你可以看見牠嗎？」露絲隔著門問。

「還沒。我要先找一樣武器。」

「找一根掃把。」

「好，一根掃把。」芙烈達說。「也許還要一把刀。」

露絲聽到芙烈達跑進廚房找掃把和刀；然後傳來老虎的腳掌踩在走道地板上的聲音。這聲音使露絲想起某種特別的手推車在斐濟診所地板上推移的柔和韻律，當她在她父親的診間等候時，可以聽見那種車子在那裡穿梭來回。老虎在追蹤芙烈達，但是一點都不心急；牠是藏身長草叢的貓；牠在狩獵。緊壓著門板的露絲，可以聽見自己忙碌的心臟、正在狩獵的老虎，和醫院裡的手推車；然後，是芙烈達找到掃把的聲音。

「芙烈達！」露絲呼喊。「牠在你後面！」

放掃把的櫥櫃裡塞滿了各種清潔用具，拖把、掃把、水桶，全都堆在一塊兒，當芙烈達挑選她的武器時，東西都掉到地板上——露絲從她的房間聽到了這一切。

貓兒從床上跳下來，在露絲腳邊喧嚷。牠們要出去。此時芙烈達在廚房的拖把和水桶之間咒罵，但是當她看見老虎時，隨即住口，大聲喊出：「啊哈！」老虎以從鼻間發出一個乾脆而驕傲的噴氣聲作爲回應。然後牠跳上桌子——露絲聽見桌腳摩擦地板的聲音。此時芙烈達在放刀具的抽屜旁。那裡傳來金屬的碰撞聲。芙烈達即將砍殺老虎！但是老虎已經準備好要飛撲過來。

房子從來沒有這麼燠熱過。露絲把汗濕的手按在門板上，彷彿在檢查是否有火災。廚房今天著過火！芙烈達正在面對老虎！她眞的才在今天早上帶著空錢包站在香腸大王的店裡嗎？眞的有公車、城鎭、房貸，這種種事情嗎？貓兒用腳抓著露絲的腿。牠們是站在哪一邊啊？牠們因爲驚慌害怕而發狂，露絲幾乎快不認得牠們了。

芙烈達揮舞著掃把——她試圖把老虎趕出後門。但是牠今晚不肯走。芙烈達命令：「出去！出去！」掃把打在百葉窗和牆壁上，但是牠不走就是不走。露絲看過貓兒們在花園捕鳥；露絲知道老虎整個鏽紅色的前身會靜止伏低，他的一雙後腳掌會在波動的尾巴底下漸漸提高。然後——桌子又移動了，尖銳的摩擦著地板——牠向芙烈達飛撲過去。她舉起掃把，打在某個堅硬的東西上面。他們倆都好安靜；露絲深感驚奇。每隔一會兒，芙烈達會發出一聲「嗚」，但是沒聽到老虎發出任何痛苦或哀怨的嗥叫；只有傢俱挪動的噪音，和時不時有玻璃打碎的聲響。露絲閉上眼睛。老虎比芙烈達強壯，而且決心要拚搏。

但是芙烈達無所畏懼。她沒有放棄任何立場，或丟失任何武器。她用力出擊！現在老虎發出尖銳的叫聲。貓兒瘋狂的抓門，露絲——眼睛還閉著——替牠們快速的打開門，然後又關上。牠們跑過廚房，經過芙烈達和老虎的旁邊，逃出去外面。牠們的奔逃足以令牠分心；芙烈達再度出擊。現在牠跑了。老虎逃跑過整間醫院，跑進房子、走廊，和診所，而就在牠奔跑的時候，病人一個個從床上坐起來，甚至連那些無法坐起來的，也都坐起來了，就彷彿耶穌復活的號角已經響起，他們的靈魂都從恆久的睡眠中甦醒過來。有人開始搖鈴，可能是要召喚救火隊；那雙謹慎瘦弱的手也有可能是要叫醒醫生，請他趕快來準備動手術。它有可能喚醒整個鎮、整座島；它有可能使海水凍結、等候，等著看老虎飛奔而過。牠跑進菲利浦的房間，然後又跑出來，無論跑到哪裡，芙烈達總是帶著掃把、刀，和作戰的吶喊，緊跟著牠。露絲聽見，伴隨著鈴聲，還有一種新的聲音——兩只堆肥桶的桶蓋相互敲擊，飄揚過沙地。孩子們逃離沙灘。病房裡的小孩子開始呼叫，但是不是因爲驚慌；他們叫喊：「芙烈達！芙烈達！」每間房間的燈都亮起來。搖鈴作響。每間房間的燈都熄滅，然後又亮起來。老虎盲目的撞上傢俱。牠的腳掌在地板上打滑。

「噢，不，你不可以！」芙烈達喊，露絲喊——每個人都在喊——「不，你不可以！」異口同聲。

老虎被困在走道裡。露絲緊貼著房門；她的心一再地撞擊。牠就在走道裡，還有牠的咆哮，和牠憤怒的喘息。貓兒們在花園中嗥叫。現在芙烈達開始怒吼；她眞了不起。老虎回答——牠咆哮，牠的咆哮是石塊飛越過水面。然後芙烈達出擊。她出擊的手臂速度，在房子裡掀起一陣風。老虎驚異的發出吠聲——一個愕然、馴服的小小吠聲——然後牠再度處身叢林，或者說歸屬叢林，並且勃然大怒。當牠咆哮時，一時之間，露絲覺得自己幾乎可以理解老虎在說什麼。牠並不在乎安危，牠在乎的是自尊。牠感受到很大的不公不義，牠不太能夠理解爲何如此。但是你必須認眞看待芙烈達，露絲心裡想。她發現自己同情起老虎來。牠在爲捍衛自己的領土奮鬥，但是芙烈達決心要把牠幹掉。然後牠再度咆哮，一個作戰的呼號，然後她停止爲牠膽顫。她從來就沒有爲芙烈達憂懼過。

有個沉重的東西跌在門上；不清楚是他們倆當中的哪一個。但是老虎一定發出了攻擊，因爲芙烈達發出憤怒和痛苦的叫聲。她還手。芙烈達和老虎之爭，不知肇始於何時，如今也不知要在何時結束。兩者都放聲嗥叫，齜牙咧嘴。芙烈達喊出怪異的，彷彿作戰般的字眼。她的聲音愈來愈大，但是老虎的聲音遲緩下來。牠仍舊咆哮，但是牠的咆哮充滿了靜電般的磁音，就像電視裡老虎的咆哮。咆哮聲時起時落。芙烈達的掃把啪嗒啪嗒的響。搖鈴停止了，而且所有的燈光都熄滅了。沒有了醫院，沒有了房子；只有芙烈達，和老虎。露絲恐懼的緊靠著房門。

這時叢林展開了，突然而且同步：昆蟲隱身樹中，潛藏的鳥兒高聲聒噪。風在樹葉間息偃，幾乎不動，反而成爲一股燠熱潮濕的阻力，而每當移動，又夾帶著某種水氣。現在芙烈達把老虎逼到吊衣架附近了，她堅守立場。大概牠已經垂頭喪氣。尾巴在搖擺乞憐。只聽到那裡傳來牠的指爪扒抓木質地板的聲音。

「芙烈達！」露絲呼喊，而就在她呼喊的時候，傳來軀體落地的聲音，更多的喊叫、更多的掃把拍擊牆壁的聲響，但是似乎除了打鬧，並沒有什麼很嚴重的事態，一場接近尾聲的喧嘩，直到，最後傳來一聲尖叫——類似貓兒的尾巴被踩到的悲鳴。芙烈達呼嚕呼嚕的喘氣；她在用力推某個東西。她高聲呼喊，然後她的身軀——或牠的身軀——一具沉重的身軀——跌落下來。走道一片靜悄悄。然後燈光從臥室的門縫底下流瀉進來。

「芙烈達？」露絲說。芙烈達以呻吟作答。「你受傷了嗎？」芙烈達用掃把的尾端敲了敲門。「我可以出來嗎？你沒事吧？」

「留在原地別動。」芙烈達說。那字句是喘著氣說的。燈光熄滅。「可以開門了。」她說。「不要看外面這裡。」

露絲打開門。老虎的潮濕氣味充塞各處。芙烈達帶著掃把進來，但是沒有看到刀。

「結束了。」她說，並且張開兩臂迎接露絲。她的白色浴袍上和臉上都有血；老虎的血。

16

第二天早上露絲很早就起床。她躡足走過芙烈達的臥房，把腳尖踮到她的背部所能忍受的最高限度。房子一片混亂。地板上到處是一堆堆和一渦渦的沙。露絲決定把地板掃一掃，但是底下好像黏黏的，彷彿沙是浸在液體當中——每一團都附帶了類似軟體動物又長又濕的足部——打掃只是使掃把毛上的泥巴積得更厚而已。她的背痛了起來。她的椅子翻覆在滿是泥沙的地板上。露絲老是踩到硬物，她擔心會不會是老虎的牙齒或爪子，結果只是一些大小不一的砂礫。芙烈達的掃把，或老虎的尾巴，把玻璃打碎在地板上，而且客廳的座燈也東倒西歪。但是老虎的屍體不見了。

芙烈達用一條防水布蓋住前門一帶的地板，而且用幾桶裝了水的水桶壓住防水布。那些水聞起來有鏽味，而且當露絲把手指探進水中時，水看起來也帶著鏽色。她無法舉起水桶來看防水布底下有什麼，她打開前門時，只見好像曾經有什麼大型的東西被拖到車道邊緣的草叢裡。地上很泥濘。夜裡芙烈達曾經花好幾個小時盛滿水桶，然後用那一桶桶的水潑洗她處理過老虎屍體的路徑。她不准露絲離開房間。

當芙烈達全身整齊的現身時——身穿白色的制服，頭髮緊緊的梳高成一個包，比任何時候看起來都像一個美容師——露絲正在客廳的活動躺椅裡打盹，身上還穿著睡袍。

「起來了，懶骨頭。」芙烈達說。「巴士十點十五分就要到了。」

「什麼巴士？」露絲眨眨眼，然後瞇起眼睛。

「載我們去鎮裡的巴士呀？去銀行的巴士呀？」

「不是喬治要來載我們嗎？」

「我告訴過你啦，親愛的，喬治落跑了。現在趕快吧，否則我們會錯過車班的。」

「我們要去銀行？」

芙烈達對著露絲的臉揚了揚一本書。書上有寫字——那些字說「**相信芙烈達**」。

「我知道，我知道。」露絲說，覺得有點想發脾氣。

「快，快！」芙烈達喊，同時拍著手。她把露絲拉出活動躺椅，大步把她趕進臥室，開始管她怎麼穿衣起來。露絲無言地坐在床尾。芙烈達的頭髮這麼嚴整，制服這麼雪白，難以想像那就是前一晚渾身染血的芙烈達，只除了，她前臂上的瘀青開始浮現了。

芙烈達在露絲打開著的衣櫃前喃喃自語。「看起來通情達理的，看起來通情達理的。試試這件。」她拉出一套俐落的灰色裙裝。

「那件太正式了。」露絲說。

「試就是了。你有辦法自己來嗎？」芙烈達往露絲踏前一步，開始拉扯她的睡袍。

「我可以自己來！」想到要在芙烈達面前赤身裸體，好可怕：滿頭髮膠、驕傲、嚴格的芙烈達，才剛剛殺死老虎呀。

芙烈達兩手往上一拋。「那就趕快。」她說。她轉過去背對著露絲，但是仍然留在房間裡。

露絲掙扎著換上裙裝。她上一次穿這套套裝是什麼時候呢？當然是好幾年前的事了，這套衣服對她來說有點大了。當自行把裙子的釦子扣好以後，她對自己很得意，於是便鼓起勇氣來問：「芙烈達，老虎哪裡去了？」

「你再也不需要為這件事擔心了。」芙烈達說。

「我只是想知道牠在哪裡。我想也許可以舉行一個——某種型態的儀式。例如說葬禮？」

「我為你殺了牠，而你要替牠搞葬禮？」芙烈達用簡直不可置信的口氣說。「現在趕快動身了吧。都九點五十五分了。」

「我需要襪子。」露絲說。芙烈達轉過身，打量各處。露絲討厭那種她看見其他老女人穿的，厚厚的皮膚色襪子。在正式的穿套裝的場合，她喜歡穿薄的黑色襪子。「襪子在最上面的抽屜裡。」

「你這樣看起來已經很好了。」芙烈達說。「拿雙鞋子。趕快，趕快！否則我們會錯過巴士。」

「我們可以叫計程車。」露絲焦慮地說，但是芙烈達擋住五斗櫃的去路，並且敲了敲她的手腕，彷彿她那裡戴了手錶。

「我得告訴你幾次啊？」此時芙烈達一邊說，一邊把露絲往門口帶，「喬治已經落跑了。」

「這世界上還有很多其他計程車啊。」

在走道上，芙烈達準備好了一杯水，和露絲的藥丸；露絲駕輕就熟的把藥丸吞下去。她把吊在吊衣架上的皮包拿下來。

「小心水桶。」芙烈達說。「小心腳步。」

她催促露絲步入前花園，然後走上車道，露絲在那裡磨蹭了一會兒，尋找老虎來過的證據。等她抵達馬路時，芙烈達已經走下一半山丘，在那裡等她了。

「你要我怎麼辦，背你嗎？」芙烈達喊。露絲沒有回答。芙烈達又開始起步走。她大聲喊：「你需要的是一臺輪椅。」

露絲對輪椅的想法感到不快。她用跌跌絆絆的小步伐追趕。如果芙烈達不是走這麼快就好了；如果這條裙子不會這麼牽制她的行動就好了。眞典型的我啊，她想——我，還有所有的老人——不想要坐輪椅。可是說眞的，坐在輪椅上被人推來推去有什麼不好？此時此刻，她倒很想被人背下山呢。她半希望芙烈達能再提議一次。

「輪椅，」露絲說：「是給腿不方便的人坐的。」

「還有背！」芙烈達喊道：「還有給背不好的人！」

巴士站杳無人蹤。它出現在她們面前，無以名狀的熟悉。這是那種濕漉、沉悶，沒有人會花力氣跑來這一帶海灘的天氣。在像這樣的天氣裡，海灘顯得既危險，又骯髒。海洋給人壓迫感，天空明亮無色，就像要垮下來。芙烈達在巴士站坐立不安，彷彿這可能是某種騙局；沒有公車會來，她們會被留在那裡永遠等待。她似乎對於自己可能被騙，總是如此生氣。露絲坐在板凳上，那板凳感覺比她以前坐過的任何材質都要來得堅硬。一輛汽車遲緩下來，然後又開走。露絲不喜歡讓她的背朝著海或馬路，所以她坐在緊張的沉默當中，彷彿藉由完全靜止不動，便可以抵擋某種可能的伏擊。芙烈達也沉默無言。事實上，她們倆有可能是沒見過面的陌生人；她們有可能只是恰巧在這個巴士站上相遇，芙烈達出於客氣讓露絲先上車，她甚至有可能對她投以微笑，而那就是她們邂逅的全部。然後，就會有另一個更冒險的人生發生，在那個人生當中，她們將永遠不相識。

際。

「巴士來了。」露絲說，雖然那其實不言自明。

芙烈達先上車，並且付了她們兩人的車資。露絲認得那個巴士司機。他有年輕人那種又厚又高的頭髮，但是完全花白了。他對她微笑，說：「又出來逛了，呃？」那微笑使他的額頭聳上了茂盛的髮際。

芙烈達拉起露絲的手。「快過來，露西。」她說。

芙烈達的手掌摸起來像包在烘焙紙裡的牛排。

今天公車比較空。少數幾名乘客坐在若有所思的沉默當中，彷彿陰沉的天氣不允許人們進行任何社交活動。芙烈達跨出水手般的大步走下走道，並且拉著露絲跟她一起走。

「眞好。」露絲說著，在芙烈達的身邊坐下來，隔著兩個座位，有一位把稀疏的頭髮用頭巾綁起來，和露絲差不多年紀的太太，皺起眉頭，一副露絲是在電影院裡說話似的。芙烈達沒講話。公車每搖晃一下，露絲的背就碰撞一下。座位的空間如此狹小，每當車子準備要左轉時，因爲害怕被顚到走道上，她不得不緊緊抓住面前的欄杆。她調整自己的坐姿，直到芙烈達低聲說：「不要一直壓著我，行嗎？」

今天的鎭上看起來似乎不太一樣：比較晦澀，也比較空蕩。還沒有下雨，但是房舍和花園一副預期要面對壞天氣似的，擠縮成一團。公車在停止標誌前停下，露絲俯望一棟房子的側邊，看見一個女人正在把曬衣繩上的毛巾都收下來，同時還頻頻張望不可信任的天空。曬衣繩在漸漸增強的風勢中搖晃晃，女人的臂膀也隨著收下的毛巾愈來愈沉重。她沒有芙烈達可以幫她做洗濯工作。露絲對這名焦慮的女人和她所懷抱的衣物感到一種任性的不屑。要是天空在這一刻突然破開一個洞就好了，這樣露絲就能目睹不幸的女人和毛巾慌張失色的模樣。但是公車繼續往前走，窗玻璃上沒有出現濺扁的雨滴。

「我們的站到了。」芙烈達說，同時開始起身，所以露絲也站起來；公車在停車的時候往前傾了一下，露絲差點跌倒；芙烈達抓住她，並且大聲嘆了一口氣，同時其他乘客——所有人，除了綁頭巾的那名嚴肅婦女——都從座位半立起身子，要來幫忙。

「你眞是丟人現眼。」芙烈達說著，引領露絲走下走道，然後她們就下到城鎭的大街上，乘客在她們背後推推擠擠的下車。「別擋路，別擋路。」芙烈達催促著，把露絲拉到人行道旁。露絲把錢包緊緊地貼握在臀邊。她的外套有點往右傾斜。芙烈達開步走，露絲調整好套裝，也跟上去。「我永遠也沒辦法明白，」芙烈達對著肩膀後方說：「你怎麼有辦法自己來這裡。」

一群建築工地的工人在車陣中過馬路。他們都有著寬闊快樂的臉孔，露絲害怕的盯著他們，因爲他們在招惹惡運。一名頭髮非常紅的女子停下來對露絲微笑，開始講話；露絲知道自己應該認得她，但是想不起來。「我們要去銀行。」露絲說，同時指著芙烈達，後者正在香腸大王的布篷下等著。

「那就別讓我耽擱你了！」女子大聲說，並且走開去。

「你認識每個人嗎？」芙烈達啐口道，於是露絲便保持一路低著頭。當她在布篷下趕上芙烈達時，她把臉轉離肉販的櫥窗。她打開錢包，瞧一眼裡面：她看見一些鈔票，而且她所有的卡片又都回到原來的夾層裡了。或許昨天它們一直都在那裡，都在香腸大王機警的目光底下。芙烈達忙著打開一些她從皮包裡抽出來的紙張，把它們撫平，在看上面寫的東西。她的皮包開著，不知道爲了什麼理由，那本露絲寫了字的書也塞在裡面。

露絲甚覺有趣的注意到，相較於這世上的門廊、車輛，和郵筒，芙烈達的尺寸變小了；但是無論如何，她仍然是街道上最引人注目的對象。其他還有什麼能和她相比呢？她的頭髮在空洞天空的晦澀光線下閃亮奪目，而且她的肩膀和建築工人的肩膀一樣寬。

「你準備好了嗎，露西？」芙烈達幾乎要伸出手來給露絲；露絲也幾乎要握住她的手。

「我要看老虎。」露絲說。她知道她聽起來有多惱怒。

「你沒辦法看了。」芙烈達說。「牠在海裡。」

「你怎麼把牠弄下去那裡的？」顧客繞過她們身旁好走進肉鋪，鈴鐺悅耳的叮咚響。露絲往芙烈達更靠近過去。

「我開始的時候用拖的，後來用獨輪推車載。我把牠搞得血肉模糊，露西。你不會想要看的。」

「怎麼個血肉模糊法？」

貼近了觀察，芙烈達顯得筋疲力竭。髮絲掛在臉上，她看起來比較老，也比較哀愁，眼睛下方的眼圈，也顯得比較明顯的李子色。她大半夜都醒著，忙著把老虎丟進海裡。

「我刺破牠的肚子。」她說。「你眞的想知道嗎？牠的肚腸都掉出來。然後，爲了殺死牠，我割開牠的喉嚨。流了非常多血。」

「血對我來說不是問題。我可以算是在醫院裡長大的。」

「我們不都是一樣麼。」芙烈達關起皮包的拉鍊，挺了挺方正的肩膀。「你準備好要去銀行了嗎？」

「但是你是怎麼把牠弄進海裡的？」露絲堅持。「如果牠又沖上岸怎麼辦？」

「我是這樣做的。」芙烈達語調平板的說：「我把牠好好的、緊緊的塞進獨輪推車裡。包括牠的尾巴、牠的腳掌，還有，牠的頭，擺在最上面。」

「牠很重嗎？」

「媽的重死了。然後我把推車推下水，難搞得很哪，我告訴你。潮水退了。太陽正打算要升起。我把推車推到我所能推到的海洋最遠處，直到牠開始浮起來。」

「穿著你的浴袍？」

「我把浴袍脫掉。」芙烈達清了清喉嚨。

於是露絲看見芙烈達在閃電的海水中，赤身裸體，吃力的推著獨輪手推車；她看見海水使老虎飄浮起來，然後把牠帶走。牠愈來愈小，愈來愈暗，雖然濕漉漉，又被刀剮過，但仍然是一隻老虎。

芙烈達把一隻手放在露絲的臂膀上，捏一下。「我們要做這件事嗎，露西？我們應該去拯救我的房子嗎？」

「她在其中死去的那棟房子。」露絲說。

銀行是一個安全又一絲不茍的地方，雖然露絲相當不認同在海邊設銀行。她已經住在海邊多年了，但是海鷗的叫聲，和松林間夾雜著棕櫚樹，仍然給人一種渡假的感覺。在這種地方的銀行，應該是要發鈔給人買冰淇淋與海灘浴巾的，而且當然不應該和嚴肅的房貸扯上關係。哈利和露絲申請了房貸來購買那棟渡假屋。哈利談起這個房貸，就好像在談某個年紀很大的親戚，雖然復元緩慢，但是一定會恢復健康。貸款付清時，有一次他們來渡週末——此時男孩子們都成人了——哈利說：「等我退休，我想我們應該搬來這裡定居。」

「噢，不。」露絲想也沒想的就說。「真的嗎？那我們整天要做什麼？」

哈利退休了，他們搬了家，而且整天就只有露絲和哈利。

「你先。」芙烈達說。沒有顧客觸動，自動門也會開開關關，有點兒瘋狂，而且有一些人行道上尋常可見的紙屑和塑膠垃圾，隨風吹進吹出。芙烈達輕戳一下露絲的背。「微笑。」她說。

露絲微笑。她想要握住芙烈達的手。一名穿著紅色套裝的女子唱歌般地說：「早安！」露絲也唱回去：「早安！」好像在教堂裡啊。女子接下來會說什麼呢？露絲要怎麼回答呢？

「我們今天能爲你做什麼服務嗎？」女子問。她長得漂亮又年輕，手上握著寫字板；露絲不確定像那樣的女子能爲她做什麼，雖然她頗能接受被幫忙的想法。

「我們自己來，謝謝。」芙烈達一邊說，一邊把露絲推向排隊的人龍，那裡有更多漂亮、年輕的女子，很多還牽著小孩。

「如果你讓我知道你來這裡的目的，我說不定可以幫你把事情加速完成。」女子一邊說，一邊踩著高跟鞋跟隨她們。她的頭髮雕塑成金色的浪花，而且她別著一只小小的名牌：簡妮．康乃爾，客戶服務助理。

「你們的門鬧鬼。」露絲說。

「鬧鬼！」簡妮．康乃爾露出微笑。「我喜歡這個說法。那些門在風大的日子總是這樣。很抱歉。」她其實一點兒歉意也沒有，露絲可以理解。門打開來，紙屑和塑膠垃圾被吹進來，然後在門關起來以後沉落地上；門又打開來，紙屑等等就又被吸出去。有如浪潮。

芙烈達緊貼著露絲的背，就和菲利浦還是個小男孩時一樣。

「所以我們今天能爲你做什麼服務嗎？」簡妮問，但這時她是看著芙烈達。

「我們是來救房子的。」露絲說，簡妮笑得更開了，但是她繼續看著芙烈達。

「我們是來轉一些錢的。」芙烈達說。

「太好了！」簡妮喊道，露絲好高興。「你知不知道，你可以很方便的在自己家裡用網路銀行辦這件事？」

「那是很大的一筆錢。」芙烈達說。

簡妮理解的點點頭。「我們每日的線上額度是五千元。」她說。

「我們要轉的錢比那還多。」芙烈達說。

排在她們前面隊伍中的女子回過頭來看，芙烈達挪了挪她穿著白鞋白襪的腳。

「多很多。」露絲說。

簡妮繼續點著頭。「那你就來對地方了。」她說。「我們分行的每日轉匯限額是兩萬元。」

「我們有一張支票。」芙烈達說。

「那麼，那就不是轉匯了。」簡妮似乎鬆了一口氣。「我們那邊有一個支票存款櫃臺。」她一臉樂於助人的指向一面牆。

「我得到通知要請菲爾德太太親自進來確認一張支票。」芙烈達說，看也沒看那面牆。她平板的重複道：「那是很大的一筆錢。」

銀行的門開了又關，容許紙屑、風，和更多的顧客進來。簡妮看著新進來的顧客，很焦慮，彷彿那些人在拉她的袖子。「那就請排隊等吧。」她說：「待會兒就會有人幫你服務。」

芙烈達翻了個白眼。

「我們有一張支票嗎？」露絲說。

芙烈達大聲的吐一口氣。「沒有。」她說。

「那你爲什麼說我們有一張支票？」

「我們需要買一張支票。」

「我在家裡有支票呀。」露絲說。

「這是一張特別的支票。記得嗎？加快支票。一張快速兌現的支票。不用擔心，露西。一切都在我的掌控之下。」

芙烈達看起來不像一切都在她的掌控之下。她似乎處在勉強掩蓋的暴怒邊緣。銀行的隊伍很長，從門吹進來的風，對十一月而言過於寒冷。有孩童在啼哭，被喝止安靜了，還是繼續啼哭，但變成了悶聲哭。露絲因爲憑靠著芙烈達，才有辦法站這麼久。她們前面那名女子再度轉過頭來說：「窗戶旁邊有椅子。」露絲和芙烈達兩人都瞪著她，沒有笑容，彷彿她說的是某種她們不熟悉的語言。「如果你要休息的話。」她補上一句，但是露絲只是更加靠向芙烈達，並且點一下頭。女子臂邊抱著一個嬰兒，顛簸地移動。她聳聳肩轉開頭，但是嬰兒繼續注視著露絲，直到露絲對他做了個鬼臉。嬰兒回報她一個厭倦的表情，然後才把自己的圓臉躲藏起來。

當她們抵達隊伍的前方時，芙烈達進入一種新的警戒狀態。她緊攫住她的皮包，注意哪一個出納員有空，當信號終於傳來——一個閃閃發亮的金色號碼，和一個悅耳的叮咚聲——她跨出如此胸有成竹的大步，依然緊靠著她的露絲，顛簸了一下才恢復挺直的姿態。所以芙烈達暫停腳步來扶持她的臂膀，不算是很粗魯，但也不是很有耐性。她把露絲推向閃著號碼的櫃檯，將她展示給櫃檯後面的女子看，彷彿露絲是一項證據。

這名也穿著紅色套裝的女子，和簡妮．康乃爾很不一樣。她比較老，肩膀寬闊，彷彿練出這樣的體格好在水中快速前進，並且剪著一頭小女生式的髮型。她戴著婚戒，但一直在咬指甲。根據名牌，她的名字叫蓋兒，然後是一個複雜，屬於希臘裔的姓。

「早安。」蓋兒從玻璃牆後面說。她的聲音從一支小麥克風發出來，彷彿需要很大的輔助才能傳這麼遠。

「這位是菲爾德太太。」芙烈達說，同時開始從皮包裡掏出東西來：露絲的支票簿、一些文件，和一張紙，上面寫著一些數字。

「早安。」露絲說。

「我是菲爾德太太的照護員，我來這兒幫忙她開一張支票。」

「我沒有支票。」露絲健談的表示。

「我們需要買一張加快支票。」芙烈達解釋。

蓋兒隨著她們兩人講話，一下子看露絲，一下子又看芙烈達，她的面孔平靜無波，不露感情。

「那非常快速，是不是？」露絲問。「加快支票？」她喜歡加快這個詞的發音。聽起來既冒險又重要。

「不是馬上。」蓋兒說。「但確實在一個工作天內就能兌現。」

「一天，芙烈達！」露絲說。「通常要三天呢。」

「手續費是十一塊錢。」蓋兒說。

芙烈達像變戲法似的，從皮包裡拿出十一塊錢。

「謝謝你。」蓋兒說。眞是個有禮貌的女人！她開始檢閱露絲的支票簿，然後查看電腦，用她咀咬過的手指快速打字，但是身上其他地方的動作則不慌不忙。

芙烈達緊緊抓著皮包，彷彿她巴不得躍過櫃臺，自己來處理一切。

「能否請你現在塡寫支票，菲爾德太太？」蓋兒問。

「噢，好的。」露絲說。

然後支票就恍如蓋兒差點無法箝制似的，游上了玻璃牆；就好像它有自己的生命一樣。它從玻璃和櫃檯之間的縫隙飛出來，蓋兒還緊接著推出一支筆。現在每個人都緊盯著露絲。

「你要我幫你塡嗎，露西？」芙烈達問。

露絲瞪著支票。她的名字已經印在上面了，還有一連串號碼，她認得是屬於她的銀行帳號的。她對數字的記憶力很好。

「這是要付給喬治的。」露絲說。

「付給喬治．楊。」芙烈達說。「那要寫在這一行。」她把指頭放在支票上。

「楊氏汽車出租行。」露絲說。

「寫喬治．楊。你把它寫在這裡就好。」芙烈達又看看蓋兒。「我是她的照護員。」

蓋兒點點頭。「我相信我們這個帳號上也有你的名字。就技術上而言，你自己來寫也可以。」

「這麼大筆錢不好吧。」芙烈達一副委屈的口氣。「我聽說還是需要菲爾德太太親自授權。」

露絲在那一條線上寫了喬治．楊。她好奇為什麼芙烈達的名字會出現在她的帳號上。

「失禮一下。」蓋兒說。電話正在響——已經響好一陣子了，露絲現在才意識到——蓋兒過去接聽。她的個子比露絲預期的要高。

「集中精神。」芙烈達發出咬牙的嘶嘶聲。「這兒。」她把筆從露絲那兒拿過來，停頓一下，然後用優雅的草書體寫下七十萬元整。

「寫得好美！」露絲說。然而，當芙烈達把那個數目用阿拉伯數字寫出來時，所有的0都擠在一個框框裡，使露絲想起學校小女生的寫法，既輕浮又歪歪斜斜。

「現在簽名。」芙烈達說。她把筆交給露絲，當露絲遲疑不動，仍在那裡注視支票上擁擠又歪七扭八的數字0時，芙烈達啪一下打開皮包，把那本書拿出來。

「看！看！」她說，同時舉著打開到書名頁的書；那裡寫著字，但是晃動得太厲害，露絲根本看不清楚。為什麼芙烈達要這麼大驚小怪啊？

蓋兒回到她玻璃牆後面的位置。其他櫃臺上的金色號碼都在閃閃發亮，隊伍愈排愈長，簡妮·康乃爾招呼著每一名隨大風颳進來的新顧客。

「現在的銀行好友善。」露絲說，她對蓋兒微笑，蓋兒並沒有回報她以微笑。

「我們在耽誤別人的時間。」芙烈達一邊說，一邊把書悄悄塞回皮包裡。

露絲在支票上簽名。芙烈達忽然好像消了風；她縮小了一點點，就好像之前一直是踮著腳尖，並且屏住了呼吸一樣。露絲把支票傳回去玻璃底下。她等著蓋兒對那個數目有所反應；她很驕傲，想到自己有辦法開一張這麼大數額的支票。但是蓋兒對露絲的慷慨毫無表示。這是哪門子銀行啊，到底？難道每天都有百萬富翁走進來，把大額支票交給無動於衷的蓋兒嗎？

「你有沒有什麼證件，菲爾德太太？」蓋兒問，芙烈達發出不耐煩的聲響。

「讓我瞧瞧。」露絲開始翻找錢包。「什麼樣的證件？」

「駕照，例如說。」

露絲記得她把她的駕照收在哈利車子的前座置物箱裡。她再度聽到那輛車的聲音，最後一次駛下車道。

「或者護照。」蓋兒說。

「就只是一張支票，這麼麻煩。」芙烈達說。她靠向玻璃牆的洞口，她的呼氣模糊了洞口的外圍。

「我的護照在家裡頭。」露絲說。

「這明明就是她本人嘛。」芙烈達說。「你有她的支票簿啊。」

「任何巨額提款都需要出示有照證件。」蓋兒在芙烈達無法穿透的玻璃後面義正詞嚴的說。

「我們明天再來吧。」露絲說。「我確實知道我的護照在哪裡。就在哈利書桌最頂層的抽屜裡。」

「我們沒時間了。」芙烈達說。

「那今天下午！」露絲說。「我們搭巴士回來。」

「你的老人卡呢，菲爾德太太？」蓋兒似乎故意扣押住這個可能性，現在才開始來享受提出建議的樂趣。

芙烈達把露絲的錢包拿過來，開始翻查裡面的卡片。

「裡面眞的塞得好緊。」露絲說，並且望向蓋兒尋求同情，但是蓋兒只是注視著芙烈達的手。風吹進來，拂繞著露絲的套裙邊緣。她想起來自己沒穿襪子，感到很難爲情。芙烈達把露絲的老人卡從玻璃底下遞進去，蓋兒檢視卡片，點點頭，並且動手打字。簡妮·康乃爾招呼著一名新來的顧客。

「午安！」她吟唱道。露絲把兩膝夾緊。她看看時鐘，看見時間剛好指在十二點整。

17

芙烈達叫來一輛計程車載她們回家，並且自己付車資。計程車司機認識她；他既多嘴又念舊，一路叨叨的描述工作時的喬治和遊樂時的喬治如何，所以露絲假定他一定曾經是倒閉的楊氏汽車出租行的一份子。芙烈達一路緊抿著嘴巴。無疑她是爲了保護喬治而維持她的尊嚴，但是露絲很想告訴這名司機她所知道的每一件壞事。

露絲對房子的現況感到驚異。到處是垃圾，泥濘不堪，而且聞起來有鹹沙的味道，彷彿被浪潮給沖刷過。這是老虎造成的，她記得；這使她感到倦怠。她想要讓她的背躺在床上休息。芙烈達很殷勤：她幫露絲脫鞋，然後又脫掉她的外套。她問露絲要不要水或茶。

「我直接躺在床罩上就可以了。」露絲說。「我不想脫衣。我需要準備好。」

「準備好做什麼？」

「準備好迎接理查。我不是告訴過你，我邀請他來過聖誕節嗎？」

芙烈達抬起露絲的兩腿，幫忙她躺上床。

「我的腳會冷。」露絲說。芙烈達用外套蓋住她的腳。她把一隻手按在蓋腳的外套上說：「如果需要什麼就喊一聲。」然後她就離開了，並且把門在身後帶上。

露絲沒有睡著。她的臥房明亮又沒有遮蔭。芙烈達在走道上忙著清理水桶和防水布，而且她邊工作邊小聲地哼曲子。在某個時間點上，電話鈴響起來，芙烈達接聽。露絲聽她講了一、兩分鐘，考慮是不是要把她床邊的分機拿起來聽，但決定那太費心神了。然後談話停止。房子變得如此安靜，你甚至可以聽到海灘上有人在對狗吹口哨的聲音；芙烈達彷彿受到這個口哨的召喚，走出房子，但幾乎馬上又回到屋內。風中的浪聲又高又吵。露絲覺得自己像病體初癒的小孩子。她在床上躺了整個下午，但等她坐起來，發現只過了兩小時。

「芙烈達！」她喊道。她用芙烈達教她的呼吸法輔佐她的背，當她站起來時，發現背眞的不會痛了。

「芙烈達！」她又喊。走道淨空了。芙烈達把到前門之前的區域都拖得乾乾淨淨，地板閃著溫潤的木紅色。芙烈達不在臥室、客廳，或浴室裡；但是老虎在這些地方所造成的髒亂，都被打掃得乾乾淨淨。有幾小堆碎玻璃留在走道上，它們被掃成一小群島嶼，看起來隱約像斐濟。

芙烈達在廚房的水槽旁洗菜。當看見露絲時，她擦乾兩手，溫柔的說：「午安，睡美人。」然後她踏前一步，親吻露絲的頭頂。

「這樣做什麼？」露絲說。

「讓我們來幫你準備好。」

「準備好做什麼？」

「準備好迎接你的訪客。」芙烈達握住露絲的肩膀，把她推向浴室。「迎接聖誕節的理查，和星期五的傑佛瑞。我們來給你做頭髮。」

「又要洗頭嗎？」

「比洗頭還好。進去淋浴間。」芙烈達拉扯露絲的裙子，直到裙子從臀部鬆落下來。露絲從裙子裡跨出來。她舉起兩臂，芙烈達沒有解開任何一顆扣子，就把襯衫從她的頭頂脫下來。露絲解開自己的胸罩；她對這個小小的動作感到頗爲自傲。

「別打開蓮蓬頭。」芙烈達說著，往走道走開去。

露絲靠欄杆的扶助，踏進了淋浴間。她忘了脫內褲，但是並沒有讓這點小輕忽造成自己的不快。她坐在淋浴椅凳上等候芙烈達，芙烈達帶著一把梳子和一只用手不斷搖晃的瓶子回來。芙烈達還一邊哼著曲子。她用一條浴巾包住露絲的肩膀，指示她閉上眼睛，然後露絲感覺有一條涼涼的液體澆在她的頭皮上。

「那是什麼？」

「噓，」芙烈達說：「閉上眼睛。」

接著是一陣刺激、辛辣的味道，壓迫著露絲的眼皮。芙烈達在這陣難聞的味道中梳理、撫順，和浸濕露絲的頭髮，但是這股刺鼻味感覺是如此的強大，就好像某種保護的力量。露絲認出來，那是芙烈達的頭髮的味道，在她每次剛剛染好頭髮的時候。

一打開眼睛，露絲看見她皮膚上凡被染髮劑噴到、落到的地方，都出現了深棕色的污漬。「顏色好暗！」

「別擔心。」芙烈達說。「我幫你染了很可愛的淺棕色，非常雅致。等理查來的時候，你會看起來很漂亮。你能不能像這樣坐著不動一陣子？」

露絲想她可以辦得到。踞蹲在淋浴間的椅凳上，她可以聽見芙烈達在屋裡走動的聲音；她聽見她在菲利浦的臥房裡搬動物品。那麼，她是在打包了。她就要離去了。我曾經叫她走，露絲想，而一想到這點，她開始害怕自己幹了什麼好事。她像在一座鐘的裡面，正在向外擺動；她可以感覺到頭頂上鐘座的穹頂，和腳底下的一片漆黑，那裡空無一人，空無一人；恐懼一陣陣的襲來。它有回音，所以每次一有回音出現——它是有韻律的出現——就會留下部分嫋嫋的餘音，而所有餘留下來的恐懼，就會積聚在穹頂底下，與她同在。就算老虎也不曾這麼令她害怕過；甚至那個在電話裡告訴她哈利已經死了的男子，也沒有這麼令她害怕過。她記得他說：「來醫院看你死去的丈夫」，但是當然，他不可能是用這樣的說法。她在一片漆黑中往外擺動，抓著某個東西——是理查嗎？有可能是理查——所以沒有跌落，但是恐懼只是愈益加深，然後，芙烈達出現在她的後方。

「別哭了。」芙烈達說，所以露絲知道原來自己在哭。淋浴的分隔間使聲音變大了。「有什麼事不對嗎？」

「我好害怕。」露絲說。她伸出兩手，彷彿期待要看見掌心裡有什麼東西。「瞧我顫抖得多厲害。」但是她並沒有在顫抖。

「你在怕什麼？我已經殺了老虎。老虎已經死了。」

「老虎萬歲。」

「不是啦，你這傻子。」芙烈達說。「老虎該死，記得嗎？」

「老虎該死。」露絲對老虎殺手芙烈達說，然後恐懼——曾經短暫平息——又回來了，此刻她了解爲什麼了：因爲芙烈達要離開了。所有她曾經仰賴的安全感，都要從她身上飛走了，從她的腳底下，飛過花園，飛往海洋；那就是她此刻的感受。

芙烈達打開淋浴的水龍頭，柔軟的水化成流過露絲蒼白肌膚的深棕色線條。

「閉上眼睛。」芙烈達命令。「閉上嘴巴。」但是她的口吻溫柔。

露絲閉上眼睛和嘴巴，但是某種可怕的噪音仍從某處傳來；可能是來自於她自己的咽喉。

「我也會幫你吹乾頭髮。」哀傷貼心的芙烈達用嚴厲的口氣說。「但是你現在最應該做的，是上床睡覺。」

水流清澈了，露絲也不在淋浴間裡了。她在臥房裡，芙烈達在幫她穿睡袍。露絲喊說她的臉很熱，所以芙烈達離開房間，帶回來一條濕毛巾幫她擦臉。

「我不知道這麼大驚小怪做什麼。」芙烈達說，露絲覺得這話好殘忍，當她哭得更兇時——她的胸口起起伏伏——芙烈達並沒有眞的碰觸到她地騰空掌摑她的臉。「噢，閉嘴，露西。你已經吃過藥了。你不會有事的。你要我走，而且傑佛瑞星期五就會來了。」芙烈達把露絲送上床，環顧一下房間，走開去，並且把房門在身後關上。露絲的哭泣變成深呼吸。她意識到自己睡著，因爲兒時臉上掛著淚痕睡著的熟悉感回來了，但是她眞不敢相信這種事情還會再發生。

露絲在夜裡醒來，肚子很餓。她看看鐘，發現才十一點。她呼喚芙烈達，但是沒有回應，因爲胃咕嚕咕嚕直叫，於是她坐起來，站到地上，離開了床鋪。她的背平靜無事。已經有好幾個月沒感覺這麼柔軟了。她在更衣室的鏡子裡看見自己，於是便舉起手來微微揮了揮——在黑暗中，她只是一抹灰撲撲的白影子。她頭後面感覺潮潮的，此外頭髮是乾的。她不怕踏入走道。房子涼爽又安靜。芙烈達留了一盤烤羊排在冰箱裡，水果盅裡裝滿了有酒窩的蘋果，使露絲想起兒時吃的綠皮橘子。她站在廚房流理臺前，用手指抓著又冷又油膩的羊排吃，同時透過百葉窗的縫隙望出去海灣。鎮上沒有燈光；好幾英里之內都不見燈火。海上也沒有船，而且也沒有月亮。包覆羊排的鋁箔紙是這世界上最明亮的東西，而且也是最吵的。貓兒們沒有進來廚房，甚至在有肉味的此時也不見動靜。露絲感覺自己好像回到比較年輕的時候，當她的兩腳還能比較安穩的踩在地板上的時候，而她的孩子和丈夫都在睡覺；這種感覺，就好像回到某個地址，納悶自己爲什麼會離開這麼久。就連食物都嚐起來比較幼嫩。後門關著，房子很涼爽，而且老虎死了。感覺她的頭也滌淨了一切。

「眞會亂發脾氣。」她責罵自己說。

露絲知道芙烈達的臥室會是空的，但她還是過去瞧瞧，只爲了進一步證實自己的直覺。即便如此，她還是很訝異房間整理得和芙烈達搬進來以前一模一樣：就彷彿十七歲的菲利浦剛從那裡走出來，爲了某個更崇高的命運而離開。芙烈達換過床單，也清掃過踩碎的藥丸。她拿走了她的鏡子，和所有梳理打扮用的裝備，而且哈雷彗星又回到了沒有鏡子的牆上天空。

露絲看遍屋內的其餘所在，尋找芙烈達的痕跡，但是什麼也找不到，只除了她持久不變的身教遺緒：例如，隱隱發亮的地板，和在電視上方書架上，以全新秩序呈現的書本。除此之外，她就等於沒有來過一樣。時鐘的滴答聲更響了。沒有了老虎或鳥兒或芙烈達，傢俱都死氣沉沉的，所以也全部回復到原來的功能，也就是提供安穩的熟悉感。窗簾的蕾絲在光照下顯得灰撲撲，露絲走過去張望屋外的前花園。一個出人意料的身影盤踞在前階上：是芙烈達。她全然不動的坐著，但是若有所思。她是被雕琢出生命來的石頭。她帶著行李箱，她在等人。一定是在等喬治；不然她還可能等別的誰？但是喬治偷走了她的錢，和她母親死於其中的房子。爲什麼還要等喬治？

露絲很鎮定。她沒有慾望要呼喊、敲打窗戶，或打開前門。她知道芙烈達要離開了，不是因爲她命令她；畢竟，她以前曾經命令芙烈達離開，但一點效果也沒有。芙烈達只會做她自己要做的事。露絲知道，就如同她知道，芙烈達不誠實，而且已經以某種重大的方式愚弄了她。時鐘的滴答聲更響了。露絲回去她的臥房，她沒有再費神查看自己在鏡子裡的影像。鏡子裡什麼人也沒有：沒有芙烈達、沒有哈利，甚至沒有理查。貓兒以輕快的腳步追隨她，牠們和她一樣，一覺睡到天明：一動不動，無夢無魘，而且也沒有發出任何聲響。早上醒來，露絲回到客廳往窗戶外看。芙烈達仍然坐在門階上。

18

那天早晨既簡約又明亮。太陽清晰的升起，整片海洋一覽無遺，而且沒有反光，草地上也沒有風。仍舊是春天，才十一月而已。露絲敲打窗戶，掀開蕾絲窗簾，而且持續的敲，直到芙烈達轉過頭來面對她。芙烈達看起來非常年輕，她坐在門階上抬頭看露絲，彷彿整晚待在外面時，已經將過去收集在臉上的一切都擦乾抹淨了，現在的她，只是又疲倦又幼稚。她面容光滑，有如剛剛送達的牛奶。然後她又把頭轉開，雖然露絲再度敲窗，透過玻璃大聲地喊：「芙烈達！」把兩手圈在圓圓的嘴巴上，彷彿那樣可以幫助聲音傳達，芙烈達依舊在門階上又坐了二十分鐘；然後才進來。

「我只是要打個電話。」她沉重的說，並且沉重地走進廚房，她瞪著電話，彷彿那是一個經過僞裝掩飾的敵人。她說：「准許我打一通電話吧，警官？」——然後兀自放聲大笑。

露絲留在客廳裡，再度往外張望門階。芙烈達的行李箱仍然立在多沙的草地上。它逕可長出梗莖、生出灰白色的果實，也不爲過。

「你的行李箱，芙烈達！」露絲喊，但是芙烈達沒有回答。她在廚房來回踱步，懷抱著電話筒，而且把電話線往自己的手臂上一直繞、一直繞，直到再也無法踱步，還把自己纏死在牆角。她在等待和聆聽。然後她掛斷，試打另一個號碼；然後又一個號碼。只有一次，電話線另一頭有聲音回應，但即使在這個距離——露絲在餐桌的盡頭徘徊，憑靠著桌子作爲支撐——都可以明顯地聽出，那是答錄機的聲音。露絲走進廚房。芙烈達深吸一口氣，把電話筒掛回去，並且輕輕的將自己的頭抵著牆。

然後她轉過來凝視著露絲。「喬治落跑了。」她說。

「我知道。」露絲說。

「不，我的意思是，這次他眞的落跑了。這次是眞的。而且他把我所有的錢都捲走了。意思就是，他也把你的錢捲走了，我親愛的。他把一切都捲走了。」

這有可能代表什麼意義嗎？這根本沒有多大意義啊。

「他終於幹了。」芙烈達說。她靠著窗臺站立。情況是如此的令人驚異，她的表情看起來竟還有點兒快樂呢。「他眞的跑了，而且眞的幹了。」

這開始有些意義起來了。芙烈達不再掌控一切；芙烈達害怕了。她曾經和老虎搏鬥，但是現在的她面色蒼白，依靠著窗臺站立，因爲她不敢相信她的兩條腿能夠撐持得住。

他怎麼有可能把一切都捲走了呢？一切都還在這裡啊：房子、貓咪、海洋、露絲，還有芙烈達。

「他把我們兩個都騙得團團轉。」芙烈達說，聲音中仍然帶著那種不可思議的口吻。「該死的團團轉。」現在她的聲音高昂起來。「那個狗兒子毀了一切，虧我做得這麼賣力。看看這個！」她甩出一隻手臂。「我洗這些地板不下一千次，我煮飯打掃，我住在這裡，因爲他說這樣可以幫我們省房租，我們可以達成更多，他說，我們可以深入滲透——我住在這裡，呼吸這棟房子和你的氣息，露西，你！好幾個月！而他只會用一張嘴說：『你賺到了，等著瞧好了，這是你應得的，』然後整天開著那輛該死的計程車到處轉，現在他把一切都捲走了。」

芙烈達凝視著露絲，彷彿露絲可能處在一個有辦法把事情矯正過來的位置；彷彿她至少是處在一個有辦法確認芙烈達的不幸的位置。露絲對她微微一笑。她想要說，一切都會沒事的，但是她似乎呼吸有困難；她想，有一部分的她很憤怒；但是，是哪一部分？她應該要對喬治生氣的，所以她生氣起來。

「我告訴他我們必須等一個男的！」芙烈達氣沖牛斗。現在她站起來了。「女的一點好處也沒有。我**告訴**他那會困難很多。大家總是對女的大驚小怪。一個女的，還有兒子！兒子總是會大驚小怪。但是，噢，不行，一分鐘也不能損失，就是這個了，芙烈達，就是這個。我當時應該做的，」——她轉身瞪著電話，彷彿那具電話以某種神祕的方式連結著她和喬治——「我當時應該做的，是叫**他**自己來包辦這一切。那樣落跑的人可能就會是**我**，到時看他要怎麼辦！」

「噢，芙烈達，我不可能容許房子裡住一個男人的。」露絲說。「人家會怎麼想啊？」

「正是如此！」芙烈達喊道。「這樣不必等到現在，你們倆早就結婚了，我親愛的。噢，是的，你們會的。別那樣子看我，這麼純潔無辜！而且喬治會拿棍子把理查趕走。」

「我甚至不認識喬治。」露絲抗議。

「但是**我**認識。」芙烈達說。「天老爺，我可認識喬治哪。如果認爲有錢可拿，就連金魚他都會幹。」她站在窗邊，用一隻平掌對著窗戶打過去，玻璃和海洋因而都震撼起來，而且她用力的跺腳，恍如那隻腳被桌子給鏈住了。有那麼靜悄悄的一刻，露絲試圖判別芙烈達是不是在啜泣。然後芙烈達突然轉過身來大喊：「現在怎麼辦，現在怎麼辦，現在怎麼辦？」雖然沒有眼淚，但是她的表情如此絕望；忽然，她折下腰，好像處在痛楚之中。她包藏起來的頭部，發出輕柔的話語：「現在我怎麼辦啊？」

「站起來。」露絲說。「我沒有辦法彎腰。」總之，她還是試著彎腰，芙烈達伸出手來阻止她。

「別。」芙烈達說，同時挺起身來，但在這樣做的同時，她用雙臂把露絲攬過來，並且把她有點抱離了地板。芙烈達的臉露出輕柔的細紋。她的身體微微的顫動。「他離開我了，露西。」她說。「我什麼也沒有了。我要怎麼辦啊？」

「把我放下來。」露絲說，雖然她並不確定那是她所要的，於是芙烈達把她放回地板。

「我曾經夢見海洋湧上來我們這裡，淹到了我們的山丘。」芙烈達望出去窗戶外面的海水，不可思議的表情回到了她脹紅的臉上。「浪花上有好多船——舊時代的船，你知道，就像電視上看到的那種，有的有帆、有的冒著水蒸氣，還有巨大的煙囪。它們直直地對著山丘上的我們開過來，而且所有船隻上的人都在瘋狂地揮手。我看不出來，他們是在揮手打招呼，還是在告訴我們趕快躲避。」

「那你怎麼做？」露絲問。那似乎是一個令人鼓舞的景象；就像在蘇瓦海面上的船隻，而其中的一艘上面坐著女王。女王和理查一起搭船離開，一路駛回雪梨。

「我醒過來了。」芙烈達說。

「我想那是最好的結果吧。」露絲感到失望地說。

這時芙烈達走到後門邊。她穿著沙地帆布鞋和外套，但是在外套底下，露絲注意到，卻是褐色的長褲。露絲從來沒有看過芙烈達穿褐色的衣服。她一定是在夜裡換過衣服。

「我們應該怎麼辦啊，露西？」芙烈達用充滿思慮的口氣說。「因為現在情況是這樣的——我們可以做任何事情。你知道吧？我們應該出去花園嗎？我們應該下去海灘嗎？不，還不行。首先，有一些事情要做。什麼事?什麼事?」芙烈達在自言自語。她退回來廚房。「今天是星期幾？」她問自己。「星期四嗎?是星期四!你了解嗎，露西，喬治離開我了，而且偷走了我們所有的錢？」然後她走出廚房，步下走道，往前門走去。

所以喬治拿走了每個人的錢。露絲拍一下手，再拍兩下手。那是她在貓兒們撒野，或小孩子不聽話的時候做的動作。那尖銳的聲音對她有安定的作用。她的背沒在痛；眞完美。但話說回來：我們所有的錢!她想起在肉販店裡空空如也的錢包，和香腸大王臉上耐性、浮誇的表情，她納悶到底喬治是在什麼時候幹了這件好事。她們如此擔心老虎的事，到頭來，眞正危險的卻是喬治。露絲覺得最對不起的人是哈利，因爲他既驕傲又小心，而且，例如說，不會讓她在晚上把門開著。哈利會很難堪，也很受傷，如果他在這裡的話。他到哪裡去了?我們所有的錢!芙烈達帶著她的行李箱回來。

「我要你知道，如果要選擇——在你或喬治之間——我永遠都會選擇你。我要你知道這點。」芙烈達態度非常認眞。她把行李箱擺在餐桌上，打開鎖，並且從裡面搬出東西來；用玻璃、白銀，和黃金做的東西，露絲覺得她認得那些東西。「我的意思是，如果早知道事情的結果如何，」芙烈達一邊搬，一邊還在解釋，「如果我早知道他是那樣的一個渾蛋。」

露絲瞄著桌子上的東西。

「看著我。」芙烈達說，於是露絲看著她，然後又回頭看桌子，然後又再回頭來看芙烈達，因爲芙烈達抓著她的下巴，使她不得不看。「告訴我，你知道我會選擇你。」芙烈達臉上明明白白表現的，既不是愛，也不是恨，而是堅決的信念。

「這些是什麼?」露絲問，同時也把她的頭撇開。

「禮物。」

「給我的嗎?」

「本來是要給我的。」芙烈達說。「但是現在可以給你。反正沒差。」

其中一樣看起來像是露絲母親的訂婚戒指。露絲把手伸出去,芙烈達把戒指遞給她。那是一只鑲著碎鑽的金戒指;那是她母親的戒指。

「很美,不是麼。」芙烈達說,她從來沒有在露絲面前說過美這個字眼,所以露絲心中充滿了驕傲。她把戒指戴在自己的手指上,它在她戴得很合手的其他戒指上轉來轉去。芙烈達輕哼一聲,說:「太大了。」然後她拉起露絲的手,拍了拍露絲本人的訂婚戒和結婚戒,說:「我告訴他,我不會拿走這些。它們永遠都是你的。」

露絲的一隻手握起拳頭。「它們是我的。它們是哈利給我的。」

「我就是這樣子告訴他。現在,我要給你看一樣東西。」

「你有時間嗎?」露絲問。

「今天才星期四。」

芙烈達到書房裡去找東西;等回來時,她手裡拿著一封用藍色薄紙寫的信,她拿在半空中搖來搖去,好像一面藍色的薄旗子。「乾脆現在就讓你看了。」她說。「反正有什麼差別?」她用纖巧的手指把信遞給露絲。

信是理查寫來的。

「這是最近的一封。」芙烈達說。「還有別封。他離開以後,幾乎每天寫一封。如果你要,我可以幫你全部都拿過來。」

「噢。」露絲覺得心頭一緊，裡頭有一把力量緊緊的掐起來，然後又鬆開。她看著信，開頭寫著：「我最親愛的露絲，」——但是不敢讓自己再繼續往下唸。

「你信任我，不是麼。」芙烈達說。那不是個問句。

「這無法保證。」露絲說。她想，她可能從來沒有信任過芙烈達。但話說回來，她也不信任她自己。

「說得也是。」芙烈達在一張紙上寫字，然後把它貼在電話上。「這是傑佛瑞的號碼，就放在電話這裡。」

「你按星星，然後按1，就可以打給傑佛瑞。」露絲說。

「那些都沒用了。我好幾個禮拜前就把那些都消除了。你必須打這個號碼——看見沒有，在電話上？你記得怎麼撥電話吧？那又是另外一個問題——有時候我把鈴聲轉到很小聲，這樣你才不會聽到。」

「你爲什麼要那樣做？」

「好阻止你和別人交談。但是我沒辦法阻止傑佛瑞。像傑佛瑞那樣的傢伙，就是會大驚小怪。你愛我嗎，露西？」

「愛。」露絲想也沒想的就說，那表示她眞的愛。

「我就知道。」芙烈達說。她用兩臂把露絲像嬰兒一樣的抱高起來。

露絲手裡仍然握著信。「我們要去哪裡？」

「外面。」

「你知道你要做什麼嗎？」

芙烈達搖頭。「我不知道我要做什麼。」

露絲不相信她。就在穿過屋子的時候，露絲看見自己在餐廳窗戶上的投影：她被高高的抱在芙烈達的臂膀當中，有著一頭不一樣的頭髮。

芙烈達把露絲抱到花園一處有陰影的地方，把她放下來，於是她便站在一個凹凸不平的草地上。她的背被雞蛋花樹彎曲的枝幹給弄得部分鼓起。

「我馬上回來。」芙烈達說。

露絲看著芙烈達走向房子。她有些不一樣，但是，是什麼？她的頭髮仍然黝暗筆直，她的身材仍然又高又寬闊；她仍然是芙烈達。因爲露絲手裡仍然握著理查的信，所以她又讀了起來：「我最親愛的露絲，芙烈達告訴我你開始覺得好些了，眞是好消息，這値得慶祝。」然後在紙頁的較尾端：「如果跟你說，你是世界上最可愛的人兒，會不會讓你覺得很不好意思？」她記得他的筆跡；曾經，她會到處收集她所能找到的他的留筆。她喜歡他寫t、h、和l時，那種成人式的、翹起來的長尾巴。他曾經在舞會上，然後又在臥房裡，吻過她。他會是一個好丈夫嗎？他曾經是一個好丈夫嗎？或者，那是另外一個人？哈利才是她的丈夫——但是他不見了。

「哈利？」她對著風說。他在哪裡？在花園這裡吧，也許。她聆聽他的聲響。「哈利？親愛的？」

花園空空如也。沒有貓，沒有花草；光禿裸露，一片淨空。樹木都沒有葉子，彷彿有人把每一根樹枝都摘得乾乾淨淨。也沒有太陽。只有沙丘，灰撲撲的，和天空，也灰撲撲的，還有在某段距離以外的黑白色海洋。

「我在這兒哪！」芙烈達喊道。她扛著露絲的椅子走進來花園，她在雞蛋花樹附近找平坦的地面放椅子。然後過來露絲這邊，攬著露絲的肩膀，就和露絲與艾倫剛從鎮裡回家時那天一樣。

「我在這兒哪。」露絲說。她環顧四周，仍然在尋找哈利。他大概跪在花園的某處花圃上，可能在繡球花的中間。繡球花凋謝以後不會落花。它們只會枯黃，不是麼，而且會留在枝頭上；但它們實在應該落下來才好。過去，哈利一定會把它們剪掉。也許她可以幫忙。一定有一些蟲子會想來吃那些花冠。露絲跺跺腳，想把蟲子從地裡面趕出來。她跺腳的聲音穿越過沙丘，其他的聲音也過來與之結合：也許有新芽茁長的聲音，還有忙碌的蟹和昆蟲在沙土中鑽來鑽去的聲響。芙烈達把她摟得更緊些，好使她不要亂動。

「好了，這樣做什麼？」芙烈達說，而且她開始低聲吟唱起搖籃曲；露絲認得曲調，但是不認得歌詞，那似乎不像是英文。然後她恍然大悟，雖然還是不甚了解字義。那是一首斐濟的歌。她和芙烈達在沙丘上隨著歌曲擺動，歌詞灑落在她們四周，同時這首搖籃曲占據了露絲內心的某處，在那兒，又和其他的事物不期而遇：她母親嘴唇的形狀，和一隻她在蘇瓦街頭目擊死亡的狗。它們在那裡面重逢，在那個內心的所在。露絲留意著這種種，留意著芙烈達碩大軀體的微妙搖晃，也留意著當她們搖晃時，空氣在她臂膀上流動的感覺。有時候診所裡的護士會在工作的時候唱歌。新手媽媽會對她們的寶寶唱歌。她母親和父親會唱聖詩。傍晚時分，她父親會在幫傭小弟在廚房唱歌的同時，唸書給他們聽：「你想野地裡的百合花，」她父親唸道，於是露絲開始思想起來，「怎麼長起來；他也不勞苦，也不紡線。」我既不勞苦，也不紡線，露絲心裡想。她靠上去芙烈達的肚腹，感覺自己浸身在神的榮耀之中。

這首歌是要做什麼呢？是要叫寶寶睡覺啊。菲利浦在他的嬰兒床裡時醒時睡。「肋膜炎」可不是個巧妙的名詞嗎？在他的嬰兒床邊：《戴帽子的貓》。《我是一隻兔子》。《加油，狗狗，加油！》。露絲歇息著，同時唱著歌。芙烈達臂膀裡的空間潮濕，露絲的髮絲黏在面頰上。然後，她記起來，哈利死了。我記得自己記得這件事實，她心裡想。感謝上帝，這件事實在腦海裡黏得夠牢；她想要推崇這一點。每一個未來的分鐘，都在大剌剌且沒有哈利的宣告著自己。然後她的一生，她全部的過往，都擠壓在這一分鐘——完全的占滿了這一分鐘，它如此迅速的消逝。一逕如此忙碌的堅持著某些事。露絲無法指認的，某些和快樂有關的事。無法在每一個你所冀望的時刻快樂，露絲心裡想，是多麼的令人失望啊。現在，在這裡，她有可能快樂的，但好像又會事與願違。

芙烈達屈膝跪在地上，並且帶著露絲和她一起跪下來。她仍然在唱歌，但是只有曲沒有詞；芙烈達只是一首曲調，和一股溫暖的氣息，帶著露絲匍匐在地上。草地既柔滑又粗礪，芙烈達讓她躺在上面。芙烈達親吻露絲的額頭；她舉起空著的那隻手，幫露絲的眼睛擋太陽。她仍然在唱歌，但是她暫停下來說：「這樣不行。」然後她把露絲移到稍遠一些，到樹蔭的底下，或者說，是在雞蛋花樹濃厚灰撲的網絡底下，在十一月初的此時，花還沒有開，葉子也如此的稀少。一隻海鷗坐在樹頂上，沒在觀看、沒在睡覺、沒有在做什麼，就只是一隻海鷗。

「這樣如何？」芙烈達問，同時她抬起露絲的頭，把某個柔軟的東西放在她的頭下面。

「我的背不痛。」露絲說，彷彿在做氣象報告。「這樣非常好。」

「那就好。」芙烈達說。她站在露絲的上方，身上已經沒有穿外套。她拿著一杯水，她把水遞給露絲，並且給她一顆藍色的藥丸，然後又一顆，然後——在稍作遲疑之後——又再加一顆。芙烈達輔助露絲吞下每一顆。「現在你會覺得很舒服。你就在這裡休息一會兒，等你準備好了，我要你打電話給傑佛瑞，馬上告訴他關於喬治的事。好嗎？你可以答應我嗎？」

「我答應。」露絲說。地面比她所記得的要有彈性。

「你會告訴他關於喬治的什麼事？」

「楊氏汽車出租行。」

「對了，那是他的計程車行。」芙烈達有耐性地說。「但是他做了什麼事？喬治做了什麼壞事？」

「喬治拿走每個人的錢，落跑了。」

「很好。告訴傑佛瑞，我已經幫他把文件留在桌子上，好交給警方。好嗎？」

「芙烈達，」露絲微笑著說：「我無法從外面這裡打電話給傑佛瑞。」

「我知道。你必須把自己弄進屋子裡——就和那天，當你自己一個人在外面這邊的時候一樣，你完全靠自己的力量，回到了屋子旁。但是這次，你的背不會痛，因爲你吃了藥，而且，我把你的椅子拿出來放在這裡，好幫忙你站起來。你只要抓住椅子就行了，很容易的。我要進去一會兒，然後，等準備好了，你就可以開始往屋子裡移動，去打電話。盡快打給傑佛瑞。只要能給我一些時間就行了。懂嗎？」

「你要時間做什麼？」

「我還不知道。」

露絲臉上仍然掛著微笑。此時芙烈達跪在她的身邊，穿著一件粉紅色的T恤。粉紅色！她的整張臉都映照著那個顏色。

「後門開著。」芙烈達一邊說，一邊輕撫著露絲的臉孔。「而且貓兒在你的臥房裡，有食物也有水。你想找牠們的時候，只要進去裡面就行了。沒有什麼好擔心的，好嗎？」

「好。」露絲說。芙烈達維持一動不動，凝視著她。「好。」露絲再說一次，她捏捏芙烈達的手，這才注意到，芙烈達握著她的手。捏手的動作並沒有產生什麼效果——露絲無法感覺自己的手是否有握緊起來，而且她不知道芙烈達是否有回捏她的手。哈利總是會回捏她的手。一，二，三，捏三下代表「我愛你」。在她的另一隻手裡，露絲握著理查的信。

「我現在要走了。」芙烈達說，但是她仍然沒有移動。她臉上露出一種可怕的表情，平靜，但是可怕；心意已決，然而充滿了耐性。沙土和草叢會弄壞她漂亮的長褲的。

「你應該常常穿粉紅色。」露絲說，芙烈達放開露絲的手，站起來。現在她的臉完全看不見了。她站在那裡好一會兒——露絲可以看見她的腿，而且她的長褲有點因爲跪姿而發皺，但是沒有弄髒；她的腳踝上有一圈毛髮，和一小顆黑痣。芙烈達轉身走進房子裡。那隻海鷗依舊坐在雞蛋花樹上。

19

空曠的花園寂靜無聲。所有的東西都帶著催眠作用：風、海的聲音，甚至光線，彷彿有一片薄雲正在穿越過太陽。露絲將頭安頓在芙烈達給她的枕頭上，休息一會兒，好集結她取得電話所需的力氣。躺在花園那裡的她，想著哈利，因爲她知道他死了，而且她知道她之前忘記他死了。那似乎和忘記他曾經活著是一樣的事。她心裡主要想的，是躺在床上她的身旁時，他的臉孔的樣子。露絲想著哈利，並且捏了捏自己的手。她把兩腳互搓，就像快樂的嬰兒會做的那樣，但是她感覺不到自己的腳。那就像有某種柔軟的外衣覆蓋在她的腿上——柔軟又沉重，而且溫暖，但不像是紡織品。花了她一段時間才得以推定這可能是條什麼樣的毯子，最後，她才想到——因爲她好像無法把躺在枕頭上的頭顱抬起來——芙烈達可能是用老虎的皮蓋住她的腳。然後她看見自己躺在樹下，蓋在老虎皮的底下，哈利會怎麼說啊？他會說，喬治，喬治，喬治。喬治・楊偷了出租汽車行每個人的錢。露絲無法辨別她是否已經停止搓自己的腳。她想，如果芙烈達這麼急切地要她打電話給喬治，她應該把電話拿出來這裡才對啊。她想，芙烈達應該以不同的方式處理很多事情。當她把手捏緊時，有個東西卡在她的手裡，再多捏幾下以後，她意識到，那是她母親的訂婚戒指。

很快的，她就必須進去房子裡找電話。電話會捲在白色的電話線中。露絲無法感覺自己的腳，但是她想她感覺得到她的手肘。她試圖用手肘把自己撐起來，就和那天她掉進捕虎陷阱時一樣。但是它們撐不起來；沒有任何東西撐得起來。當她躺在捕虎陷阱裡時，那裡只有廣闊的天空，但是這裡有透過雞蛋花樹斜照進來的綠色陽光。露絲知道那個太陽的大小，和它所有的特質：此時它正沿著她的脊椎長度在往下移動，燒掉了某些東西，也使某些東西變得遲鈍陰鬱。它的熱力在滾動，然而是幽微難解的。她想像她的脊椎像一根粗重的軸柱，結垢又磨損，像水底的木頭。她需要找到這根在水底碎裂的木軸；她用兩手抓住它；她摧枯拉朽，於是木軸自由移動了。然後露絲脫離了海洋。她嚐了嚐唇上的鹽，檢查那是不是海水；她不記得自己來到海洋。而且她手裡握著一片濕黏的木頭，輕鬆一投，就可以丟出沙地，所以它飛越過沙丘，騰空飄進遙遠的風中。風先發出尖銳的高音，才留下粉紅色的軌跡。天空有點轉紅——像一小滴血在水中攪和以後的顏色——沒見過這麼奇異的天氣。一場暴風雨可能即將來臨，或者正要離去；這裡可能是暴風雨的中心。它像警鳴震動著窗玻璃，彷彿是在說：「準備！準備！」哪個人必須趁還沒有損壞之前，來把椅子搬進屋子裡。沒有人有辦法把海鷗從雞蛋花樹上移走，但是牠可能在第一滴雨落下時飛離。鯨魚的聲音比較深沉，牠們所在之處沒有暴風雨，男孩可能搭船乘風破浪去尋找牠們。然後哈利，那個不可或缺之人，會從海岸線上呼喚：「準備！準備！」他太忙了，沒時間把椅子從花園搬進去，所以必須用白色的電線把它綁起來拉，就像木頭被從海底拉上來一樣。哈利沿著海岸一路奔跑，一路呼喊，船隻是海灣上一片狹窄的黃木片。海浪湧升，將水波濺上了沙丘。水波淹過雞蛋花樹，但是海鷗沒有飛離；牠只是轉動一顆好奇的眼珠。電線太重拉不離地面，所以椅子搖搖晃晃，但是無法移動。現在太陽不見了；它不再是太陽。它沒有名字，因爲它不願意再出來。一個藍色、紙樣的形體從某處落下來，被強風吹上樹。那不是什麼太重要的東西。椅子必須留在外面，在沙丘下呼喊的男子也是如此。窗戶一再一再的震動，而沒有人，也沒有任何東西，會在裡面。

然後暴風雨橫掃過樹林。沒有雨水；只有聲音。先是鳥兒群起抗議，彷彿早晨在三更半夜突然出現，然後每一隻昆蟲與之唱和。一陣鈴響，把醫生從睡夢中喚醒。「在這種天氣，不可以。」一個女人說，那是一位母親，但即便如此，那位父親還是隨鈴聲出去。他下去海灘，那裡站著一群拿著雙筒望遠鏡的人。他涉水進入人群之間，彷彿一名神祇來到他們眼前；一名年老的牧神，驅趕著羊群。母親的戒指橫跨在她的手指上。她也失去了丈夫，而且無以慰藉；她說：「天堂裡沒有婚姻。」現在叢林的體積增大了，但是不太對勁：裡面有猴子和金剛鸚鵡，所有不正確的物件，還有盛開的大朵忘憂草，散發出雨水的氣息。沒有什麼聲音比昆蟲的聲音更噪耳了。在朦朧的海面上：有一個黃色不是船的形體。它是長形的，走出了水面。它停下來檢視海灘上的事物；每隔一陣子，當它聽到遠處有人呼叫時，就轉頭張望。它停留在海浪粗礪的交界處，然後漸漸趨近，變得可以辨識起來。原來在水中的是老虎。牠的咽喉沒有被割破，而且還穿著自己被燒灼過的虎皮。老虎很有耐性；牠們懂得如何等待。

牠的速度也很快；牠正在往這邊跑來。牠似乎知道這邊沒有什麼能夠阻擋牠。現在牠出了水界，在沙灘上；現在牠來到沙丘的底部，捕虎陷阱結束的邊緣。牠均勻的喘息聲壓過鳥兒的鳴叫，牠的耳朵往後貼在頭部，而且奔馳在沙上的指爪，發出滾石般的巨響。牠帶著落日的顏色。而且在唱歌！牠一邊跑一邊低吟著聖詩，歌聲透過不規則的舌形隨著呼吸流出。現在牠一路唱歌來到了沙丘上，除了雞蛋花樹上那隻海鷗，所有鳥兒都在牠背後狂飛驚叫。那棵樹在綠色的光線中晃進晃出。它被一條無法從地上拉起來的白色長電線纏繞起來，而且鈴聲時斷時續的從電線中傳出。在如斯沉靜之後，這棵樹底下眞有可能變得如此喧囂嗎？牠已經來到草地的起始處。牠沉重的頭顱看起來如此熟悉，而且仍然在用低沉熟悉的聲音吟唱。牠在花園邊緣占滿一個龐大的金黃色空間。牠往外甩了甩臉，每一條黑色條紋都在往外移動，所以即使站立不動，看起來仍然像在往後退。而且牠完全沒有受到傷害；有人對這隻老虎的事說謊。一位和牠一樣龐大，而且和牠一樣眞實的女人，說了謊。當牠向前穿越過草地時，繡球花顫抖起來，而且沙丘的野草從較綠的草地往後吹拂。牠在椅子旁停下來，並且向前打探——用整個身體的長度向前打探——在椅子的木腳上磨利指爪。然後牠靠回後腿上，稍作停頓，再跳上椅子。椅子往左傾斜一下。結果，牠並沒有在唱歌，然而牠的呼吸卻富有旋律，牠高高的坐直起來，腳掌收攏，像一頭馬戲團的老虎。牠開始梳理自己勻稱的兩側。

「好了。」露絲說。露絲是她的名字。這個名字被應允予她，而且一直維持忠誠。「好了！」露絲喊道，但是老虎一動不動。她注意到自己正在起立，只因爲她已經不再躺臥於地。那些油輪豈不是在高高的水面上嗎？她的木脊椎燒掉了，而且她能夠站立了。她甚至不需要抓住那條白電線，這樣也好，因爲要不然，它會把她引去哪裡呢？站著，就像此時的她，竟和老虎一般高。牠沒有看她，只一味舔順自己的毛髮。露絲對牠伸出雙手。她穿過細柔而帶著沙塵的草地，而每一步似乎都在把青草掃開。所有的青草都飛到沙丘底下，只剩下最赤裸、最黃褐的空白露出地表。

「好了。」她對老虎說，但是牠只是懶懶地把頭甩向另一側，把毛往下舔。牠劃定牠的條紋。用舌頭拴牢它們。因此露絲往牠再跨近一些。「貓咪！貓咪！貓咪！」她說。她把兩臂伸出去，攫住牠肩膀上粗糙溫暖的毛髮。現在樹上的海鷗開始第一次唱起歌來。牠高唱：「準備！準備！」但是沒有理由害怕這頭平靜的老虎。牠聞起來像髒水。她把頭靠進牠柔軟的胸膛裡，牠偉大的心在那裡面滴答滴答個不停。

20

貓兒們在艾倫・吉布森那裡找到歸宿。她是因爲她妹妹在獸醫院當櫃臺小姐而得知牠們的苦境。傑佛瑞打電話去獸醫院問最近的貓隻收容所細節。艾倫的妹妹說，他在電話上表示非常抱歉，但是因爲他家裡已經養狗，加上有國際航程、過敏等等的問題要考慮，他的口氣既含罪惡感，又充滿自我防衛。艾倫知道傑佛瑞打電話去獸醫院的時候，才剛從銀行出來——好幾個人看見他在那裡，目睹他對銀行經理和蓋兒・塔莉特西卡斯大發雷霆，在那充滿懸疑的最初幾天，大家都在談論他，所以無論去到哪裡，艾倫都會聽到新的細節：例如芙烈達不姓楊，還有政府從來沒有派她去擔任照護員。

艾倫開她那輛紅色的小車來到山丘頂，把車停在海邊的馬路旁，然後徒步走去房子。她的用意是不要大張旗鼓，而且不要顯露批判的態度，但是她被迫與蔓延到車道的灌木搏鬥。發育不良的矮樹叢糾纏她的兩腿和頭髮，而且沙丘野草散發出來的類種子物質，害她直打噴嚏。當她在屋子旁現身時，傑佛瑞已經在那裡等著了。

「像童話故事裡的城堡，可不是麼。」他說。他穿著原來可能屬於他父親的舊衣服，和園藝用護膝。

「有一點兒。」艾倫又打了個噴嚏，發出小小的笑聲。她覺得既唐突又充滿自以爲是的正義感。

她覺得很蠢。

「開車進來好多了。」傑佛瑞說。「你就一路撞進來，把所有的東西都推到兩邊去。」

艾倫認爲，別的不說，光是任由他母親的房子荒廢到這種地步，傑佛瑞就應該覺得丟臉；但是同時，她也記得這條車道在不過一個禮拜前的狀況，當時並沒有給她這麼難以通行的印象。就好像這座花園刻意茂盛生長，好把房子掩藏起來。她給傑佛瑞一個小小的、尷尬的擁抱，他輕輕地拍拍她的肩膀，好像在說：「沒事，沒事。」

「你好像是我們家的守護天使。」他說。

是死亡天使，艾倫心裡想。她曾經思考這件事。她是一個壞兆頭；一隻在頭上不斷盤旋詢問「你好嗎？」的鳥兒——在根本沒有人安好的時候。

「我很遺憾，關於——所有的事。」艾倫說；但這句話聽起來像在道歉，而事實上，並沒有什麼好道歉的。那個認爲傑佛瑞理應取消她的道歉，而他自己才應該要對她表示歉意的艾倫，被心中另一個更具同情心的艾倫示意噤聲了。因爲傑佛瑞看起來比來參加他父親葬禮時更加消瘦，就彷彿那個死亡把他驚嚇到心血管過勞。但是他同時也站在那裡，手握成一隻拳頭，壓進後背的窄凹處，把腰背直直地往外伸，彷彿他其實繼承了露絲的背痛，只是現在才開始感覺到。也許一個家庭的種種問題，艾倫想，總是會與他們同時存在，只是，它們會隨著每一次死亡，在家庭成員之間互相傳遞。當然——傻瓜——那是基因性的嘛，不是麼。

「我們非常感激你。」

「噢，別這麼說。但願我做得更多。」事實上，她但願自己曾做得更少。

「我們都希望自己做得更多。」傑佛瑞說，這話令人難以忍受；一時之間，艾倫對傑佛瑞的反感，從某個無底洞裡整個湧升上來。要是露絲是我的母親，她心中想著，就如她以前曾經好幾次如此想過的；但她只是同情的點點頭。很難揣想該說什麼才好。傑佛瑞帶著一臉奇怪的、大病初癒的表情，就像某人剛從一場夢般的疾病中恢復過來，而且他所有的動作都帶著潛水般的特質：他走過去一臺倒在屋子旁的獨輪手推車那裡，把它抬起來一半，然後又讓它倒下去。所以他是在受苦，艾倫意識到自己在這樣要求他，於是便擔心自己會哭起來。

菲利浦突然從房子裡跑出來。

「艾倫！」他喊道。他長得像他母親，一樣的淺色頭髮，一樣的奶製品吃很多的圓滾面頰，和一樣的寬闊笑容。他是這一家的寶貝，而且從來沒有眞的拋棄這個有損尊嚴的安全地位。他扮演貼心快活角色的責任，在眼前的狀況下，是一個巨大的負擔；他擁抱艾倫，而且抱著她好一會兒。他聞起來像剛換過乾淨的衣服。當他放開她時，他的臉上帶著笑容——卻是哀傷的、惹人愛的微笑。他握著她的手。菲利浦比他哥哥容易被原諒多了。

「我覺得你好像我們家的一份子。」就在他這樣說的時候，傑佛瑞從他們身邊走開去，繞到房子的旁邊。「好像你是我們的姐妹。」艾倫寧願當這個，也不要當天使。她捏了捏握在她手中的他的手。

「我無法想像——」她開口說，但是她其實有辦法想像，所以便住了嘴。

他們進去屋裡找貓兒們。

房子很整齊，但是重要的物件都不見了——例如說，客廳的長沙發，然後，還有廚房裡的爐灶。

爐灶後方的牆壁沾染了一片磨損的深褐色，彷彿那裡曾經發生過火災。牆上不復見圖畫或照片，而且客廳裡放滿了葬禮的花朵。艾倫把她的花直接送去葬儀社，現在感到很後悔。露絲最喜愛的椅子立在長沙發原來的位置；椅子看起來破敗泛白，彷彿曾經在惡劣的天候下擺在戶外多日。餐桌上擺滿了文件；菲利浦的手臂在上方一揮說：「所有警方不要的東西。來一杯茶吧，好嗎？」

透過窗戶，艾倫可以看見傑佛瑞在花園裡。他似乎有些困難的在拔除沙丘草叢裡的雜草；或者，他是在拔除沙丘草叢本身的草。他背後的海洋呈現一片浸潤的綠色。

「你們要把房子賣掉嗎？」

「當然。」然後，彷彿要緩和這句話的終極性，菲利浦又說：「是的。」他不是很積極地呼叫著那些貓的名字，牠們沒有過來。

他在廚房顯然毫無頭緒。他打開櫥櫃，然後又關上，慢條斯理地尋找杯子、茶，和糖。艾倫坐在其中一把餐桌椅子，努力不要看桌上的文件。但是當茶壺的水開始滾起來時，她說：「我聽說他們找到芙烈達的哥哥。那是好消息。」

「他是她的男朋友。」菲利浦說，同時忙著張羅牛奶。

「噢，不知道爲什麼，我以爲是哥哥。我猜這樣聽起來就比較有道理了。」

「比較有道理什麼？」

「爲什麼她會就這樣——放棄。她看起來不像那種人。」

然後艾倫對自己提起芙烈達的話題感到很緊張；在這間逐漸清空的房子裡提起她的名字，就好像唸出一個不好的咒語一樣。

但是菲利浦似乎不在意。「你見過她，不是嗎？」

「見過一次。」艾倫說。她記得露絲和芙烈達兩人像愛人一樣一起跑開的樣子，她自己如何對那親密的模樣感到尷尬，以及後來心中如何地感到不安。從她在鎮上遇見露絲那天以來，似乎已經過了很長一段時光。

菲利浦把馬克杯帶到餐桌來，並且用手肘在文件當中清出一個空間。他望著花園裡的哥哥。「我昨天才抵達這裡。」他說。然後他走到門邊大聲喊：「傑夫！要喝茶嗎？」傑佛瑞從草叢裡站起來，用一隻手臂壓著額頭，搖動整個身體表示不要。他手裡好像抓著一團鐵絲網。

菲利浦轉向艾倫，艾倫正盡責的啜著茶，他說：「我搭從香港飛過來的第一班飛機。傑夫從星期五就在這裡了。」

「要早知道就好了。我大可以帶些食物過來。」

此時菲利浦坐下來。「你知道我們在這當中發現什麼嗎？」他說，意指那些文件。「一個她在斐濟認識的男人寫的信。情書，全都是最近寫的，大部分都沒有拆封。你知道她以前住過斐濟嗎？我們好奇那是不是爲什麼她要染頭髮。所以傑佛瑞打電話通知他，他會來參加葬禮。你會來，是吧？理查，那是他的名字。他曾經來這裡探望過她，而且當然，他見過芙烈達。每個人都見過她，除了我們。」他吹了吹他的茶。「她看起來怎麼樣？」

「時間很短促。」艾倫說。「她個子非常高。」

「她母親透過警方和我們聯絡。她母親是英國人，顯然。她父親是紐西蘭人——有一半毛利血統。他已經過世好幾年了，還有一個姐姐，也死了，癌症。但是這位母親——眞的不簡單。她要來參加葬禮呢。」

「老天。」艾倫說。「她住在本地嗎？」

「她住在伯斯，但是她要飛過來。所以那是另一件我們必須決定的事情。」

「我只和她談了幾分鐘的話。」艾倫說。「但是我得到的印象是，她眞的愛你媽媽。」

菲利浦保持沉默好一陣子。然後他說：「她是個清潔工，你知道，在那家養老院。叫海風？還是海冠的？」

「海冠庭。」

「我們假定那是她如何得知媽的詳細資料的。傑夫今年初打過電話給他們，就是媽好像有點不穩定、半夜打電話說她做惡夢那類事情的時候。警方認爲芙烈達和喬治正好在等機會，結果就被她遇上了。」在說這一切的時候，菲利浦似乎很寧靜，但是艾倫懷疑他不是那種會有複雜心思的人。反而，他心中會充滿呆滯、莫名的哀傷，這個哀傷會占據一切。他用一根手指摩擦著茶杯的杯緣，他的哥哥在外面拔野草。傑佛瑞發現露絲躺在花園的一棵樹下，每個人都知道這件事，但是艾倫不認爲這歸功於他的勤勞；他大概只是在把房子整理好以便出售。鎭上有些人反對這樣急躁，其他人則表示支持。

因爲，當然了，全鎭都因爲這件新聞，以及連帶的所有事件、憂懼，和傳言，鬧得沸沸揚揚。有的人很確定，他們曾經在半夜或凌晨，看見喬治．楊的計程車停在菲爾德家車道的盡頭；有的人曾經在超級市場，看見芙烈達爲了支票的問題和人爭吵。每個人都打電話，或到養老院去探望他們年邁的父母。在露絲被發現以後那幾天，當還沒有人知道芙烈達和喬治的下落之前，艾倫就和其他每個人一樣，總是重複檢查家中所有的門鎖和窗鎖，彷彿夜裡可能會有什麼東西偷溜進來。然後在星期天下午，一名漁夫發現芙烈達的屍體被沖刷到燈塔的岩石之間，鎮上有些人感到失望；他們希望她受到法律制裁。她太重了，單靠一個人沒有辦法把她抬出水面，等到必要的緊急救護服務單位抵達時，旁邊已經聚集了一群圍觀的民眾。兩天來，人人追緝這名女子，現在她被從海裡吊起來了。然後，危險似乎就此過去，但是衝浪俱樂部的旗子仍然降著半旗。

這時貓兒從花園跑進來，但是牠們在門口躑躅，顯得不情不願，所以艾倫彎下身，發出親吻般的嘖嘖聲；然後牠們才小心翼翼地靠近。

「你眞是個救命恩人。」菲利浦說，聽起來頗爲詭異，因爲——至少就貓兒的例子來說——這話可能爲眞。

貓兒一臉魯鈍的表情；牠們癡迷的跳追自己的尾巴、舔淨自己的小指掌，並且稍帶好奇的嗅聞艾倫伸給牠們的手指頭。菲利浦告訴她，牠們一點東西都不吃。

「基於全面詳實報告的精神，我得告訴你，」他說：「花斑，那個小子，一天至少嘔吐一次。」

長著虎斑的小雄貓傻傻地看著艾倫。牠乖乖的任由艾倫把牠裝進她特地帶來的攜具裡，玳瑁花紋的小雌貓也一樣溫馴。在貴重的皮毛之下，牠們都一樣的弱不禁風。當被從房子裡帶出來，或被放到車子的後座時，牠們都沒有發出一點噪音，但是車子駛下山丘時，牠們開始嚎啕起來，那是哀戚而無可慰藉的哭喊。當駛過巴士站時，艾倫看見雲般綿密的一群海鷗從海上集體飛起。牠們衝向天際，然後再翩翩落下。

謝詞

我想謝謝我的家人：Lyn、Ian、Katrina、Evan，和Bonita McFarlane；我也要謝謝我的祖父母：Hilda May Davis和Winifred Elsie Mary McFarlane；我還要謝謝我的老師，特別是Elizabeth McCracken、Steve Harrigan、Alan Gurganus，和Margot Livesey。我也要感謝Stephanie Cabot、Chris Parris-Lamb、Anna Worrall、Rebecca Gardner、Will Roberts，和Gernert公司的每個人；還要感謝我的編輯：Mitzi Angel、Ben Ball、Meredith Rose和Carole Welch。寫作這本書時獲得澳洲藝術審議會慷慨的幫助，以及普羅溫斯敦藝術工作中心、劍橋的聖約翰學院、菲利普．艾克塞特高中、米奇納作家中心，以上這些超棒機構的幫助。我還想謝謝Salvatore Scibona、Roger Skillings、Charles Pratt、Marla Akin、Debbie Dewees、Michael Adams，和Jim Magnuson。最後，我要謝謝我的友人，特別是Mimi Chubb、Kate Finlinson、Virginia Reeves，以及最重要的，Emma Jones。

藍小說199
虎迷藏

作　者—費歐娜．麥克法蘭
譯　者—許瓊瑩
主　編—嘉世強
編　輯—邱淑鈴
美術設計—霧室
責任企劃—林貞嫻
校　對—蕭淑芳、邱淑鈴、許瓊瑩
董事長
發行人—孫思照
總經理—趙政岷
總編輯—余宜芳
出版者—時報文化出版企業股份有限公司
10803台北市和平西路三段二四〇號四樓
發行專線—（〇二）二三〇六—六八四二
讀者服務專線—〇八〇〇—二三一—七〇五
（〇二）二三〇四—七一〇三
讀者服務傳真—（〇二）二三〇四—六八五八
郵撥—一九三四四七二四時報文化出版公司
信箱—台北郵政七九～九九信箱
時報悅讀網—http://www.readingtimes.com.tw
電子郵件信箱—liter@readingtimes.com.tw
法律顧問—理律法律事務所　陳長文律師、李念祖律師
印　刷—勁達印刷有限公司
初版一刷—二〇一四年四月二十五日
定　價—新台幣二八〇元
⊙行政院新聞局局版北市業字第八〇號

國家圖書館出版品預行編目（CIP）資料

虎迷藏 / 費歐娜．麥克法蘭著；許瓊瑩譯. -- 初版. -- 臺北市：時報文化, 2014.04
面；　公分. --（藍小說；199）
譯自：The night guest
ISBN 978-957-13-5953-3（平裝）

887.157　　103006901

ISBN 978-957-13-5953-3
Printed in Taiwan